让日常阅读成为砍向我们内心冰封大海的斧头。

倾听你 若

[韩] 赵南柱-著　　冯燕珠-译

귀를 기울이면

四川文艺出版社

图书在版编目（CIP）数据

若你倾听 /（韩）赵南柱著；冯燕珠译. -- 成都：四川文艺出版社, 2023.6
ISBN 978-7-5411-6589-4

Ⅰ. ①若… Ⅱ. ①赵… ②冯… Ⅲ. ①长篇小说—韩国—现代 Ⅳ. ① I312.645

中国版本图书馆 CIP 数据核字（2023）第 026177 号

귀를 기울이면 (IF YOU LISTEN CAREFULLY)
Copyright © 2011 by 조남주 (Cho Nam-Joo, 赵南柱)
All rights reserved.
First published in Korea in 2011 Munhakdongne Publishing Group
Simplified Chinese translation Copyright © 2023 by BEIJING XIRON BOOKS CO., LTD
Simplified Chinese language edition is arranged with Munhakdongne Publishing Group through Eric Yang Agency.

版权登记号：图进字 21-2022-405 号

RUO NI QINGTING

若你倾听

［韩］赵南柱－著

冯燕珠－译

出 品 人	谭清洁
特约监制	冯 倩
责任编辑	李国亮　王梓画
封面绘图	Park Yeon 宇宙废狗
责任校对	段 敏
出版发行	四川文艺出版社（成都市锦江区三色路238号）
网　　址	www.scwys.com
电　　话	010-82068999（市场部）　028-86361781（编辑部）
印　　刷	三河市冀华印务有限公司
成品尺寸	145mm×210mm　开　本　32 开
印　　张	8.875　字　数　200 千
版　　次	2023 年 6 月第一版　印　次　2023 年 6 月第一次印刷
书　　号	ISBN 978-7-5411-6589-4
定　　价	48.00 元

版权所有·侵权必究。如有质量问题，请与本公司图书销售中心联系调换。电话：010-82069336

目次

001　若你倾听

249　评审评语

257　获奖作家访谈——在打印机墨水干掉之前

275　获奖感言

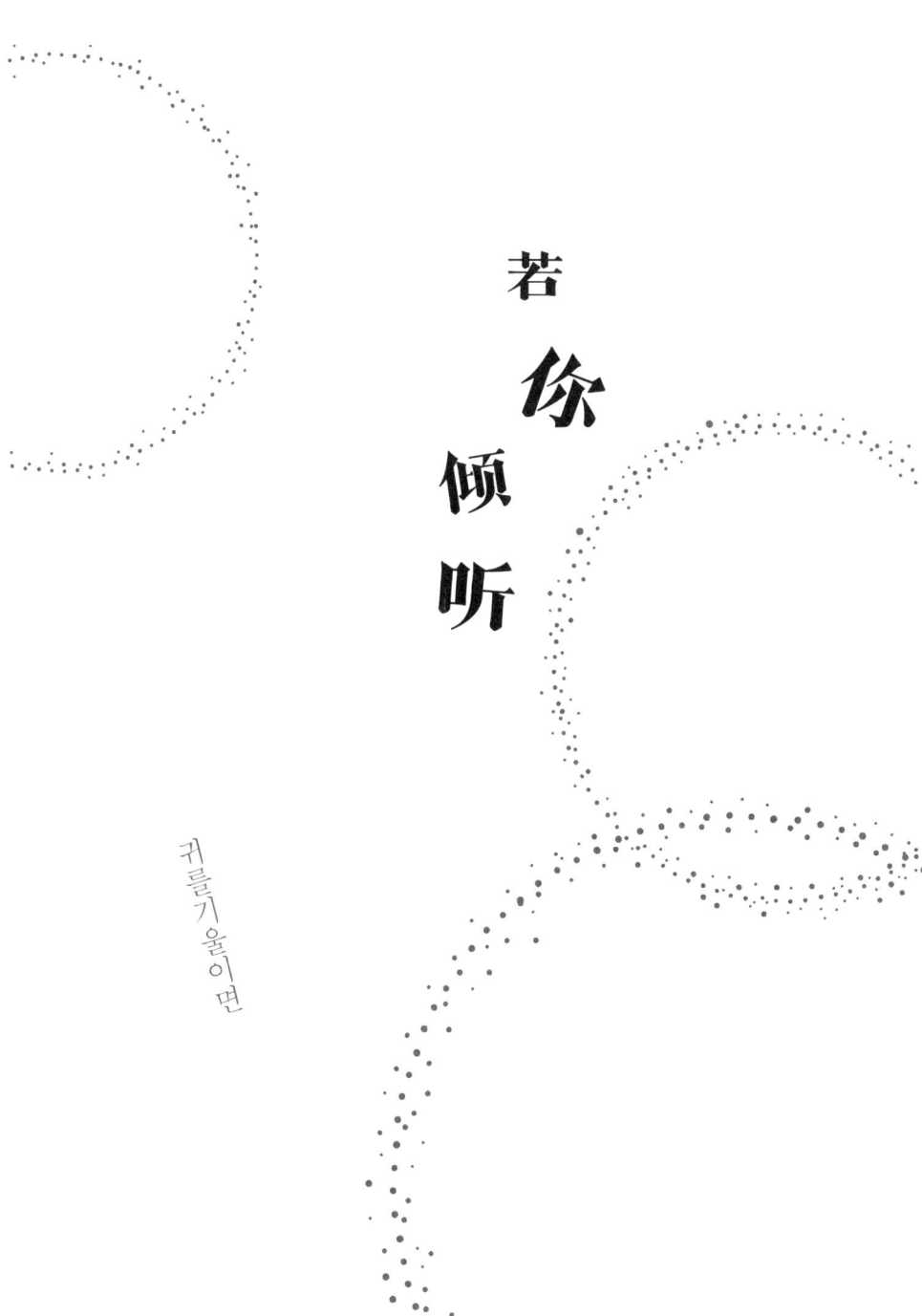

1

有一个被称作"笨蛋"的孩子,不只是班上同学、老师、家前面超市的大婶和社区里的小孩这么叫他,连他的爸爸也不例外,只有他的妈妈吴英美不这么叫——她确实不叫他"笨蛋",而是叫他"像笨蛋一样的家伙"。

这并非出于对子女最基本的信任与期待,也不是母性使然,纯粹只是口头禅而已。吴英美为儿子取了各种奇特的称呼,例如,"像鼹鼠一样啃食别人人生的家伙""像擦都擦不掉的水霉一样惹人嫌的家伙""像破了一角的垃圾袋一样一无是处的家伙"……但她最常用的还是"像笨蛋一样的家伙",张口就来,仿佛这是从一开始就取好的名字——即便孩子有一个不算很普通,也不算太特别的正常名字——金日宇。

上小学之后,金日宇就被学校与所在社区认定为笨蛋,不过跟同学比起来,邻里的孩子们还算比较友好。不管金日宇是在玩捉迷藏时突然尿裤子,还是偏要在肩头而非袖子上擤鼻涕,大家也只会说

"你怎么这样啊"。有些比较会照顾人的女孩子，会把金日宇送回家，或帮他用袖子擦掉鼻涕。虽然她们私下也会悄悄说"金日宇有点奇怪""金日宇又那样了"，但也只是随口说说而已，并不会责骂或嘲笑他。金日宇和他的家人也认为这些都没什么大不了的，日子就这样一天天过下去。

金日宇最早被称作笨蛋是在他七岁的时候，而这样称呼金日宇的人是个诱拐犯。其实并不确定他是否真的有诱拐意图，大家只是推测他是个精神不太正常的流浪汉，吴英美却一口咬定他是个诱拐犯。吴英美觉得，相比被精神不正常的流浪汉带走，被诱拐犯拐走还不那么伤自尊心。

夏末，孩子们在电车站前的广场上玩耍。当太阳渐渐西下，阳光不再那么强烈时，邻里的孩子们就会聚集到广场上。小区里并没有专属孩子们玩耍的空间，所谓的广场，其实也只有角落里的一棵樱花树和被煤烟所污染而垂着头的五盆鸡冠花，以及到了晚上会成为流浪汉睡床的两张长椅，再无其他。汽车发疯似的在广场前面冷清的四车道上疾驰，电车慢吞吞地驶过广场后面的铁道。广场中总是沙尘翻飞，只要在那里站个十分钟就会开始打喷嚏，而孩子们能在那里玩上一两个小时。

夏天日照时间长，虽然太阳还没有下山，但已经是晚上了。偷偷擦了妈妈梳妆台上的指甲油的女孩们，以及用零食袋装着一袋子卡通纸牌跟别人交换的男孩们，基本都回家吃晚饭了。还留在广场上的孩子，则在讨论那些已经回了家的孩子。在孩子们的世界里，也存在着流言,像是某人抢走了朋友们的卡通纸牌,谁家的爸爸妈妈每天都吵架,还有谁和谁互相喜欢之类的事,总的来说,都不是什么正面的传闻,都是无法向当事人确认的敏感话题。

在朋友们将那些无中生有的故事添油加醋、大说特说之际,金日宇在地上画画。他无意间将手插进口袋里,摸到了不记得什么时候放进去的白色蜡笔,便在漆黑粗糙的地上开始画花、星星、月亮、白云、鱼,还有苹果。他一边画一边努力寻找可以画画的空间,不知不觉间就跟人群离得越来越远。孩子们一个个牵着妈妈的手回家去了,金日宇浑然不觉,只是全神贯注地作画。很快,蜡笔只剩一半。金日宇惊觉蜡笔所剩不多,思索许久,用手指事先练习后,才慎重地下笔作画。

不知道是不是看到金日宇一个人蹲在角落里觉得他可怜,一个在同一所幼儿园念书的女孩向他走近。上回金日宇尿裤子时,就是她用书包帮他遮起来的。女孩的妈妈教导她要跟朋友们好好相处,看到大人要礼貌问好,还要帮助有困难的人们。女孩谨记教诲。

"你一个人在这里做什么?"

"画画。"

女孩蹲了下来,歪着头看了好久地上的画,画中的人都长得差不多,鼻子和眼睛都很尖,头上还长着角,让人看了直打哆嗦。

"这是什么啊?是怪物吗?"

金日宇露出上下各八颗,一共十六颗黄牙,咧嘴一笑。

"不是,这是你啊!你不是喜欢我吗?"

女孩的脸部抽动着，露出了从没有过的表情，整张脸异常扭曲。她站起来用轻蔑的眼神看着金日宇说："真晦气！"

女孩头也不回地跑开了，嗒嗒嗒嗒，轻快的脚步声渐渐远去。她的眼角上扬，紧紧地扎到后脑勺的马尾像钟摆一样左右摆动，金日宇呆呆地看着她的背影，自言自语道："大大的眼睛，高高的鼻子，扎着马尾辫，明明就跟你一样，你为什么要生气？我也喜欢你啊！"

金日宇又变成独自一人了，他看着画，心想，朋友为什么要生气？他脱掉运动鞋，用脚后跟把眼睛擦掉，重新把它们画得更大，并在头上加了一个大大的蝴蝶结，嘴巴改成微笑的样子。这样涂涂改改，却让画中的人变得更诡异了。就在这时，画的上方出现了黑色的阴影。

"你在做什么？"

这回是一个陌生的声音。金日宇抬起头，看到一个不认识的男人。男人身上散发着一种微妙的气味，这种味道让金日宇心情不悦，但又感到很熟悉。每次在外面玩完，回到家脱掉袜子时妈妈总会说："回到家先洗一洗，身上的味道跟臭水沟的味道一样。"

虽然不太明白臭水沟是什么味道，但光听说话的语气就知道是不好闻的意思。金日宇抓起脚凑近鼻子闻了闻，虽然有味道，但应该还不到臭水沟味的程度。就是这个味道，虽然不是臭水沟，但也是难以忍受的味道。男人露出上下排共二十颗黄牙开心地笑，那气味和表情推倒了孤独的金日宇，男人向金日宇伸出手说："我是你爸爸。"

金日宇像着了魔一样握住他的手，手是湿湿的、黏黏的。男人牵着金日宇的手，缓缓穿过广场，两个人的样子看起来太过自然了，像是一对边走边时不时望向对方的亲密父子；男人蓬松的胡须和在夏日阳光照射下显得破旧的旧夹克，又让他们看起来像是修行者和年幼的弟子，在不知情的路人眼中，完全不会引起任何怀疑；在熟人眼中却显得很怪异，认识金日宇的孩子，都奇怪地盯着他们两个人看。

第一个目击者，是有着大眼睛、高挺鼻子和长马尾的小女孩。孩子们终日在太阳底下玩耍，玩到疲惫后便聚在窄窄的树荫里乘凉，正巧有一只蝉从树上掉了下来，简直是天上掉下来的礼物！在大家都很无聊的时候，蝉就从天而降了。拼了命也无法挂在树上的蝉，在孩子们的手上不停地颤动，轻轻地拍打着翅膀，声音并没有想象中那么大，与其说蝉在哭，不如说它在不安地骚动。当所有孩子都专心致志地看着蝉时，女孩却抬起头，发现了金日宇和那个男人。虽然她真心觉得金日宇很讨厌，想假装没看到，但总觉得有些不安。

"那不是金日宇吗？"

其他孩子也抬起了头。

"他旁边那个人是谁？日宇的爸爸吗？"

"不是他爸爸，那个人不是乞丐吗？金日宇为什么跟乞丐一起走？"

就在大家讨论的时候，金日宇越走越远了，就算是还不会分辨事理的孩子们，似乎也觉得不能不管，向来被视为这条巷子孩子王的男孩鼓起勇气，一边跑过去一边大叫："喂！金日宇，你要去哪里？"

其他孩子也跟着跑了过去，金日宇喜欢的那个女孩，也装作一副不怎么关心的样子，背着手走在人群的最后面。看到孩子们追了过来，男人停下了脚步，想放开金日宇的手，金日宇却把他的手抓得紧紧的。孩子们围着他们两人。

"日宇,这个叔叔是谁?"

"我爸爸。"

"你说什么呢!他不是你爸爸啊!叔叔,你是日宇的爸爸吗?"

男人没有回答,孩子们便乘势纷纷冲着男人喧闹了起来。那天幼儿园正好宣讲了预防诱拐教育,"不跟不认识的人走""'不行!''我不要!'要清清楚楚地说出口""要大声地向其他大人求救",这些都是孩子们在几个小时前刚学过的。

"叔叔,你是诱拐犯吧?"

"乞丐叔叔要把我的朋友带走,请大家帮帮忙!"

"你放开手,叔叔,你不是日宇的爸爸!快点把日宇放开!"

男人甩开金日宇的手。

"不是我要带他走的,是他自己要跟着我走的。"

金日宇就像被亲生爸爸抛弃了一样,泪眼汪汪地看着男人。

"叔叔,你说你是我爸爸啊!"

男人呆呆地看着金日宇,说:"傻子!"

男人转过身,往反方向横越过广场,没多久便走进车站,消失在大家的视线里。孩子们开始指责金日宇。

"你怎么可以随便跟别人走呢?"

"老师不是说不可以跟不认识的人走吗?"

"我妈妈说过,那些乞丐会把小孩抓走卖到外国。"

"为什么是外国?"

"因为外国人会吃小孩子的肝啊!说这样就不会生病,可以长命百岁。"

话题突然变成了讨论近期人口贩卖的问题，还有外国人奇怪的饮食习惯这种完全不像话的传闻。

"我们邻居家有个小孩突然不见了，几天之后回来，发现他的肚子上有刀痕。人家说是把他的肝拿走了，然后重新缝好再送回去的。"

"没有肝也可以活吗？"

"当然了！你没听过兔子肝的故事吗？"

"那不是很久以前的故事吗？太扯了！肝拿走了还怎么活啊？"

"我妈妈的朋友真的看到过啊！"

说不过别人，无话可说，孩子们就开始乱编故事。什么"我真的看到过""我妈妈说的""电视上都演过"……就在孩子们互相分享令人心惊胆战的故事时，一个女孩出面说要带金日宇回家。因为之前金日宇尿裤子时，她曾带他回家过，所以知道他家在哪里。金日宇这次也乖乖地牵着女孩柔软又白皙的手回家。

听了事情的原委后，吴英美慌张得连话都不会说了，反倒是女孩比较镇定。

"那个叔叔已经逃走了，现在您不用担心了。"

吴英美急吼吼地逼问金日宇为什么要跟陌生人走。"到底为什么？为什么？"虽然她不停地问，但金日宇默不作声，在一旁静静地看着他们母子的女孩回话说："他说是爸爸……说那人是自己的爸爸，所以他才跟着走的。"

"爸爸？他叫那个男人爸爸？"

"对。"

"那个男人说日宇是他儿子？"

"没有，他说他是傻子……"

"什么？"

"他没说日宇是他儿子，他说日宇是傻子。"

女孩的眼睛闪闪发光，一字一句清楚地回答。跟聪明的孩子一比，自己的儿子显得更笨拙，吴英美为此感到羞耻，都没向女孩表达感谢，就像是赶人似的把她送走了。女孩踌躇着向后倒退，走到沉重的铁门外，道了声"阿姨再见"。等到铁门"砰"的一声关上，吴英美才发觉自己做了多么令人寒心的事，至少应该倒杯水给她，或是抓点零钱给她买点心吃也好。

冒冒失失的心性和急躁的个性，向来都是问题所在，吴英美总是对过去发生的事情感到后悔、觉得委屈。曾经有一位老奶奶向她问路，但任凭她怎么说，老奶奶都听不懂，让她觉得又烦又闷，索性带着老奶奶走到距目的地一半的路程，走了二十多分钟才想起来自己跟别人有约，而且已经晚点了。即使做到了这个份儿上，她还是被人指责说把老人丢在半路上，是个坏女人。还有一次，她在路上被小孩用玩具枪射中，额头青了一块，瞬间，她又暴躁、又气愤地直想挥拳，还是一旁邻居大婶死命地拉着她的胳膊阻止了她。还有坏孩子骂着"大婶算什么东西"狠狠踹了吴英美的小腿后就逃跑了，她同样拼尽全力追那个小孩，结果又被隔壁大婶拦个正着。

"你怎么跟孩子一样呢？日宇妈妈总是动不动就发怒，那些小鬼头才会觉得有趣，所以更爱捉弄你啊！"

那时候吴英美也觉得很不好意思。她不仅为自己像孩子一样的行为感到羞愧，也为有个笨蛋儿子而感到丢脸。吴英美拍了一下金日宇的头说："笨蛋！"为了掩盖自己的羞愧，她选择不去确认必须搞清楚的事实——金日宇到底怎么想的，居然会把一个莫名其妙的男人当成爸爸？吴英美在意的不是儿子的心情，而是他的智商。"我的儿子，我这宝贝无比、三代单传的独子，原来不是像笨蛋，而是真的笨蛋啊！虽然他的动作慢了一点，但也是跟别人一样会爬、会走、会说话、会吃喝拉撒，叫他去跑腿也很勤快，听到什么曲子也会跟着哼，甚至还能手舞足蹈。虽然不会认字，但至少认得数字，家里的住址和电话号码也背得很牢，应该没有什么问题吧？"她一直这样以为。

金日宇开始上小学后，问题才慢慢显现出来。他的学习成绩很差，到了三年级还不会认字，听写总是考零分。连最基本的算术也不会，别说乘除法，就连加减法也不会算，九九乘法表当然更背不下来。他也不会看时钟，学习差到全校皆知。家长日时，同班同学的妈妈都安慰吴英美说他还只是小学生，功课好不好并无大碍。那些妈妈私底下却送自己的孩子去学英语、数学、跆拳道，甚至上钢琴课、作文课。

吴英美认为当务之急是让金日宇认字，她在家里所有的物品上都贴上字，"时钟""冰箱""椅子""电视"……她和他坐在一起，一个字一个字地念给他听，并认真地给他读书，但妈妈的认字课，往往在金日宇又气又哭的情况下结束。吴英美也很郁闷，忍不住打金日宇几拳，打着打着就开始打自己的脑袋。她放弃亲自教学，找了辅导老师来，向老师简单说明了前因后果，并让金日宇接受了测试。隔周，老师带来了两三岁孩童适用的教材。吴英美绝望了，十年来含辛茹苦养大的儿子，原来只有两岁孩子的水平，百分之八十的灵魂不知道遗落在了哪里，曾经睡不好、吃不饱、穿得邋遢，只为了回应孩子一切需求的吴英美，失去了整整八年的时间。这一切实在令她无法接受，于是她辞退了辅导老师，又继续每天把孩子带在身边，直到金日宇的班主任出现，每天虐打孩子、虐待自己的地狱般的生活才被画上了句号。

班主任劝吴英美带孩子到医院接受精细的检查。检查结果显示，金日宇的智力只比正常孩子略低一点。不过到底是谁规定的从几分到几分的范围叫正常呢？如果那个范围可以再宽一点的话……吴英美觉得很遗憾，但同时有一种奇怪的安全感——不是我的错，不是我努力不够。对于破了底的缸来说，不管破洞是大还是小，都是无法装满水的。

几天之后，"金日宇是笨蛋"的传闻传遍了全校，从此大家便都对他使用"笨蛋"这个称呼。在字典上，"笨蛋"的意思是指智能不足的人，这句话说得没错，让人完全无从反驳。班上的孩子单纯天真，嘲笑金日宇是笨蛋，金日宇则将嘲笑自己的孩子一一打倒，吴英美也因此三天两头被叫去学校。每当这时，吴英美便会打金日宇的头，骂他净做一些笨蛋才会做的事。不久，金日宇就不说话了，不管其他孩子再怎么笑他是笨蛋，他都不回应，打他也不还手，上课时不看老师，平时也不看班上同学。金日宇真的变成笨蛋了，每升一个年级成绩就倒退一点，每进行一次智力检查，数值也都会往下掉。

2

"基燮哥？"

一个女人叫住了正要走进市场的郑基燮，郑基燮伸出手开心地与对方握手。

"哦哦！哎呀，真的好久不见了，一切都好吧？"

嘴上这么说着，其实郑基燮根本不知道这个女人是谁，明明似乎在哪里见过，但他想破了头也想不起来。热情地握手寒暄只是出于条件反射——因为听到了"哥"这个称呼，所以身体先动了起来。他已经四十二岁了，是细乌干货店的老板、细乌市场商会的总务，也是一个十岁及一个八岁女孩儿的爸爸，还是家里的独生子。对郑基燮而言，近十年都没有人叫过他"哥"。十年前，最后一个叫他"哥哥"的女人，其实也是个陌生女子。她把喝得烂醉如泥、几乎是在膝行的郑基燮扶起来，说："哥哥，玩一会儿再走嘛！"那女人头上的成人酒吧招牌像光环一样闪烁着，郑基燮把女人缠在他臂上的手扯开，说："大姊，你看我现在还有力气玩吗？"

那女人一听火大了。

"我才不是什么大姊呢！真是晦气！"

郑基燮花了一个半小时，边爬边睡地回到了家。第二天才发现，裤子左边膝盖的地方破了两个差不多小指甲大小的洞。在那之后也频频收到"哥哥，最近好吗？""哥哥，要打给我哦！""哥哥，照片传给你了。"这类的短信。不分时间场合一直"哔哔"作响的短信提示音让他心烦，他也对明知道是垃圾消息，却仍抱着一丝希望的自己感到心寒。最后他把"哥哥"设为垃圾消息，反正也没有人会叫自己"哥哥"。

"基燮哥，真的好久不见，怎么会在这里遇到呢？真的好神奇！对吧？不过哥，你一点都没变，感觉根本没变老。"

"怎么会没变呢？我老了太多了，你才是一点都没变。不过话说你怎么会在这里？住附近吗？"

"以前住我隔壁的孩子妈搬到了对街的公寓，她邀请我去坐坐，所以我想着买点水果带过去。"

女人长着一张很平凡的脸，虽然她人算不上漂亮，但很会说话。在交谈中，她恰如其分地用着平语[1]和敬语，就连"一点都没变"这样的客套话，和"哥"这样的称呼都让人觉得十分悦耳。

"对了！以前常跟你在一起的那个哥哥，叫什么名字来着？啊！是灿宏哥吧？灿宏哥也还好吧？"

灿宏哥？郑基燮这才想起来，她是他大学同系小三届的学妹，叫

---

[1] 韩语中指非敬语，是与同辈、晚辈之间使用的语体。

贞淑还是英淑的，看来她不管对谁都会叫一声哥啊！郑基燮说，灿宏哥在公司倒闭后（像我的公司一样），不知怎的成为补习班专教论述文写作的明星讲师（真令人嫉妒），一时间极负盛名，事业也一帆风顺，身价暴涨，之后便自己创业，在大峙洞开了一间补习班（其实我当时就觉得有点悬）。结果正好高考政策出现了变化，论述文的人气不及从前，补习班的经营状况不佳，只够勉强维持生计（我就知道会这样）。那个叫贞淑还是英淑的女人点了点头。在郑基燮事无巨细地讲述别人的人生之际，几个经过他的人用眼神向他简单寒暄。精肉铺的朴老板路过时，还向郑基燮问道："等会儿在办公室见，对吧？"

"原来如此。不过哥，你在这里工作吗？"

"嗯？"

郑基燮没有马上回答。市场里的人常问他，为什么从不错的大学毕业后要在这里做生意？可他觉得这总比整天游手好闲好。他不认为做生意是可耻的，但他也不想被大学后辈，而且还是称自己一声"哥"的学妹，发现他在这里卖干货什么的。郑基燮的眼珠子转了转，稍微迟疑了一下，这反而让那个叫贞淑还是英淑的女人觉得不好意思。

"我不是那个意思，我……只是看大家好像都认识你似的。"

郑基燮结结巴巴地回答："其实我就是在市场做些咨询和市场调查，制订销售计划，做管理之类的事。"

"哇！了不起！你是在咨询公司上班吗，还是说你自己当老板？"

"我不是一个人干，是跟别人合伙的，我们的管理对象也包括百货公司、购物中心、展场之类的地方。"

"那刚才那位就是跟哥合伙的另一位老板吧？"

"嗯？对！"

郑基燮心想反正以后也不会再见面了，就抱着轻松的心情毫无顾忌地撒谎，这一冲动，精肉铺的朴老板成了顾问公司的社长。况且他也算是个社长吧！那个叫贞淑还是英淑的女人跟郑基燮要了电话号码，然后当场用自己的电话打了过来。

"哥，现在你手机显示的就是我的号码，我们以后保持联络吧！我先走咯。"

他望着叫贞淑还是英淑的女人离去的背影。她烫过的头发已经不卷了，发尾蓬松干燥，从腋下到腰部的肉一团一团的，长过膝的裙子看起来皱皱的。郑基燮对自己很失望，听到一个跟老婆没什么两样的平凡大婶叫自己哥哥，居然会开心成这样。这时，那个叫贞淑还是英淑的女人，裙子下面露出的纤细脚踝吸引了他的目光，他再次没来由地感到心动。郑基燮看着手机上的电话号码，苦恼了一会儿，将联系人名称储存为"淑"，但觉得这样又不太好，就改为"石"[1]，并恢复了原本设为垃圾信息屏蔽关键词的"哥哥"。他本来没抱什么希望，但没想到几天后，"石"打电话来了。

郑基燮现在继承父亲的事业，在细乌市场里卖干货。他从首尔小有名气的大学经营学系毕业后，在一家规模不算小的汽车零件公司上班，但好巧不巧地遇上了金融风暴，公司倒闭了。之后辗转去了几家

---

[1] 韩语里"淑"和"石"的写法与读音相似，前者多用于女性，后者多用于男性。此处应该是主人公不想让别人知道这个联系人是女性而用了"石"。

不起眼的公司上班，始终没能站稳脚跟。原本想着与其这样不上不下地工作着，不如去父亲的店里帮忙，可父亲突然因心脏病过世了。于是郑基燮就糊里糊涂地继承了干货店。不管是对做生意，还是对干货他都没兴趣，更何况卖的干货也不是他喜欢的干鳀鱼，但想想总比没有工作好，便继续待在细乌市场卖干货了。

几年前，细乌市场还只是个没有招牌的乡下菜市场，说好听一点是市场，但其实跟路边摊没什么两样。其间不停地有人呼吁要取得传统市场的认证，却从来没有一个人肯出面实际解决问题。细乌市场的店铺数和土地面积等条件都很充足，只不过要取得的各方同意书很多，要准备的资料也很多，最大的问题在于要确保消防通道的畅通。这里的店家习惯把商品摆到店门口的街道上卖，这是市场做买卖的特性，所以别说是消防通道了，就连路人来往行走也很困难。

"这样消防车要怎么进来？要取得传统市场的认证根本就不可能，除非把货架都清掉才行啊！"

大家虽然嘴上这么说，但是又怕自己的客人被抢走，只好一再把货架往前推。当时的商会会长卖水果，他们水果店的货架是市场里最突出、最零乱的。

终于，小菜店和对面的糕饼店为了货架问题而争执吵架，起因是去年中秋节，小菜店卖起了应景的松糕，这让两家店结下了梁子，从此开始无事生非，拼命互找麻烦。两家店都堆起了货架，还都摆到通道上去了，这两家店中间的通道格外狭窄，遇到人流较多的假日，甚至还会出现拥堵的情形。这一天，有个推着婴儿车的妈妈因为路太窄无法通过，便拜托糕饼店把货架挪开一点。糕饼店老板仿佛故意要让小菜店听到似的大声拒绝:"把路堵住的是小菜店,你让小菜店挪开。"于是她转而向小菜店老板拜托,小菜店老板也一口回绝,说小菜容易翻倒,所以不能移动货架。听到这句话,糕饼店老板从店里冲了出来。

"就你们家的小菜会翻倒,我们家的糕饼就不会翻倒吗?你以为糕饼是用胶做的吗?"

"黏糊糊的,根本就嚼不动,我看八成就是用胶做的!"

糕饼店老板拿了一块糕饼咬在嘴里,一个箭步冲向小菜店。

"这么软乎乎的糕饼,谁说嚼不动的?入口即化!你还是赶快把这些不知放了多久的小菜拿去丢掉吧!你卖这种东西不会良心不安吗?哎哟!这馊味!"

糕饼店老板情绪激动,指手画脚,动作幅度很大,一不小心碰到摆在货架上的辣椒、酱菜桶,辣椒和酱油哗啦啦地流到湿漉漉的地板上。眼睁睁看着辣椒、酱菜流下去的小菜店老板气得直翻白眼,旋即扑向糕饼店老板,糕饼店老板跌坐在洒满酱油的地上,小菜店老板立刻扑上去,拿起辣椒往糕饼店老板脸上砸。糕饼店老板紧闭着双眼,痛苦地大喊:"要死了!要死了!"一旁围观的群众纷纷上前,想把两个人拉开。一场风波中,不知是不是刚才的糕饼卡在了喉咙里,糕饼店老板一边不停地咳嗽,一边捶着胸,接着又在地上打滚。有人急着帮忙拍背,有人忙着找水,有人还打了119[1]求救。大家一窝蜂地拥上来,还没来得及离开的婴儿车里传来了孩子的哭声,整个市场瞬间

---

1 韩国的火警和急救电话。

陷入一阵混乱。

多亏妈妈把孩子抱起来安抚，哭声总算是停了，糕饼店老板卡在喉咙里的糕饼也吐了出来。骚动平息之后，小菜店老板娘这回把矛头指向了孩子的妈妈。

"市场就这么窄，谁叫你推婴儿车来的啊？"

哄着孩子的妈妈突然呜咽起来。

"带小孩就不能逛市场吗？带小孩就要饿肚子吗？大婶你没带过小孩吗？"

摊商们又拥上前去，这回是要把年轻妈妈和小菜店老板娘拉开。就在卖鱼饼的老奶奶安抚孩子的妈妈时，郑基燮拿着店里的喷漆走了出来。

"糕饼店和小菜店怎么老是这样呢？就数你们两家问题最多，现在我来画一条线，以后你们谁都不要越过这条线。"

郑基燮对准摊商们的陈列台，把两家店的货架和物品都先挪到一边，在地上喷出一条红线。

"越过这条线的东西就都是我的了，明白了吗？"

一旁看热闹的摊商都呵呵笑了起来："做得好！真是大快人心！郑基燮这小子果然是个聪明人。"郑基燮也跟着一起笑，心想其他的陈列货架也都可以这样管理。

郑基燮向市场商会提议，干脆画线规范每个摊商的陈列台，这样不但通道可以变宽，还可以确保消防通道的畅通。由于这个方法不错，摊商们都一致同意，但商会嫌麻烦，就把工作都推给了郑基燮。郑基燮把专门画停车线的厂商找来，趁着市场休市的日子，在每间店前面用黄色的线画出范围。大马路上常见的黄线沿着通道两边画得整整齐齐，市场看起来更宽阔、整洁了。

以这个事件为契机，郑基燮开始负责取得传统市场认证的工作，他一一去找摊商及屋主们取得同意书，晚上熬夜写细乌市场的营运执行报告书。他丢下自己的生意，就这样忙了六个月，细乌市场成立四十多年以来，终于取得了传统市场的认证。

一拿到认证后的补助款，市场马上就设置了拱廊，照明也换成较明亮的灯，让眼睛不再容易疲劳。市场入口挂起了"细乌市场"的牌子，摊商们再也不是没有执照的摊贩，向银行贷款也变得比之前容易，担心随时会被挖土机赶走的不安感也随之消失了。摊商们借此希望由郑基燮担任商会的会长，但郑基燮以自己还太年轻为由婉拒了。他推荐在细乌市场内开业许久、很关心市场事务的杂货店尹老板来担任会长，他自己则担任总务一职，再加上申请传统市场认证过程中，给予许多帮助的另外三名商人，细乌市场所谓的"二期商会"就此诞生，摊商们称二期商会那五人为"科学小飞侠"。

然而自从取得传统市场认证后，细乌市场每天都会遇到不同的危机。逢年过节，祭祀用品原产地流通管制，到了夏天就是夏季滋补食品的原产地管制，卫生局还会隔三岔五地带着电视台的人来突击检查。并不是所有商家都不合规范，新闻却报道所有传统市场的商家卖的都是不卫生的假货，这让细乌市场的客流量肉眼可见地减少了。商家们默默地卖东西、做食物、大声吆喝招揽顾客。

不过商会趁这个时候进行铺地工程，盖了顶棚防止淋雨，并且修了动不动就堵塞、经常散发恶臭的下水道。不仅如此,还在一旁空地建了停车场,并制作了没多大用处的优惠券和购物车,甚至低价请来美术学院的学生帮忙画壁画。细乌市场脱胎换骨的消息,一时成了各大新闻台瞩目的焦点,连以家庭主妇为主要收视对象的早间消费资讯节目,也生动地介绍了细乌市场,于是客人又回流了。

不料细乌市场在此时遭遇了最大的危机,据说附近即将建一座大型超市。郑基燮转了两趟公交车,亲自前往那家超市的总公司,询问传闻的真实性。超市方面只说目前还不确定,他们说不是要在细乌市场前面开超市,不过在附近确实有扩张分店的规划。不管是什么地方,只要对生意有帮助,他们都会列入考虑的范畴。宣传室长没有明确回答细乌市场前面是不是备选地,只是绕着圈子说目前一切都还没有确定。郑基燮又问:"你们可以保证绝对、绝对不会在细乌市场前面盖大型超市吗?"

宣传室长一脸为难,想了一会儿之后回答说:"这个没有办法保证。"

郑基燮下定了决心,说:"我知道了。"

郑基燮每天都向管辖部门提交请愿书,要求面谈,进行联名签署,自己找当地的报社来采访,并在市场入口挂了大大的看板,上面写道:"心灵的故乡,拯救细乌市场!"拯救细乌市场运动被《中央日报》报道过,郑基燮还一个人跑到市政府前面表示抗议,虽然没有绝食之类的行动,但在天气开始变冷之际,鼻头和屁股发凉,一整天在冷风中席地而坐,郑基燮连痔疮都犯了。然而抗议的人总不能坐在松松软软的垫子上,所以他只好像整天憋着屁的人一样,屁股不停左右摇晃。

抗议行动很快就过了一个星期,到这天正好是第十天。在员工们蜂拥而出的午餐时间,一定要守在位置上,所以郑基燮刚过十一点就提早去吃午餐了。他听说附近有一家好吃的泡菜汤店,却因为找路绕了好一阵子。还不到十二点,店里头就已经挤满了客人,迫不得已,他只好跟陌生人拼桌吃饭。菜单上就只有泡菜汤,根本不需要点餐,一坐下来店员就把陶锅和白饭端了上来。为了避免与陌生人眼神接触,一上桌他就低着头呼噜噜地吃。吃完从座位上站起来,起身时还喝了最后一勺汤,趁结账时又喝了水,然后急忙跑回市政府前。胃里混着滚烫的泡菜汤和冷水,郑基燮感到胃里一阵翻滚。

站在市政府前的人行横道一看,用牌子压得很紧的银色锡箔垫的边角在迎风招展。信号灯一变,郑基燮就全力奔跑回去,一副什么事都没有发生的样子,坐在银色锡箔垫上拿起板子闭上了眼睛。不知道是不是刚才吃得太急了,他一直想打嗝儿,他偷偷瞄了一下周围的路人,假装干咳打了几个嗝儿,但胃里还是不太舒服。他试着深呼吸,又捶了捶胸部,虽然很想喝口汽水,但又不能离开这个位子,结果下腹部开始隐隐作痛,似乎是要拉肚子。虽然郑基燮很想去厕所,但他没有底气可以若无其事地混在市政府员工之间去上厕所,于是只好先忍着,打算忍到午餐时间过后,人少了再去。可是此时下腹部越来越痛,他冷汗直流,眼前的视野一下子变窄,又一下子变宽。突然某个瞬间他失去了意识,"咚"的一声,他感到颧骨一阵剧痛。

"有人昏倒了!"

"先生!您还好吗?"

"赶快打119！"

郑基燮的眼前依旧一片漆黑，只能听到陌生人的声音。他听到有人说大型超市算什么东西，把人折磨成这样；也有人说把他背起来直接送去医院比较快。有人把手搭在郑基燮的腋下，努力想把他扶起来，但看起来干干瘦瘦的郑基燮，实际上还挺有分量的，要把他扶起来并不容易。就在被众人抓着手臂和腿翻来覆去之时，他听到一个年轻女子打电话给119，郑基燮瞬间打起了精神。对他来说，现在最需要的不是119，而是一间能让他尽情排便的厕所啊！他用尽全身力气睁开眼睛，伸出手抓住那个女子的手腕说："不用了，我没事，不需要叫119，我只要去上个厕所应该就没问题了。"

周围的人都有点不知所措，不过还是先搀扶着郑基燮。他心想这些人要是知道他是因为强忍屎意而昏倒的话，应该会笑掉大牙吧！郑基燮装成一副恶心想吐的样子，用手捂住嘴发出"呃！呃！"的声音，搀扶着他的人很替他担心。

"胃不舒服是吗？天气这么冷，整天坐在这冰冷的地上，当然会生病啊！想来也一定没能好好吃饭吧。"

"感到恶心想吐是脑震荡的症状，刚才是不是头撞到地面了？会不会觉得头晕？"

郑基燮一边说着没关系，一边又多做了几次恶心想吐的样子。他走进厕所最角落的一间，关门并上锁，以最快的速度把裤子脱下，爽快地释放了一番。他一边在嘴里继续发出呕吐的声音，一边用手按下冲水手柄。"拉个屎还真是辛苦！"

郑基燮洗手时顺便照了一下镜子，看到自己脸色苍白，而刚才撞到地面的颧骨，已经瘀青了一块。他一边甩掉手上的水，一边走出厕所，看到市政府地方经济科的科长站在门口等他。科长握住郑基燮的双手，表示会负责解决问题，拜托郑基燮不要再进行抗议了。他也不知道人家在里面是吐还是拉，就一把握住他那双湿答答的手，这让他看起来多少有点真诚。郑基燮不得已只好在市政府员工的搀扶下回到市场，他颧骨上的那块瘀青就像是勋章。

　　大型超市不建了，郑基燮认为无论如何都是多亏了自己在抗议中的昏倒。恰好总统在工商界的聚会上发表演讲时强调共生，大企业和中小企业应该共同发展，劳资和谐，并直接提出了"大型超市和地区商圈"的概念，要求大型超市必须思考与地区商圈共同生存的方法。不知是不是因为这个，大型超市扩张的速度减缓了。超市方面送来了公文，声称不打算在细乌市场前设立分店，还说一开始细乌市场附近就不是他们的备选地，但商会五人组并不相信此说辞。总之，这一切都像马后炮般的辩解。五人组为这次胜利彻夜喝酒，庆祝了一番。

　　郑基燮第一个有记忆的场所就是细乌市场。那是个盛夏，奶奶把熟睡的小基燮抱在怀中，斜坐在店门口的椅子上，奶奶一边拿着扇子帮基燮扇风，嘴里一边哼着歌。她不是他的亲奶奶。路过的人们其实应该会觉得哼歌的声音很吵，但还是会说"这孩子睡得真香""这孩子真乖"之类的话。这是他两三岁时的事情，奇怪的是记忆却非常鲜明，半梦半醒中瞄到的红色帐篷、奶奶怀里潮湿闷热的感觉和悲伤的歌声，他的感官将当时的情景生动地刻印在了脑海中。郑基燮想不起来是听谁说的，可能还加上了他自己的想象，但唯一确定的是，郑基燮是在市场的人们手里传来抱去地长大的。

　　因为父母忙着做生意，小时候郑基燮每天都在市场里自己玩，市场的人们把郑基燮当成了自己的侄子、孙子，大家都很照顾他。郑基燮每天在摊贩间跑来跑去，拿很多饼干和糕点吃，还收到袜子和内衣，他还拿着老人们给的苹果、马铃薯、豆腐和干货等东西玩，郑基燮可以说是名副其实的细乌市场之子。长大后的郑基燮让细乌市场重生一事，比任何"建国神话"都更令人感动，仿佛电视剧般充满戏剧色彩。

3

朴尚云正在数送来的紫菜包饭有几个,当制作助理和编剧们在准备脚本、资料、道具时,朴尚云就准备紫菜包饭。此时一个助理走过来,拿起装了紫菜包饭的袋子。

"这种小事怎么好意思让社长亲自出马呢?我来弄就好了。"

节目收视率不好被砍;原本就只有一丁点制作费还一再亏损,最后节目只好叫停;为了配合电视台改编,节目被废止……NEO 制作公司的节目现在只剩一个。剩下一个节目,必然要好好守护,朴尚云卷起袖子,表示要亲自到录制现场,还要参加会议,于是制作人崔敬模索性就提起了紫菜包饭的事。

"我们也来准备一些紫菜包饭怎么样?老实说在阅读脚本时有点冷清啊!"

录制时间很早,大家几乎都是饿着肚子来的,刚结束第一次录制的崔敬模说,其他外包制作公司都是这样,所以他们也该准备紫菜包饭和咖啡,然而朴尚云一听火就上来了。

"应该想要怎么把节目做好才对吧！为什么要把精力浪费在那种没有用的事情上？你是制作人还是厨师？"

"如果有吃的，气氛也会变得比较其乐融融啊！而且吃饱了大家才会好好工作不是吗？"

"那些人全都是专业人士啊！饿肚子也不会影响脑袋运转，为什么要做那些没人要求的杂事？做好自己分内的事情很重要，不做自己分外的事也很重要！那是对处同样地位同事的基本礼仪。总之，那不关我们的事，你不要多管。"

想当初这样振振有词的朴尚云，最后还是拎着一大袋紫菜包饭来开会了。

来到电视台的助理们，像机器一样有条不紊地移动着。先依照参与会议的人数搬来椅子，剩下的就摆到走廊。每个座位前都有一整套的脚本、企划案、资料，外加一条饭卷和一杯咖啡。主持人和专家讨论小组成员的表情顿时明朗起来，看到紫菜包饭，大家都很高兴的样子。

不久，电视台的管理制作人金相浩走进会议室，他看到朴尚云吓了一跳，赶紧恭敬地问候。

"前辈您好，您怎么会来这里呢？"

"嗯，之后的会议我都会参加，跟大家一起讨论。"

金相浩跟朴尚云之间不寻常的气氛，让现场其他人一头雾水。NEO制作公司的助理及编剧们都露出得意的表情，我们社长可是金相浩的前辈呢！金相浩向其他人介绍朴尚云。

"我的第一位师傅，五年前离开电视台，现在是NEO制作公司的社长。"

主持人及专家讨论小组成员一边吃着紫菜包饭,一边打招呼。

"真是太年轻了,根本没想到是社长呢!"

"原来是我们的前辈啊!您在我进来之前就离职了,所以我没认出来。"

会议在一片其乐融融的氛围中开始了。然而当负责的编剧认真说明节目内容时,金相浩一副心不在焉的样子,用筷子夹起紫菜包饭左看右看,一会儿又放下紫菜包饭,两手各拿一根筷子,把海苔剥开,把饭剥开,把里面的配料都拨出来,有腌萝卜、火腿和煎蛋,他把煎蛋夹起来吃,把饭也夹起来吃。然后又把另一个紫菜包饭夹过来,专心地把海苔剥开,把饭剥开,把里面的料都拨出来,这回又挑了几个配料放进嘴里,然后把饭夹起来吃。朴尚云看了有些傻眼,心想那小子到底在做什么,所以一直盯着金相浩看。主持人和专家讨论小组成员也无法集中精神开会。金相浩开始掰第三个紫菜包饭,他的手有点湿滑,一个没拿稳,紫菜包饭飞到朴尚云面前掉了下来。金相浩看起来很烦躁的样子,把筷子放下。金相浩一直皱着眉头,对于节目内容的说明一句话都没有说,直到会议结束,女主持人小声地跟朴尚云说:"金制作不喜欢吃胡萝卜,您不知道吗?"

不知道,当然不知道!他不吃胡萝卜还是不吃腌萝卜关我什么事?而且这又不是胡萝卜汁或是胡萝卜沙拉,一个紫菜包饭里能有多少胡萝卜啊?要是真的那么讨厌,干脆就不要吃啊!非要在会议中把紫菜包饭一个个打开,然后当着大家的面把胡萝卜挑出来吗?朴尚云觉得不可理喻,不由得嗤笑出声。这回金相浩自己向他问道:"其他组都会先把胡萝卜挑掉再给我,您不知道吗?"

当然不知道啊!就算知道也不想那么做,你这臭小子!就该把胡萝卜插在你鼻孔里,这个臭小子!朴尚云咬着牙,忍住要脱口而出的骂人冲动说:"这样啊!不过吃东西还是要均衡……"

虽然很伤自尊,但他还是强忍着补充了一句:"以后我会叫老板不要包胡萝卜的。"

朴尚云在空会议室里抽完烟,直到最后才出来。在等电梯去摄影棚时,金相浩走了过来,仿佛第一次见面似的,再次彬彬有礼地向朴尚云打招呼问好。眼前这个有礼貌的后辈,真的跟刚才那个拿胡萝卜找碴儿的狗崽子是同一个人吗?朴尚云心想,金相浩这家伙一定有多重人格。

金相浩环顾四周,然后压低了声音说:"对了,前辈,下次电视台打算换一间外包制作公司,NEO 的业绩不是很好,剩下来的时间希望你们可以再努力一点。"

"我们节目的收视率还不错啊!为什么要这样?"

"收视率其实都差不多,但上头的评价很低。这件事目前还没有其他人知道,我只先跟前辈稍稍透露一点。"

电视台上层的评价低,意思就是金相浩给的评价低啊!可他还把话说得像是出于善心一样,金相浩真是长大了不少啊!朴尚云第一次后悔离开电视台。

金相浩是在朴尚云离职前做时事爆料节目时的助理,当时每次叫他补拍或是找资料画面这类简单的事,总是没有一件做得好的。不知道怎么扛摄影机，拍摄时受访者的额头一定会被切掉；要他找国会议长的画面，他就给你找出前议长的资料画面。跟他说过难听的话也骂过他，在编辑室里还摔过录像带，但他就是没进步。虽然考虑到他才刚进来，做第一个节目难免生疏，但还是无法容忍，他完全没有认真工作的感觉，也不懂得看别人脸色。每次朴尚云见到金相浩，都会用食指敲他的额头，说他是个饭桶助理。

朴尚云在制作光州事件相关节目时，也是金相浩当助理，当时计划跟当年参与光州事件的有关人士见面，花了很长时间联系和采访，有生存者及牺牲者家属、外国记者、光州事件纪念团体相关人士，以及留下相关作品的诗人、小说家、画家、电影导演和演员等，都约了见面采访，还能听到当时镇压民众的戒严军的良心告白，最重要的一个人却联系不到。朴尚云当时像发了疯似的，在那名受访者位于首尔延禧洞的住家前埋伏了好几天，还去过他子女经营的公司及教书的大学，连他孙子念的学校也去了，却一个人也没有见到。虽然一开始就觉得他受访的可能性不高，但实在不想轻易放弃。尽管节目播出的日子越来越近，事情也越来越多，但朴尚云还是不愿放弃。

"喂！饭桶，你去联络看看。"

"什么？"

"只要联络上了，我就承认你的能力，不再叫你饭桶。不对，见不到面也没关系，用电话录音采访什么的都好。"

"电话号码是多少？"

"这个我怎么知道？问问查号台什么的吧！"

金相浩踌躇不定，但还是拿起桌上的电话，打查号台询问。

"您好。"

"那个……请问，全、斗、焕……"

"请问地址是？"

"西大门区延禧洞。"

"您要查西大门区延禧洞的全斗焕先生是吗？"

"是，是。"

话筒那边传来敲键盘的声音。

"很抱歉，先生，您要查询的地址并没有录入电话号码。"

金相浩若有似无地颤抖着把电话放下。

"他说电话号码没有录入。"

本来还心存一点希望在旁边看着的朴尚云，一时不知道该说些什么。从那之后，除了像买便当、买咖啡这类跑腿的工作，朴尚云不再吩咐金相浩做任何事了。不是不相信他，而是为了折磨他，事实上，金相浩也的确非常痛苦。

那一天电视台时事教养局举办送年会，地点选在了公司附近最大的烤肉店，并包下了整间店面，但实际到场的人没有想象的多。大家都推说眼前的节目忙得不可开交，而站在年轻人的立场来说，有次长、部长、局长那些人在的场合，他们也会感到不自在。还好这些领导有自知之明，一起围坐在同一张桌子旁，新入职员工、年轻助理和新人编剧等则各自入座。完成录制、剪辑和脚本，刻意姗姗来迟的中级制作人和编剧们，则故意坐得远远的。

朴尚云也很了解，如果早早去就得坐在局长旁边，准时去就坐在组长旁边的这个不成文规定，于是故意晚一个小时去。在最角落的地方，挤来挤去坐着的老人们都已经满脸通红了，一听才知道是在讲自己的当年勇。在暴雪中拍摄，结果发生雪崩，差一点被活埋的故事；带着隐藏摄影机坐上人贩子的货车，结果差一点被卖到捕虾船上的故事；没有助理没有编剧，自己一个人又拍又编又写脚本的故事……朴尚云之前也听过很多，原本以为那些是为了唤醒懦弱没有意识的后辈们的故事，没想到当事人们聚在一起也在讲。支撑他们的不是钱，不是地位，也不是年龄，而是这些年轻时热血的回忆。

坐在旁边的助理和新人编剧们，像准备上战场似的猛吃烤肉，忙得要死还被拉来这种没有意思的地方，当然要把烤肉吃回本才行。总有一天，他们也会像邻桌的老人们一样，重提当年的英勇事迹。最年轻的那些职员因为太忙而缺席聚餐？聚餐也是工作啊！吃饱回去再熬夜工作才是硬道理。我们当年整整一个礼拜都不回家也是很正常的啊！

金相浩也跟同期的同事们一起坐在组长旁边那一桌吃着烤肉，也许是因为喝了点酒，所以就肆无忌惮起来，他只要一讲话，周围的人就大笑。意外的是，金相浩喝了酒就很会开玩笑，还可以带动现场气氛，朴尚云第一次见到金相浩这么大声说话。

稍早朴尚云借口还有工作，在办公室里磨蹭，金相浩也看出来了，守着自己的位子也不肯走。朴尚云心想，快点去啊！叫你快去没听到吗？结果朴尚云还是把真心话说了出来。

"快走吧，臭小子，我是不想去聚餐才故意拖时间的。"

"我也不喜欢去啊，前辈。"

"我们两个都不去会被人发现的,你就去吧!饭桶。"

就算朴尚云开口大骂,金相浩还是一样固执,对骂自己的话充耳不闻。这段时间挨了太多骂,现在不管怎么骂,金相浩都不会觉得怎么样了。朴尚云换个方式哄骗金相浩,说:"难得有机会,你就去那里把烤肉吃到饱啊!而且难得有机会跟同期同事们一起吐吐苦水,会玩的人工作也会做得好。"说得好像自己很快就会过去一样。结果现在金相浩果然烤肉吃到饱,跟同期同事们互相大吐苦水,还玩得很开心,朴尚云不知为什么,看他那个样子很不顺眼。

喝酒的场合一旦时间长了,座位就会像掉牙齿一样,慢慢地空出来。聚餐接近尾声时,大家就会像约好似的一个个到外面去,打电话的打电话、抽烟的抽烟、上厕所的上厕所。几个醉醺醺的人拿着酒瓶和酒杯,到处跟人敬酒,还有几个人找着空位聊起天来,就这样,原本的座位就会换来换去。火炉一旦熄火,烤盘就凉了,从瘦肉中取出的肥肉块烧出的油凝固成白色,嗡嗡作声吵个不停的抽风机也停止运转了,有人靠在墙上打盹,有人继续独自喝酒,时间像一个慵懒的周日下午一样缓缓流逝。

朴尚云正要站起来时,金相浩拿着酒杯走了过来,坐在他的旁边。金相浩走过来时还好端端的,一坐下却东倒西歪。他把酒杯"咚"的一声往桌上一放,看着朴尚云嘻嘻笑了起来。

"前辈,真是抱歉,我实在是做得太差了。可是前辈,我已经做得很不好,前辈又一直说这个做不好,那个做不好,结果就更做不好了啊!不过我可一点也没有要埋怨前辈的意思,我应该要好好做才行,所以就让我来敬前辈一杯,这段时间真是不好意思了!"

朴尚云不由自主地接过酒杯，金相浩拿来的酒杯上沾满了油，上面还至少印了三种不同颜色的口红，而且到处都沾上了辣椒粉。金相浩在杯子里倒入透明清澈的烧酒，一瞬间酒就溢了出来，顺着朴尚云的手背流下。

"啊！对不起，看来我大概是喝醉了。"

金相浩赶紧拿起放在桌上的湿毛巾，帮朴尚云擦手。那是朴尚云擦过嘴、擦过手、擦过桌子上的油和酱汁的湿毛巾啊！朴尚云一把抢走湿毛巾丢到一旁，甩了甩手，烧酒蒸发，手背顿时清凉，朴尚云用食指敲金相浩的额头说："饭桶啊饭桶，你就算做个主事的也还是个饭桶。"

朴尚云一边敲，金相浩就一边前后摇晃，突然他一把抓住朴尚云的食指。

"不过，前辈，不能这样随随便便对待年轻人。现在还年轻，也正因为年轻所以没有经验，也没有钱，职位又低，虽然现在是这样，但时间可是不会停止的。随着时间的流逝，那些年轻时让人寒心的家伙长了年纪，多了经验，也有了钱，职位也会变高。那么以前那些了不起的人又会怎么样呢？老了、没有力气了，到时情况可就逆转了。所以啊！可不要随随便便苟待年轻人。所以人家才说年轻可怕啊！不是看现在过得好不好，而是看有没有变好的可能性。"

朴尚云根本就没有认真听。

"你跟我才差几岁啊？等时间过去你变好的时候，我会变得更好，所以你大可不用担心。"

如同金相浩说的，时间很可怕，不过五年的时间，情况便逆转了，朴尚云现在虽然还不算太老，但是已经没有力量了。

4

如果生活能过得宽裕一点，她一定会想办法把孩子医好。偏偏就赶在那时候，吴英美的丈夫，也就是金日宇的爸爸金民九被公司解雇了，那不仅仅是一家之主失去工作、让一个家庭顿时失去收入来源的生活问题。后来她才知道，金民九一直都不是正式职员。想到被丈夫骗了超过十年，吴英美感到茫然若失。金民九意识到自己十多年来没有签过一张合约，也哑口无言。虽然听着很蠢，但金民九是真的不知道自己不是正式职员，这并不意味着他以为自己是正式职员，其实他根本就没考虑过这个问题。在他们父子一起犯傻的这些年，吴英美养着像笨蛋一样的儿子，照顾着像傻瓜一样的丈夫。这么看来吴英美好像才是真正的傻子。

还在谈恋爱时，吴英美以为在高中当职员的金民九是公务员，结婚后才知道金民九工作的学校原来是私立学校时，吴英美"唉"了一声。不过他每天都按时上班，每个月也都稳稳当当地收到薪水，还加入了劳保、健保。就算公司会倒，学校会倒吗？金民九这么说，吴英美也就这么相信了。这句话应验了,学校是没倒,只是把金民九解雇了。

那是快要期末考的六月底,后山的石竹花、碧冬茄花、玫瑰花全都饱满地绽开,女学生们摘了夏枯草花,把嘴唇贴在花托上,品尝像蜜一般的甜味。刚好前一天下雨,草地湿漉漉的,天气晴朗,金民九十分庆幸,觉得能在学校工作真是太幸福了。然而就在那样美好的日子里,在全校视野最好的校长室里,在那扇巨大的窗户前,往外看着全校全景之际,金民九被告知次日不用来了。

"现在已经无法以约聘的方式待那么久了,站在学校的立场,当然想让工作表现好的人一直做下去,但碍于法令我们也是无可奈何,你去找找其他工作吧!"

其实也不是没有方法让长期约聘员工继续留下来,只要把他转为正职就可以了。两年以上的约聘员工必须转换为正职的法案,下个月就要执行了,在法案实行之前,学校急急忙忙地解雇了金民九及另一位行政室职员。那一位职员是下个月就要生产的孕妇,她在行政室已经工作了五年。两人接过解聘通知单之后走出校长室,空荡荡的走廊上,只有他们两人的鞋在"吧嗒吧嗒"作响。

"我还担心等我生完孩子休产假期间,我的工作要由谁来做……真不知道自己为什么要担心这种事。"

金民九本来想安慰她的,却突然惊觉自己现在不是替别人担心的时候。

"祝你生产顺利。"

半个月后，金民九接到她顺利生产的短信。离职之后，孩子就没能在她肚子里好好成长，提早半个月出生，还好生产过程很顺利。他本来想发送"真是太好了！"但想了想又改成"恭喜"，再想想又删了，改成"保重身体"，终于发了过去。金民九明明知道再这样下去也不是办法，但还是一点动力也没有。他像个新生儿一样成天躺着，心里着急的吴英美只好亲自出马，连续几天几夜翻遍了网络，在社区图书馆来来回回走了好几趟，最后制作了一份"不当解雇救济申请书"，交给金民九。

"你看一看，内容有没有错？"

"这是什么？"

"这是要交给劳工委员会的申请书啊！弄得好说不定你就可以复职了。"

申请书内容真是长篇大论，里头讲到面试那天，金民九说愿意一直努力工作，鞠躬尽瘁、死而后已，财团理事长也说这样的人正是我们要找的；影印室起火时，是他冲在前面，奋不顾身地顶着黑烟跑进去把灯关了；他还两度被评选为优秀员工，感人的故事不断。申请书以控诉财团拿预算不足当理由解雇十几年来努力工作的员工为结尾画下句号，并贴心附上了财团的相关财务资料。

"哇！你写的跟我心里想的一样。"

"你心里在想什么，我都看得出来。"

"财团财务状况的资料又是从哪里来的？"

"这些资料在网络上全都找得到，也不想想现在都什么时代了。总之，里面没有什么错误的地方吧？如果没有，那就去递送吧！这是你的事，至少你该自己去！"

救济申请被受理了，几个月之后，金民九虽然复职了，但很快就被学校起诉了，理由是贪污公款。那都已经是好几年前的事了，当时负责收款的女职员去刷牙，金民九代替她收了一位学生的学费，他也没多想就把钱放在桌子上，结果那笔钱竟无声无息地消失了。无可奈何之下，他只好凑了近四十万元[1]还给学校，因为这件事吴英美整整念了他一年。当时除了吴英美，根本就没人在意这件事，现在却突然跑出一个什么贪污公款的罪名，他辩称当时是失误，而且大家也都知道这件事解决了，但是一点用处也没有。

明知道赢不了还是无法放弃，不是因为怀有希望或正义使然，纯粹只是错过时机罢了。金民九度过了没有斗志前进也没有退路可走的孤独时间，一个人吃饭，问候上司却不被理睬，同事也从不正眼看他，还公然对他的事说长道短。这一切都让他很痛苦，就算年纪再大，看尽了世上的各种阴险之事，他依然觉得难以忍受。最后缴的罚金比当年他凑出来赔的钱还要多，学校又以他遭罚款的名义给予他解雇的处分，但金民九反而觉得痛快。收拾好东西出来那天也是夏天，雨下得很大，即使撑着伞，肩膀和小腿还是照样湿了，金民九因此得了不合时节的感冒，而且病了很久，吴英美则是一肚子火。

"有哪个男人像你这样软弱？你去积极地寻找生活下去的方法吧！想回学校的话就战斗到底，不然就去找其他工作！"

"让我先休息一下吧！"

---

[1] 本书中货币单位均为韩元。

"你休息得够久了，每天像个疯子一样手忙脚乱、到处奔波的人是我。你什么事都不做，脑袋啊，内脏啊，胆啊，全都没了，只剩一具空壳，只会愣头愣脑守着自己位子的人有什么好累的？凭什么休息啊？"

"我也想做点什么啊！什么都不做只守住自己的位子也是很累的，而且会更累！"

解雇、复职和贪污公款的法庭攻防战还有罚金，然后再次被解雇。这一年来发生太多事了，不知道是不是真的累了，原本就瘦巴巴的金民九，一下子瘦了十二公斤，整个人也明显苍老了许多。身体常常很不舒服，偏头痛、胃灼热，反反复复地便秘和拉肚子，手麻脚麻，还有膝盖疼痛。在大学医院前往社区巡回检查时，他从头到脚全都检查过了，但就是检查不出什么问题。但是金民九真的生病了，最后到精神科检查后才知道，即使身上没有疼的地方，人也是会生病的。

没有一家公司愿意接受金民九，因为他无法与人对视，只要有人跟他说话，他的手就会一直发抖，说话也结结巴巴的。即使好不容易找到工作，也常常连一个礼拜也撑不下去就逃走了。忘记交租房押金，就像香烟盒里迅速减少的香烟一样，是转眼间的事。不是一下两三根一起抽，而是一根一根不停地拿出来，很快就剩下最后一根香烟在盒子里孤独地滚来滚去。终于米也没了，全家开始饿肚子，他们只好搬到更小、更阴暗的房子里。吴英美把金民九的履历投到所有在招人的公司，货运公司、快递公司，还有网页设计师、卖车的销售人员、补习班讲师，金民九看着吴英美那样做，越发担心。

"那个我做不来！我连网页设计师是什么都不知道，要怎么做啊？！"

"吵死了！能不能做不是你来判断，而是由公司判断的。只要公司肯录用你，就代表那是你能做得来的事，不要啰唆，什么都给我去试，你可是一家之主啊！"

为了让金民九振作起来找工作，她只好把金日宇扔在一边。漠不关心的时间让青春期的孩子变老，让病越来越严重，身体越来越瘦。就这样，金日宇错过了可以变得不那么傻的机会。等吴英美和金民九勉强熬过艰难的时期，好不容易打起精神时，一切都已经无法挽回了。

5

睡完午觉醒来，家里就像恐怖片开场的场景一样，阴暗又一片死寂。洗碗槽的水龙头可能没关紧，一直传来滴水的声音，"滴答滴答滴答"。郑基燮把孩子们的名字挨个叫一遍，没有回应，他又叫了妻子的名字，也没有回应。不知从什么时候开始，妻子便不叫醒郑基燮，自己去店里。原本放在梳妆台上的闹钟倒了，无法确认时间。郑基燮躺着举起手臂，把窗帘拉开一角，窗外很明亮，斜着往上看，玻璃窗上乱七八糟地印着孩子们的小手掌印，连很高的地方都有斑点。孩子们什么时候长得那么高了？郑基燮回到家时，孩子们通常都已经睡了，等他早上起床，孩子们又都去上学了，尽管这几年忙于生计，都没能好好看看孩子们的脸，但赚的钱也并不尽如人意。忙不是因为做生意，而是因为跟商会的人喝酒。

有一天，妻子说要将财务分开管理。

"在同一家店里做生意，要怎么把财务分开管理？"

"你卖东西给客人赚的钱就算你的，我卖东西赚的就算我的，进货费用和一些店里的公共支出就对半分。"

"随你便吧!"

郑基燮不以为然,他认为这充其量是妻子对他不顾店、把心思都放在商会而做的抗议。她以为她说的真的可行吗？这又不是过家家。但事实真是如此。妻子的收入原封不动地进了妻子的存折。郑基燮由于很少在店里,即使有客人来也不懂得招呼,所以几乎没有收入。妻子以要付货款或公共费用为由把钱拿走的话,郑基燮的存款就经常是负数。妻子努力赚钱,用那些钱抚养孩子、操持家务,没有对郑基燮唠叨要他辞去商会的工作,或是打起精神好好做生意,但是郑基燮没钱向她要零用钱或要卡来用时,她都装作没听到。

郑基燮把棉被蒙在头上继续躺着,店里的生意妻子照顾得很好,反正不管是妻子的钱还是他的钱,都是家里的钱。郑基燮想再躺个十分钟,然后起来去商会,再叫个炸酱面吃。他把头埋进棉被深处,衣物柔顺剂的味道很香,身体发懒一下子又睡着了。就在这时,从棉被里传来嘀嘀的声音——是短信!郑基燮猛然起身抖动棉被,手机"咚"一声掉在地上,如他预料,是"石"发来的短信。"哥,今天要不要一起在附近喝个咖啡？"郑基燮迅速回复说知道了,然后就急急忙忙跑去冲澡。

自从在市场偶然相遇之后,郑基燮和"石"就经常互发短信,那之后又见了三次面,一次是去吃刀切面,一次是去喝咖啡,还有一次是坐着"石"的老公的车去兜风。"石"到公寓大门前接郑基燮,监控停车场的监视器每七分钟就会把画面拍摄下来,如果被拍到可就糟了，所以郑基燮提早二十分钟出去等着。他远远就看到白色的现代汽车，走近车道挥了挥右手，车子好像减速了又再加速，"咻"的一声开过去了。过了一会儿，一辆ＳＵＶ在郑基燮面前停住，车里的人摇下车窗，是"石"。

"哥，上车！"

第一次见到这辆车，看起来又大又豪华，他实在很好奇，于是开口问道："这不是国产车吧？"

"嗯，好像是日本产的，我也不太清楚，是我老公的。"

听起来"石"好像不想讲得太清楚，一直以来他都认为"石"是饿不着肚子的普通上班族的老婆，是不懂人情世故、常用单纯的表情说"哇！哥好帅！好帅哦！"的大婶。但在上车的那一瞬间，他的想法一下子就变了，"石"完全无视交通信号标志，也不管什么速限，一路猛踩油门，开车非常粗鲁。虽然只是开着进口车横行霸道，但"石"的这种样子很有魅力，一言不发听着音乐，沿着国道奔驰了一个小时左右。

坐的不是"石"的车，是她老公的车，这让他莫名有一种出轨的感觉，但他们两人根本没有什么关系。"石"就这样一路奔驰，绕了一圈，把郑基燮送回公寓门口后，她又开走了，从头到尾都没有下车一步。"既然如此，自己开车去兜风就好了，干吗还要来载我？把我当成放在仪表板上的太阳能摇头娃娃吗？"郑基燮不由自主地一边摇着头，一边走进家门。但自从那天之后，郑基燮常常想起"石"。

郑基燮对做生意没什么兴趣，把心思都放在商会上，当然还有"石"。他只要一见到"石"，谎言就会脱口而出，二〇〇四年开始实施《传统市场复兴特别法》之后,传统市场复兴咨询顾问就受到各界关注,成为未来主要产业。他也认为传统市场是具有潜力的蓝筹股,细乌市场可以算是他个人最具代表性的作品。看到自己吹嘘的样子,他突然觉醒了,原来自己根本就不喜欢做生意,不是喜欢"石",而是喜欢在总是睁着一双好奇的大眼睛的"石"面前,装出一副了不起的样子,就好像自己真的成了咨询顾问公司老板一样。

这回也是一点都不遮掩,在细乌市场附近的咖啡厅跟"石"见面。

"刚好也想见见哥,所以就顺便来了。"

她的表情就像在星期日下午敲着大门说"哥哥,我妈妈叫我拿年糕给你们"的邻居幼儿园小妹妹的表情。用这么可爱的表情说想见你,而且还是个三十多岁的人妻、人母,这女人到底是什么意思?郑基燮仔细看着"石"的旧牛仔裤、起球的开襟毛衣和脱了线头的包包,莫非这些只是看起来普通,但实际都是名牌精品?这个女人到底是什么身份?

"我要走了,中午另外约了人。"

"石"从座位上起来,郑基燮原本打算和她慢慢吃个午餐,或许再看一场电影,结果还是白搭了。就在他放弃希望打开咖啡厅大门走出去时,"石"走过来挽住他的手臂,郑基燮此时吓了一大跳,这、这、这个女人到底在想什么?他迷迷糊糊地被挽着手臂,走在人行道上,交通信号灯一变,"石"对他说再联络,然后头也不回地穿过斑马线走掉了。

郑基燮只好回到市场找人吃饭,并且混到很晚才回家。此时孩子们都已经睡了,然而不知道为什么,妻子独自一人坐在餐桌前。

"孩子们都睡啦?"

妻子没有回答,反而问他:"今天一整天都做了什么?"

"睡了个午觉,然后到商会办公室去找朴老板吃饭。"

"还有呢?"

郑基燮瞬间想到"石",脸一热,却装作什么事都没发生的样子,忙着找电视机遥控器。

"我还能做什么?每天都在商会办公室游手好闲罢了。"

"你过来坐。"

郑基燮立刻过去坐在妻子对面。

"我有骂过你,要你赚钱回来吗?"

"没有。"

"有叫你不要管那些没有用的商会的事吗?"

"没有。"

"我都做到这个程度了,你是不是不应该做对不起我的事?"

"我做什么了……"

"现在还给我搞外遇是吧!"

郑基燮一下子跳了起来。

"什么搞外遇?我哪搞什么外遇?这么离谱的事是谁乱说的?"

妻子全都知道了,在市场跟女人见面,还很开心地聊天,那女人开着昂贵的进口车到公寓前面找他,还挽着他的手臂在街上走。郑基燮矢口否认:"到底是谁说的?一定是看错了,开着昂贵进口车的女人为什么会跟我见面?我哪来那么大的胆子,跟外面的女人在市场逛大街?"郑基燮说他曾看到过一个跟自己长得很像的人,一定是认错人了。妻子听着连哼都没哼一声。

"常常跟你互发短信那个叫'石'的后辈，不是男的，是女的吧？"

郑基燮努力表现得泰然自若，笑着说是男的，如果好奇可以直接打电话去问，他脸色发白地把手机拿出来，妻子这回不屑地笑了。

"不是什么不是！她的真名不叫'石'，而是'淑'才对吧？"

郑基燮这一刻才领悟到女人的第六感有多么可怕，他一时不知所措地打起嗝儿来，刻意大声地说："你就那么不相信你老公吗？你就这点本事吗？疑心病也是离婚的理由之一啊！我是清白的，别说跟别的女人勾勾手什么的，我连正眼都不会瞧她们一下。我可以对天发誓，要是你还不相信，那我也没有办法继续跟你这种女人在一起了，签字吧！"

妻子垂下眼，一句话也没说，郑基燮把无名指上的结婚戒指拔下来，"啪"的一声放在桌上，做了幼稚的挑衅。

"我看你是因为我没赚钱才这样的吧！好啊！我走总行了吧？你买的东西都拿走吧！"

妻子轻蔑地笑了，接着从口袋里拿出手机按了几个键，然后交给郑基燮，屏幕上面是郑基燮跟"石"手挽着手的照片，虽然是从远处拍的，但很明显可以认出谁是谁，妻子对着满脸惊慌失措的郑基燮说："你出去！"

"宥娜妈！"

"出去！"

就算嘴上这么说，要是真的走出去应该会挽留吧？郑基燮小心翼翼地从座位上站起来，一步一步地慢慢挪动，果然如他所料，妻子叫住了郑基燮。

"不是叫我把我买的东西都拿走吗？你先把我买给你的东西留下再出去。"

对不知该说什么而停下脚步的郑基燮，妻子拿起桌上的戒指说："你以为我给你买的只有这个戒指吗？脱掉！"

"啊？"

"你身上那件开襟衫，是你去年生日时我买给你的，对吧？脱掉！"

原来是真的翻脸了啊！郑基燮这下子火大了，他粗鲁地把开襟衫脱掉，丢在地上。

"这样可以了吧？"

"T恤也脱掉，那也是用我的钱买的。"

哎呀呀！郑基燮瞬间回想起自己身上的所有衣物是怎么来的，裤子也是妻子买的，内裤也是妻子在网购时顺便订的，当然结账还是用妻子的信用卡。该不会连内裤也要脱掉吧！郑基燮努力做出无动于衷的表情把T恤脱掉，妻子用手指着裤子，动了动手指头，郑基燮低着头脱下裤子，心里直犯嘀咕，拜托不要再说了，拜托，拜托……

"怎么？还有一件没脱啊！"

"你真是……"

"是你自己说的，要我把我买的东西都拿走，快脱下来，在我把那个叫什么石不石的女人家变成废墟之前，赶紧给我脱下来！"

最后，郑基燮真的连内裤都脱了，妻子从椅子上站起来，慢慢走向郑基燮，捡起脱在地上的裤子，从上面把腰带解下："这个不是我买的，你拿走吧！"

妻子在瘦削的郑基燮的腰上系上牛皮腰带，郑基燮就只系着腰带、穿着袜子，一副寒酸样地站着，世界上的乞丐都不会像他这样不堪。郑基燮这才跪下求情。

"是我错了，我错了，以后不会再那样了，绝对不是你想的那样，真的只有纯喝咖啡、纯兜风而已，是真的，请你相信我。"

郑基燮写了协议书，保证以后绝对不会再与其他女人发生类似的问题，洗碗、打扫、洗衣等家务事全由他负责，早上要先出门去店里开门，除非有商会业务等特别的事，打烊也要一起打烊。他们约定两年内要让店里的营业额翻两倍，如果违反约定，郑基燮就只能系上腰带、穿着袜子走出家门。郑基燮照着妻子的指示，大声念出协议书内容并签名。在与妻子完成屈辱的协议之后，郑基燮像是想躲起来似的进入洗手间，将"石"的电话设定为拒接号码，并在垃圾短信条件设定中再次输入"哥"。他小声念了一句"哥"，不知道是不是因为在卫生间的原因，他的声音像"石"一样既轻柔，又让他感到陌生。"石"就这样在把郑基燮的心挖出来后，像海市蜃楼一样消失了。

连续几天亲自到店里做生意后，郑基燮才发现事态的严重性，现在的销售额是刚接手店铺时的一半，他不敢相信妻子就用那一点点收入维持店铺、维持家务、送孩子们上学、上补习班。他在参加商会的定期聚会时说了这件事，大家的反应都一样，传统市场认证登录之后，销售额上升像昙花一现般，但没过多久又悄然下降了。

郑基燮为了调查细乌市场的整体销售趋势、商人们的业务满足度及危机意识，特别设计了一份问卷。看着不好好做生意、只拿着问卷在市场里转来转去的郑基燮，妻子问他："是不是想只系一条皮带被赶出去？"郑基燮说服妻子："营业额减少不只是细乌干货店的问题，也不是我们在这里叫大家快来买鱼干就可以解决的，现在细乌市场整体已经进入危急状态，唯有解决细乌市场的危机，细乌干货店才能找到生路。"其实他心想，还好有个可以撇下生意的借口，不禁感到万幸，妻子终于放弃了。

"看来宥娜爸就是喜欢这样到处走动的人，好吧！就这样吧！总比搞外遇好，让市场复活也不是什么坏事。"

调查结果比想象中严重，营业额反而比登录传统市场认证之前还要差，从减少的趋势来看，一年内将会出现收益负增长的局面，所有人都对细乌市场的未来持消极态度。商会看到结果，陷入一片混乱，事实上，这段时间除了每天找人喝酒，根本就没做什么事，大家都默默承认在解决大型超市设点问题之后，商会就沦为联谊聚会了，于是决定每天晚上都召开紧急会议。

"这样下去会倒闭的！"大家都同意这个危机意识，但还是理不出个头绪来，因为没有具体的对策。传统市场认证登录、落后设施现代化、阻止大型超市进驻，之前这些问题，只要发生什么做什么就行了，可是这回有点不一样。

结束了没有结果的会议后，商会五人小组到市场的猪脚店围坐在一起，桌上放了猪脚和米酒，大家都没有说话，默默地看着店里的电视机播放的电视剧。剧情是一对青梅竹马的恋人，小时候因为女子出车祸而分开，女子车祸后失去记忆，被路过的一对有钱人夫妇收养，而男子以为女子死了,长大成人之后他们偶然相遇再次坠入爱河。多亏了小时候两人互赠给对方的戒指,他们才得以相认。女子虽然不记得了,但一直好好保存着那枚如命运般的戒指;一直无法忘记女子的男子,也始终舍不得丢掉戒指。就在女子发现男子也有那枚戒指的瞬间,仿佛在嘲讽现代医学一般,过去十多年消失的记忆突然一下子全都恢复了。

这是精肉铺的朴老板最讨厌的电视剧情,才小学生就谈么成熟的恋爱;路过的老夫妇看到车祸没有先报案,反而是把小孩带回家养;经过十多年手指完全没有变样,戒指还能一直好好地戴在手指上……这些他全都无法理解,但最无法理解的是,还在念中学的女儿,缠着他买一枚既贵又不好看的戒指。

"说什么班上同学全都戴着那枚戒指,总之,现在的孩子真是一下子就长大了。"

"是孩子的问题吗?做出那种东西还拿出来卖的大人才是罪魁祸首。"

"孩子还小就算了,我老婆只要看到电视上出现的就会跟着学样。一下子说什么名医说每天吃生大蒜很好,一下子又流着眼泪剥洋葱放在房间里,上次我回家看到她脸上涂得黑黑的,简直吓死我了,说那是用什么的壳做成的面膜。总之,那个女人呢,只要电视上出现了,就算是屎她也会挖来吃。"

一直看着电视剧,根本没在听的郑基燮,突然拍拍桌子说:"不如我们跟电视剧合作吧!只要在电视剧里出现就会红不是吗?谁知道呢?现在不是说什么韩流吗?搞不好这里还会成为外国观光客争相前来的景点呢!"

之前细乌市场也曾上过电视,那时大家确实都闻风而来。尽管当时只是短暂地在新闻及综艺节目出现一下下,却经常有成群的年轻人拿着相机来到涂鸦墙前拍照。只不过在节目里出现三分钟就那么火爆了,如果一直在人气电视剧里出现,细乌市场肯定会变得很有名。

当时因为许多摊商一见到摄影机就躲开,年纪比他小的制作人员只好请郑基燮帮忙交涉,还带他们去生意好的店铺拍摄。已经完成的涂鸦、停车场及地面工程,制作人员也要求拍摄施工时的画面,商会的人无可奈何,只好自己拿起油漆,一边装出作画的样子,一边往完好的地面上倒水泥。采访由郑基燮全权负责,虽然上电视很开心,但是也很烦人。后来再有其他电视台联系、请求拍摄协助时,他就用各种理由拒绝。很快,不再有电视台打电话来说要拍摄,看了电视而前来的客人也渐渐变少了。"当时如果能打好根基,多认识一些电视台人员的话……"现在郑基燮心中只有无限遗憾。

郑基燮打电话到电视台提案、说明,一直到跟摄影组通上话为止,需要六次的等待及转接,好不容易跟迷你剧的制作组通上电话,但负责人不在座位上,对方也不愿透露负责人的手机号码。接电话的男子声音听起来很疲倦,说会帮忙转达给负责人,虽然询问了姓名和电话号码,但并未接过对方打来的电话。

"请问有没有到传统市场取景拍摄的计划?"

"我们的戏目前暂时没有那样的计划。"

"那其他的戏呢?不是还有周末剧场、晨间电视剧吗?或者是还没播出的电视剧呢？"

"其他剧组如何安排这个我不清楚。"

"不是同一家公司吗？怎么会不知道呢？"

"我们很忙，最近都是外包制作，而且负责人也不一样，您还是打去其他外包单位问问看吧！"

了解之后郑基燮才知道，原来有专门的公司给电视台牵线，给它们介绍负责提供电视剧或综艺节目里出现的场景、道具、服饰等的单位。

在外包公司办公室见到的科长很亲切，为了向对电视制作合作相关事项一窍不通的郑基燮讲清楚，他特地准备了资料，并简单明了地以实际状况举例进行说明。基本上，每一部电视剧虽有不同，但是以平均水平来说，商品标志置入、曝光的金额大概在一千万元到两千万元，如果要成为电视剧的主要道具素材，并在剧中频繁出镜，大概要亿元起跳。他还偷偷透露，去年在那部大红的电视剧里被当成主要场景的制果公司，大概砸了十亿元左右。

"办公室、工厂、研发室到那间公司所生产贩售的饼干，几乎全都在剧中出现。"

郑基燮温和地笑着说："我们没有打算收钱，只是想免费提供场地而已，使用一点市场内的物品也没有关系，只要不妨碍商家做生意就好了，哈哈哈！"

"不是我们要给你们钱，是你们要付钱啊！"

"啊？我们给你们提供场地还要付钱？"

"你们不是想要打广告宣传吗？那就要付广告费啊！一旦出镜，

可以得到多大的效益您应该很清楚吧？不就是因为知道，所以才来找我们的吗？"

原本亲切的科长，一下子变得很惊讶，也不再多做说明了。他原本还拿了另一份厚厚的文件，现在也没有必要打开了，只敷衍地说请郑基燮回去考虑，决定好了再跟他联络，然后就丢下傻傻呆坐着的郑基燮走了。

思想的轴心只要倾斜一次，就很难再回到原位，郑基燮认为，细乌市场就只能搭着节目走了。郑基燮也看过那个亲切科长所说的大红电视剧，也买过那部剧里出现的饼干。那个饼干是剧中有着不幸童年时期的主角，长大后进入制果公司，战胜了对手的手段和阴谋，开发出星星、月亮饼干组合中的月亮饼干。小时候妈妈把黏在锅边干干的锅巴挖来，经过发酵、静置或者熟成过后，最后做成米饼状的东西。市面上贩售的饼干跟电视剧中出现的名字一样，形状和包装也一样，虽然很好吃，但以分量来说价格实在太贵了，即使如此还是经常卖到缺货，看来花了十亿元是值得的。但是细乌市场没有那么多钱，郑基燮的脑海中回荡着女儿常哼的歌："如果我可以上电视就太好了，真的太好了。"

那么就改去进攻晨间节目或新闻吧！

"要花那么一大笔钱才能在电视剧里出现，那样很困难，还是从之前上过的晨间节目或是新闻下手，慢慢来怎么样？"

"之前因为我们嫌麻烦，所以电视台有好一阵子都没跟我们联络了。"

"是啊！不如就从小地方开始试试看，说不定之后就可以跟电视剧组接触了。"

一直静静听着不讲话的精肉铺朴老板讥讽地说："要上电视这种事慢慢来就可以成功了吗？刚开始出现三分钟，接下来十分钟、二十分钟，然后十六集的迷你剧、五十集的大河剧[1]？细乌市场是新晋演员吗？要到什么时候才能培养好演技、改头换面当主角啊？现在迫在眉睫的是大家的生计问题啊！你说是不是？"

郑基燮也烦闷得很，商会的人们，尤其是精肉铺的朴老板，只要有什么不顺心的，就会质问郑基燮。他总是以郑基燮最努力为由，不管什么事都把责任推到他身上。这些郑基燮都知道，但只要一有事发生，就会忍不住站到前面管闲事，连自己也觉得烦。他很庆幸能生活在一个相对和平的世界。如果在日本帝国主义时期出生的话，说不定会成为日本走狗。不过那样的话就不会担心钱了。

---

1 大河剧是指长篇历史电视连续剧，"大河"来自法文词汇中的"roman-fleuve"（大河小说），意即以家族世系的生活思想为题材而写成的系列长篇小说，大河剧是大河小说的电视版。

6

金民九在中餐厅当配送员,这还是吴英美偶然看到贴在电线杆上的广告,一把撕下来叫他去应征才开始的工作。金民九出乎意料地做得很好,本来因为害怕与人接触,什么事都做不好,但送炸酱面这件事却得心应手。金民九弄了一辆二手轻型摩托车,除了有马达,找不到比电动三轮车更好的地方,但他还是得意扬扬地在街上骑。因为不需要跟点了炸酱面的客人应对,只要赶紧递上面碗然后收钱就可以了,金民九很满意这份工作。

金日宇从小学六年级开始,就帮着父亲一起干活,严格来说,应该是跟着父亲一起工作。他不爱念书、不去补习班,放学之后就没事做了。他又没有朋友,所以没事就坐在父亲的摩托车上一起去送货,要不然就自己玩或去贴传单。也许是看起来可怜,中餐厅的老板偶尔会给金日宇一点零用钱,而那些钱分毫不差地全都进了吴英美的口袋里。

进入中学之后，第一次期中考试那天，金日宇早早就交了考卷，还不到十一点就来到中餐厅了。金民九很想打儿子的头，但碍于周围人多忍住了。因为刚好是午休时间，要求送到办公室的订单接连不断，常常需要一次携带好几个铁箱子装面碗，这对金民九来说虽然很重，但还可以承受，金日宇也会帮忙提铁箱。多亏了金日宇的帮忙，才顺利结束了忙碌的午餐配送，在收回空碗之后，父子俩总算可以面对面坐下吃炸酱面，当作迟来的午餐。但还没吃到一半，又有人点了一碗需要配送的炸酱面，金民九急急忙忙用筷子把碗里的面全都夹起来送进嘴里，又急急忙忙站起来，用袖子胡乱在嘴边抹一把，金日宇看了也跟着站了起来。

"你吃你的，干吗跟着站起来？"

他也不是要训斥儿子，这已经是金民九最温和的说话方式了，金日宇依然低垂着眼，直挺挺地站着。在家养病期间，金民九养成了一个坏习惯，动不动就扯开嗓门大叫，然后把金日宇抓起来打。可以让金民九这样对待的人，只有金日宇。他明知这样做不对，却停不下来；明明已经构成犯罪，但他将此行为合理化，解释说这只是习惯而已。

"吃饱了就上车吧！"

金日宇坐上摩托车，环抱着金民九的腰，像个小孩子一样，把脸埋进金民九的背，发出吸鼻子的声音。

"男孩子哭什么哭？"

"我不是在哭，只是鼻涕流出来了。"

金民九听完很想立刻下车，狠狠地往用T恤擦鼻涕的金日宇头上敲一记，但他忍了下来，转而猛地发动车子，金日宇因重心不稳摇晃了一下。

那是一栋两户对向而立的阶梯式公寓，在一楼玄关入口，金民九正打算按对讲机时，金日宇却按了密码，打开了玻璃门。

"你怎么知道密码？"

"之前来这里送过，那时候听到的。"

金民九一边想着他到底是听谁讲的，一边心不在焉地走了进去。金民九和金日宇并排站在电梯门口，电梯正从二十七楼慢慢下来。叫了一碗炸酱面的是401号住户，金民九本来想着要不干脆爬楼梯上去，但转念一想干脆让那个人吃坨掉的炸酱面算了，于是好整以暇地等着电梯。这时传来大门入口按密码的声音，一个穿着学校制服的男学生走了进来，他穿着跟金日宇一样的校服。

"哦！你不是金日宇吗？"

"你是谁？"

"你这缺心眼的小子！我们同班你不知道我是谁？"

金日宇无话。

"缺心眼！考试期间你不学习在这里做什么？还是说你也住这里？"

"不是，我来送炸酱面。"

"你在送炸酱面？"

"我帮我爸爸的忙。"

"你爸爸？"

"嗯……"

金日宇用左手指了指金民九,男学生一时惊慌,急忙后退一步,似有若无地点头问候,这时刚好电梯来了,三个人一起进了电梯。男学生伸手按了四楼,金民九心想,点炸酱面的不会是这小子的妈妈吧?

"看来是你妈妈打电话叫的炸酱面吧!"

"不是,我妈妈去上班,每天都很晚回来,应该是住401号的大婶吧!那个大婶经常白天点炸鸡或是比萨。"

"一个人在家会很无聊吧!"

"我本来要去补习班的,因为忘带书了,所以回来拿书再走。"

电梯门打开了,男学生像一直期待着这一刻似的,电梯门打开的同时,匆匆忙忙点个头就飞奔出去。男学生一进入402号房,金民九就往金日宇头上拍了一下。

"你这个家伙,考试期间还不快去学习。"

不知是不是被打的地方很痛,金日宇一直揉着头。叫了一碗炸酱面的客人,是住在401号房的中年大婶,她戴着大耳环,用一堆五百元硬币付了炸酱面的钱。一关上门,金民九就开骂:"住那么好的房子只点一碗炸酱面是怎么回事?最起码也点个贵一点的干炸酱面或综合炸酱面吧!"

金民九和金日宇回到电梯前等待,这时男学生刚好出来,男学生低着头从楼梯跑下去。金日宇走近402号门前,摆弄着挂在门上的电子门锁,几声"嘀嘀嘀"的声音之后,就传来"当当当"的轻快电子音,同时听到"咔嚓"一声,门竟然被他打开了。就在这个时候,电梯门也开了,金民九一把抓起金日宇的手进电梯,还好电梯里一个人也没有,金民九猛打金日宇的头,像要把他的头打破似的,说:"你这小子到底在做什么?"

"七三一二六八。"

"什么?"

"七三一二六八。"

金民九一瞬间深切地领悟到,这个孩子真的有问题。

"你在说什么鬼话?臭小子。"

"嘀嘀嘟嘀嘀嘀,就是七三一二六八啊!"

"你是说大门密码?402号的?"

"对。"

"你怎么知道的?"

"刚才听到的。"

几个小时之后,金民九自己一个人来收空碗,停好车抬头一看,401号客厅的灯亮着,而402号房则是一片黑暗。搭着电梯上到四楼,401号门前放着炸酱面碗,里面留着有明显牙印的萝卜块、折成一半的木头筷子和皱巴巴的卫生纸。他一边嘟囔着一边把东西收好,然后站在402号门前,金民九心想应该不可能,但还是慢慢地按下"七、三、一、二、六、八"——"嘀嘀嘀,当当当,咔嚓!"他半信半疑地转了一下大门把手,沉重的门被打开了。金民九顿时头也不回地往楼梯跑,大门又发出"嘀嘀嘀、当当当"的声音后自动关上了。

那天晚上,吴英美躺在床上病恹恹地呻吟着,难得大扫除一次就肩膀酸痛,连贴了四片膏药还是痛。吴英美明知会被拒绝,但还是叫金民九帮她捏一捏肩膀。金民九一边想着白天发生的事,一边有一搭没一搭地捏着吴英美的肩膀。没想到金民九真的如此体贴地帮她按摩肩膀,吴英美从肩膀到脖子再到头顶都起了鸡皮疙瘩。吴英美在惊诧之余回头看了一眼金民九,可他仍沉浸在思考中。

"就在刚才,日宇跟我去送了外卖。"

吴英美起了一身鸡皮疙瘩。

"什么?那个臭小子,考试期间不给我学习跑去那里?你还驮着他跑来跑去送外卖?哎!你也真是的!"

"你先听我把话说完吧!日宇他做了很奇怪的事情……"

"他做怪事又不是第一次了,你干吗突然这样?"

"你这个女人,真是,都说了你先听我把话说完!下面十字路口那里不是有栋公寓吗?我们去那里外送,刚好住对面的一个小孩也进门了,他是日宇的同班同学。他跟日宇每说一句话就会带上一句'缺心眼,缺心眼'的,也不知道日宇在学校表现到底怎么样,总之,这个不重要,后来那小子走了之后,日宇去摸了摸他家的密码锁,然后门就开了。"

"你这是什么话?"

"那个小孩不是按密码进屋吗?日宇听了按密码的声音,然后说七、三、一、二、六、八。"

"他随便说的吧!"

"我本来也这么想,心想不会吧!然后回去收面碗时顺便试了一下,结果门真的打开了!"

"什么?那你进去了吗?"

"我疯啦？干吗进别人家里？确定真的可以打开后，我就拔腿跑了。"

"真是什么事都有。"

当晚金民九和吴英美并排躺着，一直到深夜都无法入睡。金民九想着门打开时从门缝中看到的瓷器应该是真品；吴英美则在想，万一金民九进了那间屋子里不知道会怎么样。两人一夜辗转难眠。

"日宇爸，睡了吗？"

"还没。"

"我突然想到，日宇小学三年级的班主任，不是叫我们带日宇去医院检查吗？当时那个老师也说了奇怪的话。"

"什么话？"

"叫我让日宇去学钢琴，说日宇很会弹钢琴。"

"钢琴？日宇有学过弹钢琴吗？"

"当然没有。那个老师说日宇从没看过乐谱，但只要听过的声音就都能弹出来，电话铃声、下课钟声、音响器材的声音、狗啊猫啊的声音，只要听过一次，他都可以用钢琴完美地弹出来，他说日宇对听到的声音有特殊的天分。"

"是吗？那为什么没让他去学钢琴？"

"我们有那个闲工夫让他去学钢琴吗？你当时精神崩溃，而我为了活下去也疯狂拼命。"

"所以呢？"

"所以啊，就不了了之了啊！后来我也忘了这件事，一直到刚才听到你说的才又突然想起来。"

"现在才要让他学钢琴又能改变什么?我们也没有能力送他去学钢琴啊!"

"不是,不是说要让他去学钢琴……"

原本盯着黑暗的天花板的金民九,翻过身侧躺,面对着吴英美说:"那户人家是日宇他同学的家,他家经济条件好像不错,下午门打开时我偷瞄了一下,好像看到了像白瓷之类的东西,你说是真品吗?"

"你是说十字路口那里的黄金大厦还有白金大厦,是吧?那里不是什么名人富豪住的地方吗?那里的房价可不得了,就算不识货的人,也都知道绝对不是假货。"

"那种人家一定有很多钱和珠宝的,对吧?现在连密码都知道了,要不偷偷进去看看?"

"你疯了?"

"开玩笑的!开玩笑。"

这是一个失眠的夜晚,之后这样的不眠之夜持续了很久,两人连续几天都有同样的苦恼,还是吴英美下定决心先把话说出来,金民九也同意了。人生真是瞬息万变,金民九依然很害怕面对人,但这世上没有一个工作是不用面对人的,所以他一直没能找到像样的工作。可是在没有人的房子里,他没有理由害怕。

金日宇干脆在背包里带着中餐厅的广告传单,学校放学后,先在洗手间里换好衣服,然后就到附近的公寓大楼转一转。搭着电梯先上到顶楼,然后一层一层走下来,在每户门前贴宣传单,在一楼大门口如果见到有人开门就跟着进去。金日宇在小学生放学的时间段,跟在后面进入，到各户门前假装贴宣传单，然后把听到的密码告诉金民九。

但是他们并没有任何收获，金日宇明明听到了同学家的大门密码，为什么其他人家的密码就没办法取得？那个同学家的门锁很特别吗？金民九把儿子送到大楼外之后，一有空就到钥匙店打听，直到第四间钥匙店才得知，新型的大门电子锁，每个按键的声音都是一样的。每个数字按键音都不同的电子锁，只有两年前"开锁"公司出品的YL10D系列而已。听到金民九在找边框是草绿色、按键是银色的，每按一个数字，上面的红色灯泡就会闪的电子门锁，钥匙店的老板歪着头想了一下说："你会不会是在找'开锁'的产品？嘀嘀嘀声音很大的那种？现在那种已经不产了，你为什么要找那种东西呢？"

"我之前住的房子用的是那种锁，已经习惯了，如果改用其他款的锁，又要重新再学一遍。"

"你是住黄金大厦吧？你们家的应该没有故障吧？那个动不动就出故障，按键失灵，半夜一直'哔哔哔哔'地响，然后会自动锁起来，之前有一位大婶被锁住，还打电话叫119来呢！那家公司虽然叫'开锁'，却让人开不了锁。总之，现在那个系列的产品已经不出了，我们可以介绍产品内容但不推荐。"

两年前黄金大厦开始有住户入住，当时跟开锁公司合作，以半价的优惠购入YL10D-31F型号的门锁。也许因为住户都家境优渥，很多户人家后来都舍弃便宜的门锁，另外用高价采购更好的。也有一些是在出故障之后换掉的，现在使用YL10D-31F型号的住户只剩不到一半了。开锁公司的产品虽然价格低廉，但品质不佳。现在家家户户几乎都用电子门锁，除了黄金大厦，要再找到开锁公司生产的产品就很难了，特别是YL10D系列在两年前只生产了八个月就停产，现在更是罕见。金日宇和金民九到处寻找开锁公司生产的打不开又关不上的瑕疵门锁，但始终是徒劳无功。

他们最后只剩下一个办法，就是让金日宇不停地在黄金大厦贴宣传单，那么黄金大厦的住户就会常常向中餐厅订炸酱面，金民九就会常常配送炸酱面到黄金大厦。金民九和吴英美吓唬金日宇，让他不准跟任何人讲，一边安慰他说辛苦了，一边又称赞他做得很好，让金日宇感到既害怕又开心。

金日宇若不是要发宣传单，就不会到大厦的周围打转，金民九为了躲避监视器，从二十七楼走楼梯上下，最多一个月一两次。如果所剩不多的YL10D因故障而慢慢被淘汰，都被更换成性能较好的新品，那一切就结束了。虽然可进入的户数有限这一点很可惜，但另一方面他们也感到庆幸，因为犯罪行为一旦次数增加，必然会无法控制，一旦出了问题，瞬间就会化为泡影。金民九和吴英美把这额外的收入当作是之前辛苦的犒劳，就像奖金似的。

"我们没有伤害别人，也没有影响人家正常的生计，不是吗？"

金民九如此自我安慰后，也变得越来越大胆了，一开始只拿几万元现金和小猪存钱罐那些东西，但很快就把手伸向金饰品，然后就变成名牌包包、衣服、笔记本电脑、游戏机等电子用品。吴英美也一样，刚开始还会一边发抖，一边到远在钟路区的金饰店，假借说因为丈夫生意失败，所以只好来变卖结婚金饰；或是说不得已变卖孩子周岁时收到的金饰、婆婆遗留下来的金项链等。到后来，她已经可以直接在家附近的银楼，若无其事地变卖金蟾蜍和金锁片，背着金民九带回来的名牌包上街，或是把笔记本电脑放在二手拍卖网站上卖掉。虽然这些东西并没有让一家人的生活水平产生翻天覆地的变化，但多多少少有些帮助。最重要的是，金民九变了很多，曾经长时间的药物治疗和咨询都没起到作用，可如今竟然开始去外面走动了。不但表情变得开朗，话变多，连人也变得自信许多。吴英美像个聪慧的贤内助一样鼓励金民九："我相信日宇的爸，你会做得很好，现在就做得很好了。"

金民九很想问一句"什么很好？"但还是没能问出口。

7

就算是在无线电视台时，朴尚云也是个很优秀的制作人。朴尚云宽阔的背脊中间，有两道又长又深的疤痕，足以证明他有过辉煌的过去。所有的一切都是从跟学弟一起喝酒开始的。大学时很要好的学弟，原本已经定好婚期了，却遭到悔婚，朴尚云虽然说尽了安慰的话，学弟却只是一味地猛灌酒，即使问他理由也不回答。朴尚云心想一定是那个女的移情别恋，可是喝醉的学弟却说出令人意外的话："她不如干脆喜欢上别的男人，我也就不会这么痛苦了。我连对自己的父母都不知道该怎么说，她，迷上了奇怪的宗教。"

不管学弟怎么努力，都无法说服那个女子回心转意。那个女子提出，为了要好好从事宗教活动，希望先取消婚约。

"那一切全都是我的错，她说她不想当老师，准备教师考试很辛苦，我却一直叫她要努力、要坚持，我应该让她继续去原本的公司上班才是，她说自己很孤独、很心累，所以才会一下子就陷进那种不像话的鬼地方。"

老实说，在没有宗教信仰的朴尚云眼里，任何宗教都很奇怪，什么伪宗教、异教、迷信之类的，宗教间互相诋毁的事他也无法理解。是什么奇怪的宗教能让人取消婚约？朴尚云很好奇，但在这个节点，不是出于制作人的职业意识，纯粹是个人的好奇心。于是他问了学弟后亲自探访了那个地方。虽然不知道能不能说服那个女子回心转意，但他答应学弟一定会帮他把女朋友救出来。

他在教坛附近的商店街打转，有个年轻女子走过来，递了本小册子给他，是类似修炼院的宣传单。宣传单上有个不是穿韩服也不是穿和服，而是穿着宽大裤子的年轻女子，双手合十祈祷。那个女子很漂亮，宣传单上印着的文字写着："现代人的病，是身体和心灵不一致导致的，修炼可以让身心均衡发展。"这就是学弟的女友陷入的宗教，修炼院在大楼的四楼，朴尚云问发传单的女子："这个地方有女人吗？"

"什么？"

"我对宣传单上的女子一见钟情，去这个地方可以见到她吗？"

女子冷笑一声，是那种让人看了不舒服的笑容。

"在修炼院的所有女人都跟她一样，身心都很美丽，要不要我帮你介绍呢？"

至少你不是。朴尚云心想。他虽然不知道眼前这个女子的心灵美不美，但可以确定的是她的外貌并不美，不过他还是跟着她进入大楼，搭上电梯。

修炼院在这栋商业大楼，占了一整层广阔的空间，至少应该有上百坪[1]吧!那女子说要先去向院长打声招呼,但朴尚云拒绝了她,说想先四处看看。在正中央有个像讲坛的地方,周围则围绕着一些小房间,让人联想到KTV的包厢。那些房间看着都有人生活的气息,但都没有房门。这样要在哪里换衣服?不知道为什么,这些房间看起来有种淫乱的感觉。

白色大理石地板和白墙,没有什么特别的装潢,也没有什么照片、画之类的象征性装饰。里面的男子和女子穿着跟照片上一样的白色绑带裤,很是引人注目。不知从哪里传来钟声,在房间里的人们鱼贯而出,在讲坛前成排坐着,从最后面往前看,好像一个超大的蚕茧农场。这时带朴尚云进来的女子走过来,对朴尚云说在完成基础理论学习和个人修炼结束后,可以参与全体修炼。到底之后会发生什么事,朴尚云实在太好奇了,于是他打电话给学弟,学弟对于朴尚云真的找去那里感到很惊讶。

"学长,你真的进去了?"

"嗯,不过全体修炼要做什么?"

"首先由院长讲道,然后深呼吸,再做一些类似体操的动作,唱歌,然后……"

"然后呢?"

学弟静默了好一阵子。

"脱衣服。"

"什么?脱衣服?"

1　1坪约等于3.3057平方米。

"是。"

"你也脱了？"

"对，当时在那样的气氛之下就脱了。脱了衣服之后，接下来还有更可怕的事发生，那个实在是说不出口，总之，你不要再待了，莫名有种迷惑人的东西。在那里闻到的香味好像有什么让人产生幻觉的成分，所以学长，不要待下去了，好吗？我不跟她结婚也没关系的。"

原来是为了方便脱衣服所以才穿绑带裤啊！之后朴尚云只要一有空就去修炼院，很好奇大家一起做体操、一起唱歌、一起脱掉衣服会是什么场面，到底会怎样？朴尚云被异样的期待感笼罩，因此什么基础理论学习和个人修炼都照着做，个人修炼因为是由年轻女子全权主导的，就像是按摩一样感觉还不错。不过怎么看都像是年轻女子勾引男人的策略，朴尚云对握着自己双手修正姿势的女人问道："你有男朋友吗？"

女人微微一笑回答："你的身体太往前倾了，还得再多学习感悟，请深呼吸。"

没错，这并不是伪宗教，他一边这样想，一边跟着女人做。虽然有人叫他交修炼费，但费用并不多。就这样两个月之后，个人修炼结束了，他终于可以看到好奇已久的场面了。

脱掉衣服之后，他们互相打对方。他们连内衣都脱掉，然后跳舞、唱歌，最后为了把厄运赶走，用树枝互打，像要在对方身上画下一条条线一样，那个模样不只奇怪，还很恐怖。随着气氛高涨，奇怪的是殴打对象渐渐缩小到只针对一个人，不知道为什么，朴尚云成了大家殴打的对象。一个不知是院长还是教主的人，手里拿的树枝最大、最粗,粗大且弹力又好的树枝狠狠抽打在身上,朴尚云不由自主地骂了出来:"操!真他妈疼死了!"

院长教主两只眼睛瞪得又圆又大,反而更使劲地挥动手里的树枝,朴尚云的背流出血还滴到了地板上。所有的一切就是从这开始的,人称灵魂清澈的院长,打醒了朴尚云身为制作人的新闻感,朴尚云决定揭发这一切。一年多来,他每天到教坛上班,几乎坐上了干部的职位,还了解到这奇怪的宗教团体,以修炼院、祈祷院或冥想中心等名义,在全国各处藏匿。在朴尚云的信任度高到可以拿到机密资料时,他偷偷拍摄了院长以宗教意识为幌子,对教徒实施性暴力和集体暴力的现场。活生生的场面播出后震惊了全国人民。朴尚云虽然没能把学弟的女朋友救出来,却得到了当月制作人奖、独家报道奖及最佳节目奖等,并用奖金请学弟吃了韩牛,大快朵颐了一番。

朴尚云为了躲避教团的报复,申请了休假,跑到位于深山某个村庄的残障人士团体机构,因为有人在观众爆料留言板上爆料说那里发生了虐待事件。他自称主修社会福利,为了成为社工师而住在院里的宿舍,并在那里工作了六个月。在修炼院通过隐藏摄影机偷拍成功成的报道,让他信心大增,于是这回朴尚云勇敢地带着摄影机进去。他偷拍了殴打和虐待院生的场面、强制奴役院生的场面、院长对院生性侵的场面等,然后带着摄影机及院方挪用慈善捐款的资料连夜逃走。后来在节目上呈现了各种画面,比如院生没有汤匙用手抓饭吃,工作时受伤的脚趾没得到治疗,结果最后连脚腕都切除了,以及院长像打招呼一样自然地把手伸进院生裤子里,院生却面无表情。

看到这赤裸裸的画面，大部分的人都哭了，不是默默地流泪，而是捶胸痛哭。就连负责旁白的女配音员也因为配到痛哭失声，使得配音工作必须分两次才能完成。不单是因为悲伤、生气或是同情院生们，还因为人们受到了非比寻常的打击。朴尚云第一次深切地了解到，目击了令人震惊的事件也会流泪。

两个时事纪录报道节目，让朴尚云成了名人，他不只得到很多新闻奖项，还受邀到各地演讲，在杂志上有了固定的专栏，并负责新的时事纪录报道节目。但是他的脸曝光之后，就没有办法像之前一样偷偷去拍摄取材了。这回他看到了一张在国家地理杂志上出现的照片，没有做任何交涉，没有翻译，没有摄影师，就这样独自一人带上一台6mm摄影机突然离开了。他到了语言不通的外国，采访数百年来只有女人的村庄；寻找无意间被雷劈，因无法忘记那种感觉而到处遍寻打雷地点的"闪电人"，朴尚云还幸运地拍摄到他在纽约市中心被雷击的场面。就这样经过几次爆红之后，不管做的节目有多么糟糕，大家还是一样很宽容地予以接受。

但是朴尚云觉得很愁闷，因为大家对他的评价过高。他知道自己并不是什么伟大的正义使者，也不是什么自由的灵魂，只是运气好罢了。回顾这些年来发生的一切，他有一种背脊发凉的感觉，直到很晚他才开始接触真正的人情世故。

三十五岁的朴尚云从电视台离职时，并没有人感到惊讶。严格来说，节目制作也算是大众艺术，大部分的艺术家都会那样，因为自己喜欢而投入。在这当中，从事时事节目制作的人，通常比较具有正义感、使命感和责任感，这个工作的条件很自由，但像朴尚云这样年纪轻轻就辞职的情况几乎没发生过。再怎么说，也是通过了极为困难的考试才录取进电视台的，何况年薪也不低，可以在稳定的公司里工作，根本没有理由辞职，但是朴尚云却自己离开了这个人人羡慕的工作。

有传闻说他被挖到了国内一家有名的有线电视台当组长，这个电视台即将迁移到国外专门制作纪录报道的频道，类似的传闻甚嚣尘上，但全都不是真的，没有任何一个地方找朴尚云过去。朴尚云离职四个月之后，建立了NEO制作公司。朴尚云的妻子全力支持丈夫，同时自己决定趁年轻时多读点书，于是把杂志社的工作辞掉留学去了。妻子进机场前，紧握住朴尚云的手，嘱咐他一定要好好做出一番事业，并按时把学费跟生活费汇到她的户头里。

NEO制作公司刚开始还算顺利，创立之初就制作了六个正规节目。刚开始有五名员工，一个月后逐渐增加到二十四名、三十五名、四十七名。如果把自由接案的编剧、灯光、摄影等外部人员加在一起，规模甚至比普通规模的电视台时事教养局还大。他们还帮无线电视台制作创社特别纪录片，虽然对外宣称是共同制作，但可见其地位不一般。后来渐渐受到劣质的装备、不足的制作费、紧迫的制作时间等影响，制作出来的成品虽然说不上差，但也谈不上好。既然制作出来的节目品质差不多，那么电视台也没有必要将制作权交给个性硬邦邦的朴尚云。

每次电视台一进行整改，节目就会减少一半，到了创业第五年，朴尚云制作的正规节目只剩下一个。员工们都在观望，因为薪水减少、没有前途，很多人都辞职走了。看着年轻的制作助理和编剧们用紫菜包饭和炒年糕凑合午饭的模样，朴尚云独自回到社长办公室，锁上门，在里头悄悄地哭。大家说男人一生只会哭三次，而朴尚云已经哭了三次。第一次是小时候养的狗被爸爸杀掉吃了的时候；第二次是几年后，爸爸被那条狗生的小狗咬伤腿，必须截肢的时候；第三次是当兵期间接受生化武器训练的时候。算了，反正谁都没看到。朴尚云这么想着，第四次流下眼泪。

唯一剩下的节目，是星期一、星期二上午十点播出，名叫《赤子心》的育儿节目，那是个很尴尬的时段，上班族都已经去上班，家庭主妇们也把孩子送去幼儿园或学校，正要埋头做家务事，收视率当然好不到哪儿去。即便如此，有些节目偶尔还是会有一些过气的艺人接受旅行社的赞助去旅行拍摄游记，或跟装修公司合作进行房屋大改造，或是拍摄一些人，这些人哭诉着自己活得有多么艰苦，常常为了鸡毛蒜皮的小事就痛哭流涕，因此在同时段的节目中，朴尚云公司制作的节目收视率最高，但再高也没超过百分之五。在开播后六个月就传出要停播的消息，但后来还是继续在风雨飘摇中播出，而且一播就长达五年，成为一个长青节目。

《赤子心》是完全外包制作的节目，电视台的制作人金相浩负责审核企划案、审查单元项目、协调与外包制作公司有关的事情。《赤子心》每周播出两次，外包制作公司却有三个。并不是三组交替制作，而是采用收视率竞争的模式，每星期一、二播出的节目，收视率较低的那一组，下一个星期就不用制作了。

如果无法制作节目，电视台就不会给制作费。制作费包括了节目制作费、员工的薪水、编剧的稿费、公司周转金等，非常拮据。那么重要的经费，如果无法如期取得，制作公司的运转就会很难维持下去。每集靠原创剧本稿费、摄影出机费、演出费等维生的自由接案人和外包人员难以维持生计，电视台方面会说："我也没有办法，俗话说得好，不喜欢庙的和尚只有主动离开。这圈子制作公司多的是，制作人、编剧、摄影师、灯光师、主持人和想从事这些职业的人也多的是。"即使如此，电视台还是会依据自己的喜好来选择一起工作的人，这是资本主义的法则，也是自由市场竞争的原则。寺庙并不知道，其实这就是和尚们的质量变得越来越差的原因。和尚们对寺庙再也没有感情，也没有责任感。大家的想法是，只要供吃喝并受待见，不管是教会还是圣堂都会去。

但是，现在朴尚云必须紧抓住《赤子心》，即使再怎么低劣、卑微，也是要先存活下来才能考虑其他的事。项目立项、采访、摄影、后期等环节，朴尚云都一件一件地细细检查。在播出前会先看后辈们编辑的内容，有不满意的地方就直接修正，脚本也事先确认过，动员自己的所有人脉，去请知名人士、艺人及主播来上节目。虽然极度厌恶和金相浩见面，但他还是去买了没有加胡萝卜的饭卷，并积极参加会议。其他制作人和编剧们看到社长这样大大小小的事都参与，莫不备感压力，但也觉得庆幸，因为朴尚云的积极参与得到了电视台的高度评价，运气也跟着来了。NEO 制作公司制作的单元播出的那一天，刚好其他频道安排播出国会全体会议及人事听证会，还有转播全国运动大会，所以那天的《赤子心》创下了有史以来最高的收视率。

就在大家准备松一口气时，出现了突发情况。那是节目中帮妈妈们解决育儿苦恼的单元，被质疑伪造个案、制作假节目。当时第一次负责单元的制作人崔敬模访谈完回来，吐着舌头直说好可怕。一个五岁的孩子不知道从哪里学来的，不但口出秽言，还会打自己的妈妈，并朝妈妈的脸上吐口水，崔敬模一直猛摇头说以后不敢生孩子了。

"对了，社长，不过听说那个妈妈之前因为是购物狂，上过别的节目。"

"是吗？什么时候？"

"大概一年前左右，孩子也是一样，她跟老公的感情好像不太好，说自己患有抑郁症，所以会疯狂上网购物缓解压力，可是好像太严重了，所以上节目接受咨询。当时标榜她是网络购物狂，虽然只短暂地出现了一分钟，但她仍要求在她的脸上打马赛克。"

"这次也要求做马赛克处理吗？"

"对，她说小孩的脸露出来没关系，可是她自己的部分要求做马赛克处理。"

"这个妈妈真好笑，自己觉得丢脸，小孩就不丢脸吗？小孩子的脸露出来就没关系吗？"

"她说因为孩子还小，长大了脸还会变，所以没有关系；而且我跟她说，如果妈妈跟小孩都用马赛克处理，可能就没有办法播出了。她虽然为了孩子苦恼了一下，不过看来好像很想拿到通告费，还开口问我通告费有多少钱呢！"

"好吧！那就适当地给点通告费，好好给人家打马赛克，像她那种话多的人，将来万一被认出来了就会来折腾我们。"

075

崔敬模依照朴尚云的指示，先支付通告费给她，也答应会好好做马赛克处理，然后就进行拍摄了。妈妈非常合作，小儿精神科专业医师和儿童心理咨询师也加入其中，与妈妈商谈如何教育孩子。摄影周期原本就短，所以实际上看不出太大的变化，最后只好以继续寻找更好的解决方法为结语，马马虎虎地结束了拍摄。妈妈意识到自己强压式的育儿方法是不对的，答应会帮助孩子改正不好的习惯，节目最后以妈妈带孩子其乐融融地在家门前的小公园一起玩，还互相亲吻的温馨场面结束。在节目播出之后，反响也很不错。

那天晚上，NEO 制作公司久违地聚餐，庆祝节目平安地活过了一周又一周，这天的节目也圆满播出，电视台改组时应该也不会被砍掉。朴尚云心里盘算着，就以安全牌《赤子心》为跳板，再计划开发和制作其他类型的节目。他在餐会中公开说要在公司成立一个企划小组，并举行企划案公开甄选，朴尚云会直接去跟电视台交涉，无线电视台、有线电视台他都会去，不会再坚持做时事教养类型的节目。"从现在起大家一起努力，NEO 制作公司存活，我们才能存活。"如此大声疾呼之后，大家一起干杯。就在这时，金相浩打电话来了，心情好又有点醉意的朴尚云，一时忘了自己跟他的位置关系便脱口而出："喂！饭桶！"

"前辈，你现在清醒吗？还是发疯了？"

"你长大了啊！小子，怎样？现在不喜欢听人家叫你饭桶了吗？是！金大制作人，请问有何贵事啊？"

"刚才播出的那个妈妈是怎么回事？是前辈捏造的吗？你给她钱了还是被她吃定了？那个小孩是想当童星吗？"

"哈？你在说什么鬼话啊？"

"听说那个妈妈现在以烘焙达人的身份出现在友台的节目上，跟儿子的感情好得不得了，还一起做饼干吃，现在网上的论坛已经闹翻了，你说要怎么办？前辈知道这件事吗？"

朴尚云的额头中央咯咯作响，就像一个五岁的孩子瞄准他的额头，狠狠地吐了一口口水的感觉。那是以前朴尚云用右手食指狠戳"饭桶"额头的位置，就是那个点。

聚餐就这样草草结束了，参与聚餐的所有工作人员搭上同一台电梯，一回到办公室就在电脑前围成一圈，线上支付了五百元，观看金相浩说的那个电视节目。

家里的布置、衣服和儿子都一样，不管是谁看了都知道就是那个妈妈，但这回她是在家里烤面包、饼干、蛋糕的好妈妈。吃着不加任何防腐剂和添加物的妈妈牌饼干的孩子，既没有过敏体质也从来没得过感冒，孩子的小嘴不出秽言也不吐口水，一直津津有味地吃着妈妈做的饼干。最后妈妈和孩子一起举起手做了个大大的爱心说："请大家也一起来试试看吧！"

按照节目播出时间来看，等于是早上因为骂人、打人又吐口水的孩子哭得稀里哗啦的妈妈，到了晚上瞬间恢复正常，还烤面包和饼干给孩子吃。

《赤子心》节目的留言板上现在乱成一团，晚上播出的那个节目的留言板也一样，那些神通广大的网友不知道怎么搜到的，还找出那个女人之前变成购物狂上的节目。朴尚云对着崔敬模大喊："这个大婶到底是从哪里找来的？"

"在社区找的。"

"社区？"

"是的，是在网络上的一个育儿社区，很多节目都是从那里找人的，而且那里有很多妈妈愿意上节目，所以很容易找到我们要的人选。"

"又不是什么很正面的内容，有人那么容易就答应上节目，你应该怀疑才是啊！你没有问她近期有没有参加别的节目吗？"

"她又不是艺人，只是一般的路人甲，我根本没想到她会同时拍别的节目。"

"先打电话给那个大婶，记得要录音，我们全都被摆了一道。"

崔敬模设定好电话录音之后拨电话给对方："女士，请问这到底是怎么回事啊？"

"什么事？"

"晚间播放的节目中怎么也有你呢？"

"什么怎么会有我，我喜欢用烤箱做面包和饼干，所以就参加了那个节目。您不是也吃过我做的面包，还说很好吃，可以拿去卖了吗？"

"早上跟孩子起冲突、又哭又闹的人，到了晚上却摇身一变，变成跟孩子相亲相爱一起烤饼干的妈妈，还说什么因为是自己亲自做的饼干，所以小孩没有得过感冒，身体健康，这合理吗？你骗了我们吗？东奎在演戏是吗？"

"什么演戏？东奎本来就是那样子，又会骂人还会打人，医师不也都看到了吗？而且我本来就很喜欢下厨啊！我不能烤饼干给会骂我的孩子吃吗？会骂人的孩子就不能身体健康吗？我才没有骗人呢！"

"可是你至少要跟我们说一声，怎么能同一天出现在两个节目里呢？"

"你只问过我以前有没有上过节目，又没有问我演出安排，去年我上过的节目我也都跟你说了。"

崔敬模简直快气死了。

"那你接下来还有什么拍摄计划？"

"下星期二去龙山的餐厅当客人，下下星期四要跟东奎一起去当儿童音乐剧的观众。"

朴尚云、崔敬模及负责的编剧面对面写报告，单元项目选定方式和理由、交涉过程、事前取材内容、拍摄日程和拍摄内容、通告费用金额和支付方法等，都详细地写了下来。那个育儿社区的首页画面、介绍、在社区刊登募集演出者的公告截图、拍摄母带、录音带和电话录音等也都仔细地进行了准备。年轻的编剧一边写一边哭，等到太阳升起时，崔敬模也哭了，朴尚云则像个大人般安慰他们。

"总之，我们是通过正规的渠道交涉的，我们确实没有捏造或是欺瞒，关于这一点电视台也不会提出质疑。但是我们知道她以前参加过别的节目，我们确实在事实确认及演出者管理方面疏忽了，电视台也许会把我们的节目砍了，把 NEO 制作公司踢走。不过电视台又不只这一家，虽然没有人脉会很辛苦，但我会想其他办法，你们就去别的公司用假、笔名做别的节目吧！"

电视台一大早就召开了紧急会议，朴尚云、崔敬模还有编剧及助理等先抵达，低着头坐在位子上。很快，金相浩来到会议室，组长和局长也来了。朴尚云把准备好的资料呈上，并一一详细说明，强调自己没有捏造事实也没有欺骗观众,制作公司本身也是受害者。当然,他们应该更仔细地事先确认和管理,他承认这是自己的过失,他会接受任何处分;但是这真的只是一次过失,并非故意做出违背良心的事,希望电视台可以相信他。

局长啧啧地咂舌说:"怎么会这样呢?曾经不可一世的朴尚云怎么会犯这种失误呢?这不只是过失,而是没有诚意、没有责任感啊!为什么要执着于这种不合理的项目呢?为什么在无法确认来宾身份的网络社区上找人呢?为什么事前没有充分进行审核呢?"

该死!因为一般的节目你们瞧不上就不认可啊!还要找精神科、咨询室等专业人员,要花多少时间、金钱,你是明知故问吗?你给了我们那么多制作费和制作时间吗?每次都拖到很晚才确认,动不动就说内容很弱,要我再重拍,哪有充裕的时间可以商讨?是因为我们晚上都在熬夜赶,所以才没开天窗让你们有节目播!朴尚云想说的话都涌上喉头了,但最后还是说了违背心意的话:"对不起,我很惭愧。"

局长和组长理也不理,转头就走出会议室。包括朴尚云,NEO制作公司的所有人都低着头,一句话也没有说,金相浩深深叹了一口气,过了好一会儿才从椅子上站起来,他并没有离开会议室,而是转身问:"前辈,那个大婶是谁找来的?"

"哈?什么?"

"我问那个大婶到底是谁找来的?不管是制作组、编剧还是调查员,总得是某个人找来的吧?"

朴尚云犹豫着不知如何回答,金相浩催促道:"是前辈找的吗?"

朴尚云一时慌张,急急忙忙地回答:"不是不是,是我们的新人编剧找的。"

金相浩狠狠瞪了新人编剧一眼,就走出会议室。一直咬着下唇的新人编剧,一下就趴在会议室的桌子上,抽抽噎噎地哭了起来,其他编剧纷纷上前拍着她的肩膀安慰她。主编剧走出会议室时,用大家都能听到的声音自言自语道:"不管是问的人还是回答的人都一个样。"

没想到这件事的后果比预期的还要严重,电视台不是把NEO制作公司从《赤子心》中砍掉,而是《赤子心》整个节目都被停掉了。至于新人编剧早早就收拾东西走人了,其他没事做的制作人和编剧,大都也离开了NEO制作公司。

剩下的员工全都归属企划组,没有其他单位。每天都召开企划会议、写企划案,朴尚云听过企划案后,如果觉得可以,就到电视台奔走,但是并没有出现什么让人满意的结果。朴尚云的大学前辈、有线电视台enjoy频道的制作本部长郑容俊,看了企划案之后,深深地叹了一口气。

"老实说,这个案子不怎么样,很难打动人。"

朴尚云尴尬地说:"并不是完全要求照这个内容进行编排,我是想听听您的意见,不知道最近在进行什么样的节目,要如何完善比较好,类似这样的问题。"

"企划意图、意义、时宜性这些都很好,但是意图好、有意义、有趣,又有时效性的企划案堆积如山,要有什么可以让人一眼就注意到的点才行!独家公开、最高奖金、大明星快闪主持,总要有个话题才行啊!这你应该也知道。"

朴尚云也很清楚，明白和实现是两码事。但朴尚云为了让对方感受到自己的认真，还是很用心地听对方的话，并深深地点了点头。

郑容俊瞟了一眼朴尚云说："那我来企划个选秀节目好了，这类型的节目最近不是很红吗？"

电视节目也有流行趋势，一个介绍美食的节目红了之后，就会有其他介绍美食、料理方法等类似节目陆续出现；改造房屋的节目红了，所有电视台都会推出换电灯、换壁纸、换油漆的节目；配对节目红了之后，电视就像动物王国一样，一天到晚都在找对象，帮艺人们配对、帮一般路人配对、帮艺人和一般人配对、帮爷爷奶奶配对、帮重回单身的人配对，做到最后连幼儿园孩子都可以配对，有的节目三对三配对、有的节目三对一配对、有的节目遮脸配对、有的节目盲选配对、有的节目隐瞒年龄配对……几个月之后，配对节目的热潮过了，很多上过配对节目的人，最后都在电视以外的世界找到对象、谈恋爱、结婚。

最近当红的，则是把参赛者一个一个淘汰的选秀节目，这类节目通常会给优胜者非常高额的奖金。至于挑战的领域非常广泛，除了唱歌、跳舞，还有料理、设计、减肥、猜谜、整形、创业、结婚等各种领域。朴尚云认为现在还有领域尚未被开发出来。郑容俊把大拇指和食指卷成圆圈，比了钱的手势对朴尚云说："这个请用心考虑一下，老实说我们最重视的就是这个了。"

那个对朴尚云也很重要，没有人认为它不重要，对李健熙[1]、比

---

1 李健熙（1942—2020），韩国三星集团前会长。

尔·盖茨也很重要。

"最近我们在审核企划案时,你知道我们最先看的是什么吗?是赞助。最好的就是找到出手大方的赞助商,不但可以解决制作费,还能帮节目炒红;再就是能找到不错的赞助商,不用向电视台伸手,自己也可以解决制作费问题;如果找到小赞助商也可以勉强接受,至少可以减轻电视台的负担。比起在企划案上只标示知名制作人的名字,要是能写上某某制作公司企划、某某企业赞助,这样才是最能吸引我们目光的。"

朴尚云谎称现在正在企划一个选秀节目,完全是全新的竞争领域,因为正在与赞助商协调中,所以今天还不能带来。郑容俊看起来很感兴趣。

"等企划案一确定,你要第一个带来给我看,我们现在也都每天熬夜开企划会议。最近的有线电视台也做出了不少很有口碑的节目,就只有我们enjoy频道没有代表性的作品,只要是有意义、有曝光点、够抢眼的就行了,你懂吧?"

有意义、有曝光点、够抢眼,能吸引大赞助商的爆红节目,说得倒是容易。朴尚云深深叹了一口气。然而如同命中注定一般,就在这时,他接到细乌市场猜珠子大赛的报道资料。

8

郑基燮时隔很久才见到曾来细乌市场拍摄的制作人,当时那个制作人在市场里装可爱,用没大没小的用语跟老人家们打成一片,亲切地叫着"伯母""伯父",还热情拥抱大家。话很多,要求也多,而且拍得很久,可是最后节目播出时间连五分钟都不到。在播出前一晚他打给郑基燮,详细地说明了播放的内容及分量、谁的采访会出现、谁的采访被剪了,还有大概几点播出等,并希望郑基燮能理解拍摄的内容不可能全都播出。几个月之后,同一个制作人又来接洽,说是为了负责的另一个节目,要来市场拍摄一样的内容。

"你说是另一个节目又要拍摄一样的内容吗?那要是有人说跟之前拍的一样怎么办?"

"是啊!是类似的节目没错。之前是在早上播放,主要是家庭主妇收看,现在这个是大叔们收看的深夜节目,反正这个节目也没多少人看,所以没关系。再说只有我们是一样的吗?你用遥控器把所有频道转一遍,看来看去还不都是同样的演员、同样的歌手、同样的笑星吗?"

"那就用之前拍摄的带子就好了啊!何必还要辛苦制作人,也辛苦我们呢?"

"上一次拍的时候是夏天啊!现在天气那么冷,穿着短袖受访那才奇怪吧?"

第二次拍摄轻而易举地就结束了,制作人表示为了感谢大家再次帮忙,晚上请大家吃饭。郑基燮也不好意思只让制作人请客,便请他喝了酒。席间制作人讲了一些幕后的事情,郑基燮也问了不少跟艺人有关的事情,制作人表示不太清楚,只把自己听到的和知道的,还有自己的推测都详细地告诉了他。尽管两人的年纪有点差距,从事的工作也大不相同,却比想象中还聊得来,两人边喝酒边聊天,一直聊到很晚。既然聊开了,两人也定了称谓,称呼彼此崔制作和郑大哥。崔制作上计程车时还信誓旦旦地说:"大哥,我会再来的。"但是后来却一次也没有来。郑基燮也没有再跟他联络,就这样两人断了联系,直到这次郑基燮先打电话给他。

第三次见面,郑基燮的话变多了,聊生意上的事,聊出现在电视上的市场那些人的近况、聊小女儿的事……在聊了一些无关紧要的事之后,郑基燮这才鼓起勇气说出请求:"让我们的市场上电视吧!崔制作。"

崔制作用一种"原来是这件事啊!"的表情微微笑了一下。把话摊开来当面请求虽然很尴尬,但郑基燮还是忍着,把准备好的话说出来。

"之前偶尔有节目播出,客人们也多多少少会慕名而来,但是最近我们市场经营得很辛苦啊！我们到处找寻宣传方法，希望能像以前一样上节目，但是我们找不到相关的渠道。"

郑基燮迅速地说完准备了一晚上的话，却看到对方好像颇不以为然的样子，幸好郑基燮也准备了万一对方没给出肯定答复时要说的话："不然你也可以给我介绍其他的制作人，或是告诉我其他可行的办法。"

"最近市场发生什么事了吗？"

"没有，没有发生什么大事，只是大家的生意一直走下坡路。"

"我不是那个意思，我是问有什么主题吗？"

"主题？"

"什么特别的事都没有，只是平凡的市场，人们生活的日常，这种电视台没有理由播出啊！要有话题、主题、素材，也就是要有故事啊！新鲜的、有趣的、可以引发民众好奇心的特别活动，或者是悲伤的、美好的、令人感动的事情都可以。"

人的生活不都是一样的吗？难道你可以一天到晚过着冒险、充满神秘的、了不起的人生吗？你自己还不是用同样的内容做了两次节目。郑基燮在心里这样嘀咕着，但是当然不能说出口，而是说："我们市场有涂鸦墙啊！"话刚说完，崔制作嘲笑说："大哥，现在随便一个小学的围墙、贫民区的围墙、观光景点的围墙，甚至是平凡无奇的村庄、社区、公寓、老人活动中心的围墙上都有涂鸦啊！现在没有涂鸦的墙才算特别吧！到底还要抱着涂鸦墙宣传到什么时候？细乌市场的涂鸦墙是像高句丽时代国内城的壁画一样有历史？还是像埃及金字塔里的壁画？没有特别的主题就要做出来，不管是办个什么庆典还是活动都好，重点是要打开局面。要制作出宣传企划案加上照片，再送到电视台或是报社去，一定会有人被吸引的，不过一定要新鲜、要新奇、要有意思，OK？"

没见面的这段时间崔制作变得越来越令人厌恶，郑基燮虽然反感崔制作的态度和说话方式，但也觉得他说的确实没错。

郑基燮在商会开会时，简单把崔制作的意见跟大家说了一下，平凡无奇的市场生活无法上电视，要有主题或话题才行，主题是要有特别的活动。但是大家一副完全不懂的表情。

"特别的活动？像什么义卖会或是歌唱大会之类的吗？"

"没错，像那类的活动，但是义卖会也太普通了，必须是非常独特的事件才行。要真的很特别、很新奇、会让人惊掉下巴的那种活动，在其他地方绝对看不到的那种活动。"

有人提出那不然就真的来办个什么庆典好了，例如，地方特产庆典，给电视台当独家素材，像流着鼻涕和眼泪生吃大蒜，或是头顶着一篮马铃薯赛跑，或是被番茄砸得全身都是，类似那样的特产庆典，发挥传统市场的特色来办庆典。

"市场里到处都是吃的，比赛快吃年糕、比赛看谁吃饼干吃得多，或是拿米袋当雪橇比赛看谁滑得快，不然用鱿鱼或带鱼当接力棒来比赛接力跑也很有趣，怎么样？"

"幼稚！"

郑基燮一句话就打回去了，经过好一阵子静默，郑基燮闷得发慌。

"感觉因为一直强调新奇、新奇，所以更想不出答案了。不然想想跟我们市场有关的东西吧！我们市场最大的特色是什么？"

087

大家异口同声地说：

"涂鸦墙。"

郑基燮觉得更烦闷了。

"涂鸦墙，涂鸦墙，什么狗屁涂鸦墙早就已经过时了，现在哪个围墙没有涂鸦？小学的围墙、贫民区的围墙、观光景点的围墙，连洗手间的墙上也都有涂鸦，到底还要抱着涂鸦墙宣传到什么时候？细乌市场的涂鸦墙是什么牛骨汤还是大骨汤？现在熬得骨头都要溶化了，干脆全都咔嚓咔嚓地吃掉算了。"

没有人想到更好的点子，也没人敢贸然发言，大家不是用圆珠笔敲桌子，就是拨弄指甲做别的事。精肉铺的朴老板专心地用手拔着下巴的胡楂儿，不知道是不是老是拔不掉，他一直呼呼地吹着手指，再用手指摸索着胡子，就这样跟看不见的胡楂儿对抗十多分钟，最后终于用拇指和食指紧紧捏住，"咻"的一下拔出来，痛得吐了吐舌头。

"办个花牌大会好了，规定站着打也好，倒立着打也好，说到大众化的东西，没有什么能比得上打花牌吧！"

郑基燮的眉宇间准确地形成三条皱纹，他听得很专注，并表示同意。

"很好的点子。"

"你在逗我吗？"

"啊！不是，我真的认为这是很好的点子，当然打花牌是有点勉强，因为毕竟是赌博啊！而且比赛时间会拉得太长，那么长的时间要人集中精神是很难的，最好是单纯一点的比赛，如果是那种竞赛会不会更吸引大家的目光呢？就是不要太像赌博的竞赛，看怎么样比较适当。"

"一点赔一万元是赌博，一点赔一百元的话就比较适当啦！"

"我真的不是在开玩笑，所以我们想一想比较平易近人的博弈游戏吧！转轮盘怎么样？做一个超大型的轮盘，参加者将写了自己号码的飞镖射出去，几十个人一起同时射出去，不觉得还挺值得一看的吗？"

朴老板轻蔑地笑了一下，说："请问谁在旁边转那个大轮盘？几十个人一起把刀子丢出去，站在中间脑袋不就被射中了？"

"不是刀，是飞镖，是飞镖啊！"

"不管是刀还是飞镖，被射中都一样，不是死就是被打洞。"

会议中商会的会长——杂货店的尹老板一直没有开口，只是闭着眼睛，看起来好像睡着了一样，这时却慢慢睁开眼睛，开口说话了。

"我们以前啊，去五日市场总会看到一些场景，卖药的、卖糖的、玩猜珠子的、卖艺的……卖药的那个蛔虫药，吃了蛔虫真的会一条一条爬出来，我有一次坐在最前面，看着看着就被拉了出去，在众人面前脱下裤子，露出屁股拔蛔虫啊！"

低着头听故事的郑基燮突然抬起头来："猜珠子大赛怎么样？"

既让人们回想起对于传统市场的记忆，又能让细乌市场出名的"细乌市场杯全国猜珠子大赛"就这样诞生了。猜珠子，顾名思义就是猜珠子在哪里，拿三个空碗倒扣，在其中一个碗里放珠子或骰子，然后不停地移动三个碗的位置，让人猜哪一个碗里有珠子或骰子。庄家绚烂的手法和口操粗话的卖药商展示的"蛔虫秀",是乡间传统市场的两大卖点。

郑基燮从净水机上方拿了几个纸杯过来,把手上的笔盖放进其中一个杯子里,连同两个空纸杯倒扣在圆桌上,然后两手不停地交替,把三个杯子换来换去。其余四个人津津有味地看着,郑基燮像在电视上看过的那样,快速互换杯子的位置,到最后连自己也不知道有笔盖的纸杯是哪一个,于是他停止动作。

"来,现在下注吧!"

大家一阵晕头转向之际,朴老板在中间的杯子前放了一千元。

"哎!朴老板,怎么就一千元?多拿一点啊!"

朴老板笑了一下,打开皮夹又拿了两张万元钞票出来。

"好,朴老板押了两万一千元在二号杯,其他人呢?"

杂货店的尹老板在一号杯前放了两张万元钞票。

"还有人要下注吗?"

另外两个人只是叉着手笑着,并没有要拿钱出来的意思。

"如果没有就要揭晓喽!我也不知道在哪个杯子里,来看看吧!我们商会会长选一号,很可惜,会长猜错了,那么朴老板所选的二号杯,来看看,是不是呢……"

郑基燮故意卖关子,慢慢地把二号杯掀开,二号杯里也空无一物,笔盖在三号杯里。郑基燮一把将钞票全都收起来,大家一致同时发出"哇"的叹息和笑声。

"什么啊?你真的要把钱拿走?"

"当然是真的!谁跟你们开玩笑了?"

"哪有这样的？再来，再来一次！"

郑基燮再次把笔盖放进杯子里，相较于第一次，这次手动作更稳，原本坐得远远的四个人，这回都向会议桌靠近，随着杯子的移动，四个人的头也一致跟着转动。朴老板非常确定地在三号杯前放了一万元，剩下三个人也都在三号杯前面各押了一万元。会长突然改变心意，选了一号杯。笔盖最后出现在一号杯里，会长开心地欢呼了起来。郑基燮将两万元交给会长，剩下的钱则收进自己的口袋。这时朴老板抗议了。

"什么啊！这样就把钱拿走了？这次我来坐庄，来，我来我来。"

朴老板疯狂地把杯子互换，这回郑基燮把前两次赢来的钱都输光了，其余四个人拍手欢呼，朴老板挥动着赢来的钞票开心得不得了。赌注越来越大，游戏也越玩越激烈，就在朴老板情急之下把整个皮夹都放上桌时，郑基燮停止游戏问道："好玩吧？这个应该可以吧？"

"太好了，太好了！"

于是大家一致通过，决定举办猜珠子大赛。

首先要打听可以坐庄的人，令人意外的是，现在乡下的市集里依然有类似的赌盘，高手都隐藏在民间啊！最后打听到两个备选人。第一位不知该不该相信，他曾在市场里以坐庄开赌盘到处打转了六十年，今年七十三岁，传说中的职业老千——老金。虽然年纪大了，但现在依然活跃，平常吃饭连筷子都拿不好，两手不停地发抖，但只要一碰到碗，就可以用迅雷不及掩耳的速度移动。只是最近猜珠子的人气不比以前，可以开赌盘的市集也没以前多，生计陷入困难，所以考虑到他的现实状况，只要适当给一些费用应该就可以了。

第二位候选人是曾经上过几次电视节目的知名魔术师，长得细皮嫩肉的，优点是能说会道，还可以自行主持节目。自不必说魔术师的手艺之好，类似猜珠子、转杯子魔术是他的强项，不只能把杯子单纯互换，还能在空中旋转、抛掷、滚动，展现各种神技。虽然说很有看头，但再怎么样总是魔术师，难免会被人认为都是用障眼法骗人，再加上他是否真的能来参加活动也是个问题，因为他只说有了确定的进行方式再跟他联络。

但是像这样公然开赌盘，总让人不太放心，这难道不是赌博吗？卖水果的金老板小心翼翼地提出否定意见。

"再怎么想都是赌博啊！赌博是小事吗？只要有钱流通就是赌博啊！我们聚集在这里打花牌，输的人被抽手腕，这也就是开开玩笑罢了，甚至是赌个卤猪脚也不会有任何问题。但是只要拿出钱，那就是赌博啊！这样我们会不会被抓去坐牢啊？"

曾一度沉迷于赛马和网络赌博，别说冰箱里的肉，差点连自己都想卖掉还债的精肉铺朴老板却没那么否定。

"判断是不是赌博并非那么单纯，讲白一点，打个花牌押个一千元、两千元到几万元上下就说是赌博，那样未免也太牵强了。至少也要押个一百万元以上才算是赌博，再加上如果我们决定用这笔钱来吃饭，警察实际上也不能说什么啊！我们玩着玩着有人说要请客那又怎么样？而且这都是常规性的做法啊，不是吗？"

"那么玩一局的钱就定一百元吗？这样还有谁会来玩？十倍也才一千元啊！"

"赌注当然很重要，但更重要的是谁做、为什么要做？像我们这种上了年纪的人，在市场收摊后因为无聊才玩的话，很难被认定为赌博吧！去老人亭看看，全都在玩花牌啊！警察会抓那些老人吗？不会。中间总要有一个赌徒才能被说是赌博啊！像赛马、赛车那些严格来说都是赌博，但都是国家在主办啊！我去赛马会被抓吗？不会。不用想得那么复杂，你看看乐透，那个才是赌博中的大赌博啊！可是乐透不是说用那些钱去帮助弱势的人吗？政府还鼓励大家买乐透。所以我们只要强调是在传统市场里，让市民们参与的一个轻松的活动，这样就不会有任何问题了，然后再顺便提一下收益金额的一半会捐出来做公益就好了啊！"

大家纷纷称赞朴老板，说他果然是过来人，朴老板耸耸肩说："我们办这个大赛的理由，是要帮助传统市场复兴，收益金额会用在传统市场的福利上，反正本来就是这么想的啊！所以要拯救传统市场，就要举办猜珠子大赛。"

他们的这个计划非常庞大，如果要参加比赛就必须先付钱，在参赛者当中，也许有人会投下巨额赌注，第一名的人不管是一百万元，还是一千万元，都可以无条件拿到两倍奖金，这是一场可以翻转人生的有趣比赛，不管是参赛者或旁观者，都会被抓住眼球的。

会议朝积极的方向进行，随着天气渐渐变暖，大家也慢慢热络了起来。决定日期之后，他们就在市场入口贴宣传海报，接受商人及民众们的报名申请，并将停车场入口的路障收起来做成场地。场地呈扇形，要小而低，好让在远处的观众也能看得清楚。即使要花点钱，也应该找个还没什么名气的搞笑艺人或专业主持人来主持，宣传和拍摄协助就由郑基燮负责，光是猜珠子大赛本身，已经足以吸引人们的眼光，如果办得好，说不定还可以上电视。特别是因为有报名费，所以可以没有费用负担地进行活动。事情进展得异常顺利，反倒令人不安，就在大家兴奋之际，水果店金老板提出疑问："可是，我们只想到收益会超，却没有想到万一不够的话该怎么办？"

"除了给庄家跟主持人的费用，不会有其他花费，收益至少可以支撑我们办活动吧？"

"万一得第一名的人赢得很多钱的话该怎么办？万一所有参赛者投注的钱加起来都不够他的奖金怎么办？不够的钱要从哪儿来？"

没有一个人想过这个问题，大家都一副"糟糕了"的表情互相看着对方，朴老板原本还一边想着事情怎么会进展得这么顺利，一边松了一口气。这下子大家全泄了气，纷纷担心了起来。郑基燮绞尽脑汁想各种对策，要加入保险吗？保险费又是一笔支出；要限制参加金额？那样倒不如不收算了；那就干脆不收报名费就也不给奖金吗？那样应该就不会有人想参加了；要不要限定一下报名费跟奖金的数额？要那样做吗？

最后猜珠子大赛成了一场简朴又小巧的市场活动，所有参赛者都交同样的报名费——一万元，给最后获胜的三个人奖品。一开始原本是打算给第一名的人一百万元奖金，但是一百万元实在负担太大，便改成给十万元，但十万元又拿不出手，于是决定干脆给奖品算了。

热心的精肉铺朴老板表示愿意赞助高级韩牛套餐，所以第一名可以获得高级韩牛套餐，不过到底是不是真的那么高级就无从得知了。水果店金老板也说要赞助高级水果礼盒，所以第二名的奖品就是水果礼盒。无可奈何，郑基燮只好赞助鱼干礼盒作为第三名的奖品。

郑基燮花了好几个晚上，坐在电脑前做出"细乌市场猜珠子大赛"宣传企划案，再用电子邮件寄给崔制作，请他看看。然而崔制作的回复令他摸不着头脑，不知道是好还是不好。崔制作回复道：

"很可爱。"

你以为我做那么多，只是为了让你回我一句逗小孩用的"很可爱"吗？郑基燮这回依旧无法说出心里想说的话，仍是恳切地请他帮忙，希望他可以把资料给其他认识的制作人看看。崔制作回复说知道了。老实说郑基燮也没抱多大期待，也不知道崔制作会不会真的帮他把案子给其他人看。直到几天后，一位自 enjoy 频道的节目制作人打来了电话。

"我们想进行现场直播，把活动搞大一点，不知道您有没有意愿跟我们一起进行这个活动……"

郑基燮还没等他说完就大声回复：

"愿意！我们愿意！"

9

　　金日宇一家三口这样里里外外辛苦了好一阵子之后，终于有了一些收获，有能力搬出住了两年的小小月租套房，换到了有两个房间的整层公寓。壁纸是新的，地板也重新铺过。但没过多久他们又搬出来，住了两个月旅馆。吴英美下定决心，认为这是为了获得更好的人生才做的暂时退缩。金民九则像说口头禅那样，说着人生只有一次。金日宇打死也不想再跟爸爸妈妈同住一间房了。吃过晚饭之后，他们无意间在电视上看到一个广告。

　　"你就是冠军，快来挑战吧！优胜奖金是参加金额的十倍，你的人生即将改变。THE CHAMPION！"

　　那是一个有线电视台举行的竞赛节目广告，要比的是猜猜珠子藏在哪一个杯子里。画面中闪闪发亮的银色杯子不停地转来转去，优胜奖金是参加金额的十倍，也就是说如果押注一百万元，赢了就能得到一千万元；如果押注一千万元，赢了就是一亿元；押注一亿元，赢了就有十亿元！

"日宇爸,那不就是赌博吗?"

"是啊!转啊转的,下注赌钱啊!"

"我们要不要也去试试看?谁知道呢?说不定可以一举摆脱这种乞丐般的生活。"

吴英美学着电视的画面,在餐桌上把三个杯子倒扣,其中一个杯子里放了一颗纽扣,然后把三个杯子随便转一转之后停住,金日宇指了其中一个杯子,吴英美不带任何期待地打开杯子,赫然发现纽扣就在里面。正在一旁吃饭,旁观这一切的金民九放下筷子说:"日宇妈,再试一次。"

吴英美这次格外慎重而更快速地转动杯子,但金日宇仍然找到了纽扣。金民九又说:"再一次!"

就这样反复进行了六次,每一次金日宇都能正确找到纽扣所在的杯子,吴英美瞪大了双眼。

"日宇,你是怎么找到的?"

"我能听到。"

"什么?"

"我能听到纽扣撞来撞去的声音,我听得到是从哪个杯子发出的声音。"

金民九和吴英美两人四目相望,这是十六年来第一次,两个人像一见钟情般,从对方眼里都看到花开了似的。吴英美把杯子像优胜奖杯一样高高举起大喊:"我们参加吧!"

10

朴尚云和郑基燮约在星期一早上见面,比朴尚云还早到 NEO 制作公司办公室的郑基燮,双眼因充血而红肿。郑基燮自从星期六晚上跟朴尚云通过电话之后,整个周末都很兴奋,星期一凌晨五点就睁开眼了。郑基燮一直无法冷静,把清心丸当成糖果一样咯吱咯吱地嚼着,一边放松心情,一边又担心会打瞌睡,煮了一杯浓咖啡灌进肚子后才来。虽然心情平静了,头脑也很清楚,眼皮却很沉重,郑基燮的眼睛布满血丝,看起来有点可怕,但他却比任何时候都更有活力,用过度响亮的声音大声问候:"您好,我是郑基燮,也是细乌市场商会的总务。"

"崔制作已经跟我说了很多关于你的事,他不停地向我夸赞你真是太了不起了,哈哈哈哈!"

朴尚云为了让郑基燮高兴起来,便放声大笑。朴尚云星期五晚上跟员工喝酒之际,无意间遇到曾跟 NEO 制作公司合作过几次的自由接案制作人崔制作。崔制作笑着说郑基燮的事,说他妄想有人会去拍什么都没有的市场,不过比他年长几岁而已,就自称哥哥想吃定他。崔制作说只是觉得完全没有联络有点可惜,才答应跟他见面,没想到他提了个提案,以为只要上了电视一切都会顺利。崔制作不停地摇头,提到了细乌市场的猜珠子大赛,他说郑基燮是不是疯了,但这个疯狂的想法却让朴尚云眼前一亮。

从崔制作那里拿到资料看过后,虽然企划内容比想象中还要空洞,但只要有一个点子起头就够了。他心想,好好操作一下还是有希望的。朴尚云一直思考到凌晨,最后抱着企划案入睡,星期六睡到很晚才起床,一起床便联络郑基燮。

朴尚云一坐下,郑基燮便把简报资料摊在桌上,开始进行说明:"这是我们市场的简介,这段时间主要做的活动都在这一页,仔细看过就可以大概掌握我们市场的走向。还有这个是这一次猜珠子大赛的概要内容,资料您已经过目了吧?"

"是,我仔细看过了,之前在电话里也跟您说过,我们想把活动再办得盛大一点。"

"您说想再办得盛大一点,是指哪方面呢?"

"您知道最近电视上常常出现的竞赛、选秀节目吧?像选歌手、演员之类的。我想的是首先规模要像那些节目一样宏大,我们可以到各个地方去,在当地举办预赛,让参加的人数大增。不过参赛费一致都是一万元、第一名可以得到高级韩牛?这又不是什么村子里的斗鸡大赛,那样做可不行。奖金一定要多到惊人才行,最能吸引人注意的不就是与钱有关的事吗?"

"老实说刚开始我们也是这样想的，想说参赛费用没有限制，如果得到第一名就可以获得报名费用的两倍奖金，这才是猜珠子大赛的核心精神啊！投注赚钱。"

朴尚云很用力地点头，同时在宣传资料上画线标记。

"我说的就是这个意思，这里的第一行，投注赚钱！押宝赌博游戏回来了！所以为什么要改变规则呢？就照原本的方式进行就好了，投注赚钱。"

郑基燮无法诚实回答，他怕如果说钱可能不够，这件事就会落空。

"可是那样可以在电视上播出吗？讲白一点不就是直播赌博大赛，煽动大家赌博吗？"

"当然不能想成赌博啊！总务先生您要先改变想法啊！这怎么会是赌博呢？是一种运动啊！一种智力运动！"

"啊！智力运动！"

朴尚云和郑基燮让这段时间细乌市场商会的会议内容变得毫无意义，颠覆了游戏规则及方法，唯一没有改变的，只有细乌市场主办的"传统市场复兴大会"。首先，到各个地区举办预赛，选出各地的优胜者后举行决赛。地方预赛不是押宝大赛，而是进行一些简单的小游戏，观察参赛者的爆发力、观察力、敏捷性，然后再进行深入面谈，听听参赛者迫切想获得第一名的故事。决赛就在摄影棚内直播进行，到时就是正式的投注。第一名的奖金是参赛金额的十倍，在朴尚云的强烈建议下，参赛金额决定不设限，真的可能会有人最后带着十亿元、百亿元走。但是除了第一名，其他人都不能拿回参赛金，参赛者要押个一亿元、十亿元也没人阻拦。

等到大致谈完，时间已经是晚上八点了，虽然对马拉松般的会议感到疲惫，但郑基燮的表情非常明朗，他现在终于放心了。

"现在有种慢慢拨云见日的感觉，老实说我们真的很担心奖金的问题。在生计困难的市场，商人们根本连那种念头都不敢有，说白了，传统市场哪来的钱呢？果然电视台还是不一样，广告真是太厉害了。"

"什么？拿广告费当奖金吗？"

"您不是这个意思吗？"

"广告收入连制作费都不够，电视广告不会得到数十亿元的钱，而且还要巡回全国拍摄、要盖摄影棚、接洽专家，这不知要花多少钱啊！连制作费都很紧啊！"

郑基燮无力地问："那么奖金要由谁来出呢？"

"大会不是有收益吗？除了第一名优胜者，其他参赛者的参赛金啊！用那些来支付第一名的奖金，剩下的钱照您所说的，就可以当作传统市场发展基金。"

"啊！这个部分我们也不是没有想过……"

郑基燮犹豫了一会儿，果然制作人们还是想留下自己的制作费啊！

"所以万一，我是说万一，其他参赛者都只出一百万元、两百万元，而第一名的人付了十亿元的报名费该怎么办？收进来的报名费没有多少，付给第一名的奖金却有一百亿元，那怎么办？"

朴尚云突然停住了。

"啊！关于这个问题的话，嗯，这个嘛……对了，为什么在预选时要面谈呢？就是要先了解参赛者的实力和经济能力啊！如果有夺得第一名实力的家伙是个大富翁，那么就让他在初选时淘汰即可，只要让押了十亿元、二十亿元但最后会输光的家伙进入决赛就行了。很简单，我可以担保，细乌市场在这个活动里赚得的钱，将来要盖百货公司都行，您不用太担心。"

郑基燮拍着膝盖，拍到都快瘀青了，不停赞叹着："不愧是朴制作，真是太了不起了，我们想了一整夜都想不到解决办法。那么什么时候开始进行拍摄呢？"

朴尚云换个姿势坐好，双膝并拢，挺直腰杆，屁股牢牢地坐在椅子上，然后打开了手册。

"啊！有个部分我需要说明一下，我们是外包制作公司，不是电视台。我们负责制作节目，电视台负责在电视上播出，啊！这该怎么说明好呢？简单来说，就是百货公司里卖的东西，也不是百货公司制造的啊！不是吗？那些商品另外有其他工厂制造，我们就像那些工厂，而电视台就像百货公司一样，大概就是那样，您可以理解吧？"

"啊！可以理解，那么就不会在enjoy频道上播出了吗？"

"也许会在enjoy频道上播出，但是我目前还没有跟enjoy频道说过这件事，所以就像今天您带着资料来跟我讨论一样，我也要制作企划案去找enjoy频道谈谈，看能否在他们频道播出。"

"那样谈的话就可以成了吧？"

"所以要先跟您说明一下，目前我们所讲的只是我的意见而已，要请您有心理准备，enjoy频道方面也可能会有其他想法，到时候可能也会有一些变动。"

"那个部分的融通性我也是有的，请您不要担心。那么大概什么时候可以播出呢？"

"播出时间也要跟 enjoy 频道讨论才能确定。在这之前，我们要先跟 enjoy 频道商议，看看能不能播出这个节目。"

"您是说也有可能不会播出是吗？"

"当然那是大家最不想见到的状况，所以我们会努力好好企划，让 enjoy 频道同意播出才行，我们一起好好合作吧！郑总务。"

朴尚云突然伸出手来，郑基燮紧紧握住朴尚云的手，从郑基燮像熟透的虾一样红红的脸上，可以感受到他的激动和强烈的意志。郑基燮回去后，朴尚云打电话给郑容俊，假装只是跟他打招呼，然后有意无意地提起押宝大赛的事。刚好准备下班的郑容俊心不在焉，要朴尚云拿过来企划案再说，朴尚云听到郑容俊的回答后，觉得颇有希望，于是开始努力撰写正式的企划案。

也许是开会太累了，朴尚云隔天睡到很晚才醒来，走出家门后，立刻打电话给崔敬模，要企划组半个小时之后到办公室开会，讨论押宝大赛的正式名称和确认大赛客观性的方法等，要大家一起脑力激荡。

自从《赤子心》事件发生之后，公司里的员工只剩下五人，也就是辅佐朴尚云的"科学小飞侠"。没礼貌的科学小飞侠们只要聚在一起，就会嘻嘻哈哈地嘲笑朴尚云，说他是操纵科学小飞侠的朴博士。年纪最大的，是从 NEO 制作公司开业就一起工作的"开国功臣"，组长级的崔敬模。他底下有两名制作人，都是进公司不到一个月还傻里傻气的助理。因为没有迫在眉睫的工作，他们大都在上网乱逛，看些没有意义的影视剧、新闻，几个人在会议室内，一边喝着自动贩卖机买的咖啡一边聊天。朴尚云的电话虽然让大家抱怨连连，但还是迅速回到座位上开始上网搜寻，所有人打的关键字都是"押宝"。此时崔敬模问了其中一名助理："押宝是什么？掩人耳目的事都算吗？"

"在字典上是那个意思没错，但社长说的好像是在倒扣的碗里放珠子，然后下注猜珠子是在哪个碗里的赌博游戏。人家都说，是投注赚钱。昨天他跟那个市场的什么总务一边吃晚饭一边谈的。"

崔敬模看起来完全不知道这回事。

"要开会总要先给资料才行啊！突然说开就开，是要我们怎么办啊！"

朴尚云非常准确地在三十五分时进入办公室，他直接进入会议室，同时叫员工们过来。朴尚云把从细乌市场拿到的资料放在会议桌上。

"我简单说明一下，就是要办全国押宝大赛，从地方预赛开始，到决赛在enjoy频道的摄影棚举行。第一回合后，入围者大概一百名左右，要进入决赛的话，必须像下注一样先押钱才行。决赛则是一直比到出现第一名为止，除了第一名的人可以获得他所投注金额的十倍奖金，其他人投注的钱都拿不回去。大赛由名叫细乌市场的传统市场主办，等一下搜一下新闻，他们也跟我们一样在拼命求生，总之，这次大赛的目的是让传统市场重生。押宝游戏可以包装成具有传统市场回忆的意义，收入当然也是为了振兴传统市场之用。我们是让这个大赛节目化，不是有单纯为细乌市场的这个大赛做转播，而是要以一起企划执行的角度来想，所以要包装得有意思些。我已经跟郑容俊本部长提过了，他对这个提案有兴趣。主要是要有新鲜感，并且模糊赌博的部分，只要好好包装，就有可行性。到目前为止有没有问题？"

大家根本就没听懂朴尚云在说什么，当然也提不出问题来。朴尚云没有给大家回答的时间，又继续往下说："我刚才在电话里说过了吧？现在最紧急的是先决定好大赛名称和大赛客观性的部分，如果叫'押宝大赛'，不管谁听了都会觉得是赌博啊！所以我们要先决定大赛名称。崔敬模，你有没有想到什么？"

"哎！您怎么可以先问我呢？应该要先问助理他们吧！"

朴尚云对于让唯一剩下的节目也飞了的崔敬模虽然觉得很无奈，但对于他没有离开公司还是觉得很欣慰，要是像以前，崔敬模的额头可能会被他敲出一个肿包来。

"那么就从右边开始轮吧！"

"那个……游戏是在碗里头放骰子或珠子，所以就叫'找珠子'怎么样呢？"

"那干脆叫'寻宝'得了！你在开玩笑吗？下一个！"

"我找了一下，有类似的魔术。"

另一名助理拿了一张纸放在朴尚云面前，他打印了从网络上找到的魔术画面。

"这是在三个贝壳里其中一个放了珠子，然后请观众来找珠子的魔术，当然这是利用障眼法把珠子藏到别的地方去，名称叫'Three Shell Game'，就利用这个叫'Three Shell 大会'如何？可以说明游戏的性质，用英文也可以看出主题的意思啊！"

朴尚云用心看着助理打印出来的魔术画面："还不错，'Three Shell 大会'，不错，这是不错的点子。"

朴尚云在手册上记下来，接着朝助理的方向坐下说："那么对于大会的客观性有什么想法？"

"如果由细乌市场主办，怎么说都没有分量，所以我搜了一下，发现那只是某个村庄里的市场，但因为是一开始企划的地方，说什么也无法排除，可是如果有比较具有公信力的机构可以联合主办，应该会比较好。"

"是啊！细乌市场方面也希望可以跟电视台一起联合主办。关于费用，对他们是有压力的，他们都是些大老粗，以为跟电视台合作就等于进了金库一样。现在电视台要不要播都还是未知数，如何说跟电视台一起共同主办？电视台会答应吗？没那回事。有公信力的机构，比如说？"

"我搜了一下，不是很确定，不过似乎没有全国性传统市场协会那种组织。要跟全经联（全国经济人联合会）或中小企业协会搭上关系也很困难，看来可能还要再多找点资料才行。"

"这个礼拜之内，我要带着企划案去找郑容俊本部长，已经没有时间了，我们也不要在这里磨磨蹭蹭地讨论到底行不行的问题了，明天开始就要正式进行企划案的制作，大家现在去找资料，一个小时之后再开会。"

大家再度上网翻找了一遍又一遍，连瞳孔和手指都要冒烟了，还是没找到什么好办法。这回所有人的嘴都紧闭着，朴尚云一副没抱很大期待的表情,说:"没有什么令人满意的办法吧?"

所有人都一言不发地点头,朴尚云撇嘴一笑。

"所以要做一个'韩国三杯协会'。"

"做一个协会出来?"

"协会是可以随随便便就弄出来的吗?"

"当然可以,要设立一个社团法人组织没那么难,我们自己来创立协会也可以,NEO 制作协会、《赤子心》解雇者协会,像这类的组织只要申请立案就可以了。人聚集在一起协议,自愿组成的团体或组织,那就是协会啊!因为情况紧急,所以就先弄个网站出来,不过还是要看起来像样才行。再弄个协会章程,介绍'三杯大赛'的历史或由来,那种内容也要做出来。当然不能乱讲,就含糊地一带而过,看起来像那么一回事就好。会员的话,我会通过细乌市场来募集,大家好好做吧!"

朴尚云根据大家的专长和主修分配工作。慌乱之下,工大出身的助理,负责设计三杯协会的官网首页;法学系出身的制作人,把各个机关的章程拼凑起来,制成三杯协会的会议章程;文创系出身的助理,负责编写大会简介及竞赛方法。就这样,不到一天的时间,"韩国三杯协会"就被做出来了。

第一章 总则

第一条(名称)

本协会名称为韩国三杯协会(简称三杯协会)。

第二条（目的）

本协会旨在通过三杯大赛的健康发展及大众化，为韩国智力运动的发展做出贡献。

第三条（事业）

本协会为达成第二条目的，将进行以下业务：

1. 将三杯大赛推广为大众化之研究
2. 由协会主办三杯大赛及支援协会认证之三杯大赛
3. 为养成高水准比赛进行大师教育及大师资格训练
4. 其他为增进友谊之各种活动

第二章　会员

第四条（会员）

本协会会员为赞成协会之目的、遵守章程者，经由会员三人推荐，获得会员认可，方可构成会员。

第五条（会员的权利与义务）

本协会之会员可参与协会之各项工作，协会公认三杯大赛教育机关之营运、担任协会公认三杯大赛之大师。

第三章　人员

第六条（人员）

本协会编制以下人员：

1. 会长

2. 副会长

3. 总务

4. 执行部

第七条（选出方法及资格）

1. 会长

会长为本协会之代表，需为三杯协会正式会员且具三杯大赛大师一级资格取得者，通过投票选出。

2. 副会长

副会长为辅佐会长之要务。需为三杯协会正式会员且具三杯大赛大师一级资格取得者，由会长任命。

3. 总务

总务为总管协会事务。需为三杯协会正式会员且由会长及副会长经过协议后选任。

4. 执行部

执行部根据业务的性质，下设研究组、事业组、财政组各司其职，根据需要制定对策。三杯协会正式会员中会长及副会长经过协议后选任。

第八条（任期）

1. 所有人员任期均为一年并得以连任。

第九条（人员代理行使职务）

会长代理人为副会长、副会长代理人为总务，以此顺序代行职务，如有必要由执行部尽速召开会员大会选出接任人员。

......

根据NEO制作公司的说法，三杯大赛是根据人类起源与历史自然，而重新诞生的游戏。三杯大赛也被称作"Three Shell""博弈""找珠子"等，是智力游戏和魔术等多种形态变形而成的游戏，广受世界范围内的人们喜爱，也是提升观察力和集中力的益智游戏。游戏规则简单、道具简便，随时随地都可以玩，唯一缺点是要根据负责进行游戏的大师水准，来决定游戏的难易度和品质。因此三杯协会要培养高水准的大师，同时由协会公认的单位来主办比赛，以三杯大赛活性化为目的。就这样，他们几个人创造了三杯大赛的历史与传统。

当朴尚云提出成立三杯协会的提议时，郑基燮一时没能理解，于是朴尚云特别花了些时间说明给他听。大赛的规模越大，电视台做现场直播的可能性就越高，当然，细乌市场不是不可信赖，但碍于与大赛有直接关系，如果由非商业性的机构来共同主办，对外的观感会比较客观。虽然不知道郑基燮是不是真的理解了，但他一边点头，一边回答"是、是、是"，朴尚云就当他是同意了。

"但是没有合适的单位，所以趁此机会创立一个吧！细乌市场这段时间调查了很多资料，大赛也是共同主办的，对创立协会应该也可以给点帮助吧！"

"创立协会？"

"对！三杯协会，协会有什么了不起的？不过是志同道合的人聚在一起,做自己喜欢的事,并让大家知道而已,跟商会差不多啊!所以,总务先生不如就担任三杯协会的总务吧!"

郑基燮并不认为为了上电视而创立一个协会是很理所当然的事,但是听了朴尚云的话之后,听起来好像也不是什么不对的事。他意识到要创立协会,大赛才能举行,电视台才会愿意播出。虽然这么做不知道成不成,而且好像要退一步才行,但不管怎么说,他好像天生就是当总务的命。会长就决定由七十三岁的职业老千老金担任。老金接到电话时,得知推荐他担任三杯协会,讲白了也就是担任赌博大会的会长一事,根本搞不清楚发生了什么事,只是高兴得不得了。

"还有赌博大会?只要不是发生事情拿我当挡箭牌的话,当然好啊!担任会长会有钱吗?"

他同时还任命了自己交往三十年的好友,也是老千的后辈担任副会长。

上午助理们到老金常出没的五日市场,花了四个小时拍照,下午又在会议室里,把杯子堆起来拍了一些形象照,NEO制作公司团结大会的照片、各种节目相关颁奖典礼的照片、细乌市场活动的照片等,统统上传到网页。三杯协会研习营、会长杯三杯大赛颁奖典礼、挂着三杯大赛大师课程结业式的布条,看起来还挺像那么回事的。守护NEO制作公司的科学小飞侠在朴博士的指示下,彻夜在各个公开留言板上及论坛上写文章、提问,再自问自答,敲键盘敲到手指都麻了。凌晨三点一过,其中一名制作终于爆发了。

"这到底是诈骗还是制作?朴尚云那个家伙!"

不过短短两天的时间,网页就弄得有模有样,朴尚云拿着打印的企划案和协会网页资料，去见 enjoy 频道的郑容俊。

一个星期之后，郑容俊把朴尚云找来。

"这个奖金怎么说都有可能超过数百亿元吧？"

"如果有人押注数十亿元的话应该就会吧！"

"奖金的部分，协会方面会解决是吧？"

朴尚云点点头。郑容俊两手交握，专心地思考并点了点头。

"所以跟节目相关的制作费是我们要负担是吧？"

"目前跟协会讨论的是这样，他们也会收取报名费来作为大会的营运费用。"

看到郑容俊好像很难下决定的样子，朴尚云的手心不停地冒汗，生怕他对协会还有其他疑问。还好郑容俊说这世上什么协会都有，又继续问有关钱的事情。

"就先抽出一点制作费吧！看看制作费有多少再来讨论。"

朴尚云回说知道了，但并没有立刻离开，而是问了一件在意的事："关于大会的性质或节目进行的相关部分，有没有什么需要改进的？"

郑容俊挥了挥手。

"嗯，暂时没有，虽然对投注这种活动有一点不放心，但反正这是之后会再审议的事，管他会被骂也好，要被罚钱也好，老实说我们也很急，现在无论如何，总得要突破一下才行。"

朴尚云做了一份花费最少的制作明细寄给郑容俊，对朴尚云来说，最要紧的是让企划案通过，让节目可以成功制作。之后不管怎样，总会有办法解决，不能说因为钱不够所以没办法做节目吧？两天后郑容俊打电话来了。

"成立制作小组吧！安排六月播出。"

节目已经确定了，第一集就播出一些地区的预赛，第二集决选及活动直播，第三集决赛直播，第四集总决选及颁奖直播。是否重播或是有没有特别单元，就看到时候观众的反应再决定。制作如此荒唐的节目，理由只有一个——新奇。反正朴尚云一开始就抱着不会听到好话的觉悟，收视率好或能制造话题，总之，只要有一个爆点受到注目就可以了。就这样，从细乌市场商会开始的猜珠子大赛，以 THE CHAMPION 为节目名称，正式开始制作。

11

  银行里很舒服,金民九和吴英美拿着转账单,头碰着头讨论,金日宇正含着银行准备给小孩子的棒棒糖,糖果都吃完了,还含着棒子啾啾啾地吸吮着。吴英美从篮子里又拿出一根棒棒糖,把包装纸撕开,金日宇一把抢过吴英美手中的棒棒糖,上面虽然还有一半的塑胶包装纸,但他还是直接往嘴里送。吴英美抚摩着金日宇的头,金民九到现在还在怀疑金日宇。

  "喂!如果弄不好我们可是会流落街头啊!你相信我们儿子?"

  "我是他妈妈所以当然相信,我相信我们日宇,难不成我没事会在怀他前梦到龙吗?日宇爸,你复职时我不是去找人算过吗?那时候那个算命的说,这孩子会给我们家带来好运,那不就是现在吗?"

  "还把算命的都搬出来,那种江湖术士的屁话你也信?他不是还说我有外遇吗?"

  "那不是因为我说你好像有外遇嘛!不过他不是说中了你会被炒鱿鱼的事吗?"

"这不是因为你跟他说你总感觉我又会被炒鱿鱼,我才去找他的吗?所以他才说我会被炒鱿鱼啊!你跟他说过日宇的事吗?要是知道日宇是这样的话,什么让家里发扬光大的这种话,他恐怕就说不出口了。"

就在金民九与吴英美争论对金日宇投入自己的人生——准确地说,应该是投入全部的金钱到底值不值得这件事进行激烈争论之际,金日宇带着兴味盎然的表情听着他们说话。吴英美看了看金日宇那一脸指不上的模样,但她还是努力地往积极面想。

"日宇怎么了?多亏了日宇,我们才有现在啊!"

"老实说也不全是他的功劳吧!日宇多多少少是有一点帮助的。"

"啊!不管啦!所以到底怎样?要做还是不做?不做的话就现在说,然后赶快再去找房子,也不知道有没有可以马上搬进去的房子,现在要找整层公寓也不是那么容易了。"

吴英美用有点夸张的动作,拉着金日宇的手从座位上站了起来,金民九慌忙拉着吴英美的手让她坐下。

"就那样做吧!咱们全赌上!"

金民九把圆珠笔移到左手,右手紧握又打开了好几次之后,再次用右手抓住圆珠笔,用颤抖的手在转账金额的栏位上写下"50,000,000／伍千万元整"。金民九和吴英美为了筹措参赛费,把整层公寓退租拿回押金,那五千万元押金就是他们一家三口的全部财产。

"日宇啊!我们是如何才搬到新家的你知道吧?你很喜欢新家不是吗?只要你好好表现,我们就可以住到更好的房子,不是租的,而是真正属于我们自己的房子,知道吗?"

金日宇一边含着糖果，一边没有诚意地点点头。

"喂！你这小子！如果你表现不好，我们一家三口就要流落街头了，懂吗？为什么不回答？"

金民九的右手猛然扬起，吴英美吓了一跳，赶紧抓住金民九的手。

"你疯啦？日宇爸，你到底是怎么了？大家都在看啊！从今天开始，我们日宇要好好调整状态，不要再这样动不动就对孩子大声说话了。"

伴随着轻快的叮咚声，柜台上的灯号也闪烁着，金民九拿着号码牌、转账单和存折走向柜台，心里暗暗希望系统发生故障或行员失误，要不然整栋建筑物停电也行，但这些都是比金日宇赢得优胜可能性更小的事。亲切的行员没有说什么要不要办信用卡或是要不要申购基金之类的话，非常迅速地就处理好转账事务，行员直到将转账收据递给金民九时才问："对于将来退休后的生活有没有什么打算呢？要不要了解一下年金产品呢？"

金民九一句话也没说，默默地拿回收据，心中一半不安，另一半则想着要是这回成功了，将来老了以后的生活也就不用愁了。

THE CHAMPION 的报名处设在 enjoy 频道地下室，报名处旁有几个人正在写着报名表。因为金日宇未成年，所以由金民九和吴英美代替填写报名表及同意书。金民九在"如因自然灾害或不可抗力因素导致大赛无法举行时，本会将全额退还参赛费。但如因个人因素，临时决定不参加，报名费恕不退还"这一项底下画了线，吴英美念了一遍丈夫画线的那一项条文，"恕不退还，恕不退还"，念完又念了一遍。

"小学六年都全勤的孩子,从出生到现在肚子没有疼过,连腹泻都不曾有过,一定不会有事的。"

金民九在同意书上签名,代表已充分看过关于大会的规则及内容并全部同意,所有进行过程中关于拍摄及播出的相关内容,也都了解并同意配合。

吴英美走向报名处递交报名表及同意书,坐在报名处一边盯着笔记本电脑一边说笑的 NEO 制作公司的助理,在确认表上写了金额后突然停笔,抬头看了看吴英美,又再次看申请表上填写的参加金额,数了数总共有几个零之后问道:"五千万元没错吗?"

"是的,没错。"

助理用笔记本电脑再次确认入账内容,喃喃自语道:"怎么办?真的可以收下这么多钱吗?难不成那个呆头呆脑、张着嘴的小鬼,真的会获得优胜吗?"助理在印有三杯协会会长印信的报名确认书上,慢慢地写下"五千万元"之后交给吴英美,把吴英美递交的报名申请表及同意书各影印一份,将正本放入资料夹内,并将复本交给吴英美再次确认。

"如果因为参加者个人原因而无法继续参加比赛,报名费是不予退还的,您在这里已经签名同意了,没错吧?从现在开始,所有大赛进行的过程都会在节目中播出,令公子和您以及您先生的脸也都会曝光,这部分您也清楚吧?"

吴英美点点头,说明的人看起来比听的人还紧张。吴英美一时间还以为这一切会不会是个骗局,但是明明就看到电视上有广告,还有节目的预告，预赛时也有好几台摄影机在拍摄。

预赛拍摄内容会在下个星期五晚上播出，到时候就能确定了。她想有电视节目播出准没错的，电视台是不可能欺骗全国观众的，于是把确认书对折再对折，放进了包包里。

吴英美和金民九、金日宇在旅馆租了一间套房搬进去，金日宇也不再去学校了。为了练习，吴英美和金民九想办法弄到了跟比赛相同的杯子和珠子，当然三杯协会也有贩售，但那官方认证的杯子和珠子不知是不是镶了金边，简直贵得不像话，所以他们买了相同尺寸的杯子和珠子，杯子是在大卖场买的，珠子则是在旅馆附近的文具店，刚好看到差不多的就买了，据说是小学生上自然课时会用的珠子。

三个人开始过着规律的生活，早上八点起床之后，先吃过苹果及牛奶，然后轮流上过厕所后，就到附近的公园走一圈当作运动。早晨运动结束后回到旅馆，用不锈钢锅煮汤，加上电子锅煮的饭作为早餐。刚开始旅馆老板跟隔壁的房客都抱怨味道太重，还叫他们搬出去，但几天之后就再也没说什么了。吃过早餐，他们便一整天都在房间里练习，吴英美和金民九两人轮流坐庄，把杯子转到胳膊都快脱臼的程度。经过几次练习之后，不仅速度变快，也抓到了技巧。金民九不知是不是转杯子转出兴趣来了，没事就把杯子带在身边耍着玩。

"日宇妈，我们要是做得好，就去拿那个什么三杯大师的资格证吧！以我们现在的实力绝对没有问题。"

"你想一想，要是日宇比赛优胜的话，奖金会有多少啊！到时候当然是要享受了，你还拿那个资格证做什么？"

"说的也是。"

金民九和吴英美难得像这样意见一致。他们有时用三个杯子练习，有时四个、五个，最多的时候甚至用十个杯子来玩。当杯子数量较多时，吴英美就跟金民九两人一起转，有时不小心手碰到杯子，还会弄得天翻地覆。

就在自己的父母汗流浃背地跟那几个杯子奋战之际，金日宇在一旁，眼睛像对不上焦似的，看着像跳华尔兹一样不停旋转的杯子，然后顺利地找出珠子。他的眼球并未随着杯子移动，头也不曾跟着杯子移动的方向转动，但是他每次都能正确判断出珠子在哪个杯子里。

训练的强度越来越大，上午练习转杯子，吃过午餐之后则进行噪声适应训练及听觉训练。例如：打开电视机或收音机，在嘈杂的声音中去听钟敲了几下；或是在房间各个角落放置大大小小的时钟，再凭着秒针的嘀嗒声找出钟的位置；又或是听手机的按键音，猜到底按了什么号码等。要是在旅馆房间待久觉得闷了，就会到外面去进行听力训练。

金日宇闭上眼睛，由吴英美在前面摇着钟，他凭钟声跟着走。到传统市场，光听揽客的吆喝声，就能找到店铺所在的位置，卖袜子的、卖鸡肉的、卖狗肉的、卖海鲜的、卖鱼饼的……最近在传统市场已经不像以前那样会大声吆喝叫卖了，因此到市场练习的次数并不多。有时他们会在空地撒一些米，吸引鸽子前来啄食，再由闭上眼睛的金日宇凭着鸽子们咕咕咕的声音，猜出到底有几只鸽子，神奇的是，他每次都能猜中。回到旅馆进房之前，他会站在客房外走道的尽头，猜出几号房里有人。在金日宇所指出的房里，毫无疑问会传出喘息的声音。三个人再回到自己房间，吃完剩下的饭和汤，又继续练习猜哪个杯子里有珠子，然后练完就早早上床睡觉。

金日宇睡在床上，而吴英美和金民九则把棉被铺在地上睡。金民九只要头一沾到地板，下一秒就打起呼噜睡着了。吴英美嫌吵，会掩住金民九的鼻孔，要不就转过身去，过不了多久也像金民九一样打鼾睡着了。金日宇则一动也不动地躺在床上，听着两个人的鼾声，他睡不着，闭上眼想睡，睡意却离得更远，此时各种声音也随之而起。

床旁边桌子上的小闹钟，秒针嘀嗒嘀嗒地走着；冰箱马达闷闷地运转着；电视机关了，玄关的灯也熄了，不知从哪里传来"叽——"的刺耳电子声，好像电视机的机上盒没有关掉的样子。"噔噔噔噔"，老鼠的脚步声。"窸窸窣窣"，小虫子的声音。还有男女的呻吟声从四面八方渗透进来，楼上有个女人在哭，同一层最边的房里的男人在唱歌。楼上走道好像有人喝醉酒，拖着鞋子边走边撞墙。各种形状不一致的廉价家具，咯咯作响瘫坐在地上，老旧的砖墙与砖墙之间正在脆化，"沙沙、沙沙、沙沙"。金日宇自己心跳的声音听起来格外大声，金民九的心跳有点缓慢，吴英美的心则跳得有点快，三个人心跳的声音"扑通扑通"在房里响着。血管里流动的血液，时而发出嗞嗞的锐利声，时而又仿佛哗啦啦地流泻，就像在水上乐园从长长的滑水道滑下来的感觉。金日宇用棉被把头盖起来，松软的棉被上上下下掀动着，他捂住了耳朵，空气吹进狭窄的耳孔里，轻轻拂过茸毛，敲打着金日宇的耳膜。

金日宇看着天花板直直地躺着，他无法阻拦，虽然看不见、说不出，但无法不听到。金日宇握紧拳头，咚咚地用力敲打自己的脑袋。

"这个变态家伙。"

他的左眼流下了眼泪，闭上眼，右眼也流下了眼泪。右眼流下的眼泪流进了右耳里，用小指头往耳朵里挖，发出嘎吱嘎吱的声音，声音太大，让他听不到其他不愉快的声音，倒不如这个声音比较好。于是他用左手小指沾满了口水，往左边的耳朵也挖了挖，嘎吱嘎吱的声音塞满了脑海，金日宇整夜沾口水、挖耳朵，又沾口水、再挖耳朵，就这样睡着了。

第二天早上，吴英美正要叫醒金日宇时吓了一跳，她没叫醒金日宇，反而叫了金民九，金民九搔着头起来。

"几点了？"

"你看看儿子！"

金民九揉了揉眼睛，看着躺在床上的金日宇，金日宇用两只小指头插在两只耳朵里，面带微笑地睡着。

"我们好像给他太大的压力了。"

"压力？他应该连什么叫压力都不知道吧！"

金民九搔搔头，打了一个又大又长的哈欠，再度躺了回去。吴英美担心地看着金日宇，小心地把他的小指头从耳朵里拿出来，把儿子的两只手臂塞进棉被里盖好。棉被发出沙沙的声音，让金日宇不由自主地皱了皱眉头。吴英美也再次躺下，金民九又大声打呼，吴英美继续翻来覆去。三个人睡了很久，直到下午才又展开练习。金日宇一如往常地认真练习，一次也没猜错，吴英美这下终于放心了。

12

THE CHAMPION 第一集，像某种综艺节目的预告片一样。不过那是当然的，因为没有人知道三杯大赛是什么东西，也没有人想象得到，居然会有一个电视节目是可以让人投注赚钱的。关于三杯大赛的内容说明、具突破性的比赛规则以及奖金支付方式等，就占了第一集节目分量的一半以上。在猜谜、拼图比赛、简单的桌游等地区预赛拍摄的部分，加入了参赛者的个人故事及采访，还有十多分钟的传统市场影片，唤起了大家的回忆。当然，里头少不了细乌市场。

通过预赛的参加者必须下注，如果赢了，会得到下注金额的十倍作为奖金，这部分的内容被最大限度地刻画了出来。主持人不停地重复强调着"钱""奖金""乐透""发财""头彩"等字眼，"天文数字""史上最高奖金""翻转人生的机会"等刺激性字幕充斥着画面，虽然在挨骂，但节目收获了成功。

反应就如预料一样，节目第一集播出之后，一些原封不动转载节目内容的网络新闻纷纷报道，说这是个奇怪的节目，像是久违地找到了能吃的食物一样，记者们真是狗血中的狗血，毫不吝啬地谴责这是助长赌博的节目。责难随着口碑传播开来，节目影片上传，付费观看重播的人很多，每个人都吐着舌头啧啧称奇。留言板上充斥着谴责节目的内容，有一些日报也刊登了相关内容。有一家日报还登出社论，批评电视及有线媒体已经走到尽头，对为了抢收视率的战争提出批判。四面八方都充斥着对 THE CHAMPION 节目的谩骂，而 enjoy 频道不管是谩骂还是称赞，秉持着既然有人有兴趣就要乘胜追击的信念，决定每周重播三次。

评论家做出了令人意想不到的批评：有人说这个节目是对除了一夜致富就没有希望的时代的反抗，是对类似赛马那种由国家主导的博弈产业进行的迂回指责。观众们的意见也开始出现分歧，原本清一色都是指责的留言板上，开始出现像是"很有趣""期待第二集""还有很多电视剧更夸张，这不算什么""参加者的故事触人心弦"等评论，看到收益金额将用在有用的地方，也有人表示下回想参加。enjoy 频道的留言板和新闻网站的留言不断，留言下的回复留言也不断。还有电视台自己人在那里吵着说节目到底是要继续还是要停播。真正负责制作的 NEO 制作公司，根本无暇顾及那些谩骂，光是准备直播就已经忙不过来了，没有工夫管那些谩骂是从嘴里还是鼻子里出来的。郑容俊把朴尚云叫来。

"最近 NEO 很忙吧？有办法再成立一个拍摄组吗？"

郑容俊的意思是针对几个特别受注目的参赛者，专门拍摄特别单元。朴尚云于是又紧急成立一个拍摄组，让没有拍摄经验的助理扛起摄影机先出动再说。有立志要拿下第一名，好让母亲接受关节手术的三十多岁的失业者；有需要筹措结婚基金的准新郎，未婚妻和家人都一起出来为他加油；有为了赚学费而参加的大学生；有自称有超能力，可以看见珠子在哪个杯子里，为了传递外太空信息而参加的五十多岁大婶。

第二集节目正式展开，通过地方预选的总共有一百人，其中八十二人参加决赛，十八人不愿付参赛费而放弃决赛资格。有人不知道要先支付参赛费用，在预赛时一听到要交钱，就骂骂咧咧地说不玩了；有人说反正没期待自己会得到优胜，所以还是不要付参赛费比较好；有人说在第一集播出之后听到很多不好的评价，最后还是决定放弃参加比赛。

虽然交参赛费用的人很多，金额却比想象中还要少，有人意思意思拿个一百元、一千元出来，都是不认真支持大赛的人，只是觉得到电视台参赛很有意思，看到自己出现在电视上很新奇，只是觉得叫什么三杯的节目很搞笑才参加的。他们在彩排结束后，就忙着在电视台里到处参观、拍照。有人因为在像迷宫一样的电视台里迷路，找不到摄影棚而未能及时出赛，制作单位打了十几通电话，最后出动执行制作去找人，而参赛人在节目结束时才姗姗来迟，却一点也没有可惜的神情。这些人在舞台上一点也不积极，摄影机一照到就害羞得发抖，只会呵呵呵地笑着回答"是"或"不是"。

反观有几位押了上千万元参赛费的参赛者，他们对于取得优胜充满了信心，但并不都是努力练习过的人，说起来他们是得到了某种启示。有人听到了祈祷的回应；有人在梦里见到总统或是已过世的父母；自称有超能力，身负"传达来自外太空信息的使命"的那位交了一千万元参赛费的大婶，由于最后可能使这笔巨款化为乌有，也有可能赢得上亿元的优胜奖金，因此成为大众瞩目的焦点。那些参赛者对大赛的参与积极度极高，与他们投入的金钱数额相当。有人一直祈祷；有人像在整理自己的意识一样，做出一些奇怪的动作；有人不停地喃喃自语。

自称有超能力的那位大婶成绩意外突出。决赛由每十名选手进行一轮，她赢到第二轮，每当自己所选的杯子打开、出现珠子时，她就会仰起头，弹舌发出奇怪的声音，旁观的人都咯咯地笑着，主持人也忍住笑意问她："这是在自我庆祝吗？"

"我在向那位外星人传送捷报，因为他不懂地球人的语言。"

"啊！这样啊？那么那位外星人怎么回答呢？"

"他指示我不要轻举妄动，要安静地倾听声音。"

但超能力大婶还是轻举妄动了，她在第三轮落败，败者的复活赛中也未能顺利复活。她要求制作单位再给她一次机会，甚至不惜躺在地上大吵大闹，说因为摄影棚里太嘈杂，让她听不清楚声音。主持人一时手忙脚乱，连喊着"女士、女士"，试图将她拉起来，但她还是赖在地上不肯起来。最后由三名工作人员上台把超能力大婶拉起来，比起超能力，她的"怪力"仿佛发挥得更淋漓尽致。

"你们谁敢耍这种雕虫小技？你们以为这样就可以掩盖真相了吗？放手！放手！"

朴尚云坐在副控室，通过屏幕看到乱成一团的摄影棚，不禁拍手大笑，坐在一旁的导播带着狐疑的眼光上下打量着朴尚云。

"朴制作，还不喊停吗？这可是放送事故啊！"

"等一下，这不是很有趣吗？观众也很爱看这种画面的。"

此时又有一名工作人员跑上舞台帮忙，直到好不容易压制住超能力大婶，把她拖下台之后，朴尚云才把镜头交给主持人。主持人虽然努力保持微笑，但早已满头大汗，鼻头都泛起油光了。但他不慌不忙地擦去汗水，熟练地继续主持下去。

"我都满头大汗了！虽然我过去主持过不少节目，但还是第一次遇到像刚才那样失控的场面，总之，激烈的败者复活赛也告一段落了。下个礼拜将进入总决赛，所有比赛都将采取个人赛进行，同时，更重要的是，不会再有败者复活的机会了。每一次选择，都将改变他们的命运、他们的人生！"

所有参赛者顿时成了名人，第二集节目播出之后，在网络上陆续出现参赛者以前的照片，也有人爆料说他们在节目上讲的参赛原因都是假的。有几个长相不错又台风稳健的人，受到支持的程度甚至不亚于艺人。其中当然有金日宇，困苦的父母和有缺陷的儿子，加上金日宇白白净净的长相，以及五千万元的最高投注金额，如果金日宇拿到最后的胜利，他的奖金将高达五亿元。当主持人问金日宇为什么参赛时，金日宇照着吴英美事先教的一字不漏地说："我想给爸爸妈妈买房子。"

站在一旁的吴英美虽然早已知道答案，但仍激动得泪流满面。

"大家也看到了，我们的儿子跟其他孩子相比，幼稚又单纯，他看到电视预告之后跟我说，他觉得自己应该可以做得到。我带他参加这个节目并没有其他野心，我只想给成天被人说这个做不好、那个也做不好，被其他孩子嘲笑的儿子信心，我想告诉他，妈妈和爸爸都相信你。"

尽管一听就知道是谎话连篇，但奇怪的是所有观众莫不心头一热，深受感动。素面朝天的吴英美，哭得眼睛鼻子都红了，在旅馆房间看重播时，金民九抱着团起来的棉被哈哈大笑。

"哎！吴英美，你真是狐狸啊，狐狸！"

"那还用说，不是都说男人宁可跟狐狸生活，也不跟熊生活嘛！"

有人在网络上帮金日宇成立了粉丝专页，"犀利哥金日宇"和"傻子金日宇赚五亿"都自称自己才是第一个正式的粉丝专页（fanpage）。不知从哪里出现了金日宇的毕业照、学校去郊游的照片、幼儿园才艺表演的照片，都被放上了粉丝专页。网友们留言称赞他好看的长相，让人认不出是男生还是女生；有人说他从小就是时尚领袖；有人说这孩子真善良；有人说他眼神中隐隐透露着霸气，年纪小小却有着结实的臂膀让人着迷。有女网友留言说想跟他结婚。吴英美笑说媳妇有着落了，可以放心了。

如同郑容俊所期盼的那样，THE CHAMPION 节目成了热门话题。无法追踪来源的资料显示，大卖场的杯子和珠子销售额相比上个月涨了30%，脑力运动的热潮让桌游、围棋及象棋等产品都再次受到欢迎。其他频道也将郑基燮第一次想到的转盘游戏作为素材，制作成益智有奖征答节目播出。郑基燮为没能先申请专利而感到可惜，郑容俊则嘲笑说，那些都是没有创意的东西。

郑容俊要求朴尚云不要只把注意力集中在比赛的部分，关于参赛者的背景要再多加着墨。朴尚云苦恼着该如何做才能符合郑容俊的要求，合他的胃口。一名助理提议说可以办场快闪签名会创造话题，并在第三集中播出拍摄的签名会活动。朴尚云心存怀疑，又没来得及提早预告，而且那些参赛者也不是什么了不起的知名人物，有谁会来要他们的签名？但助理确信一定会成功。

在第二集节目中生存下来的三十多名参赛者中，有二十四人表示愿意参加签名会。当天早上在 THE CHAMPION 官网上刊登了签名会的公告，活动前两个小时，在 enjoy 频道大楼一楼大厅搭起了舞台，椅子和桌子排成一排，摄影机及相关设备也都设置完成，一直到这个时候，朴尚云仍在犹豫不决。签名会开始前一个小时，人潮开始聚集在现场排队，花束和礼物是基本配备，甚至还有粉丝做了应援板和标语牌。一名男性参赛者的大婶粉丝亲手做了便当，而且还送给了每一位工作人员。到了预定时间，enjoy 频道的大厅已经挤满了人，由于排队的人太多，只好排到大楼围墙绕了一圈，摄影导播用航拍摄影机俯拍排队的人群，说了一句"完全是一堆火柴啊，黑压压的一片"。

不久后参赛者们登场，大厅瞬间人潮汹涌，粉丝们各自跑到自己支持的参赛者前面要签名，由于现场有人插队，粉丝们开始指责，因而出现了激烈的争执。想拍照的粉丝、抱怨不要拖延时间的粉丝、大喊着为什么要吼那么大声的粉丝……现场不断出现大大小小的争执，一时陷入一片混乱。制作单位事先准备好的签名纸一下子就用完了，粉丝们拿出自己的笔记本、手账、衣服，甚至要参赛者直接签在他们手上。

由于人太多，enjoy频道内部的安保人员和工作人员无法控制场面，最后还请了警察出马。

然而大家万般期待的金日宇并没有登场，穿着团服前来的金日宇粉丝俱乐部会员群起抗议，这时助理站到椅子上宣布，金日宇因为个人原因没办法出席签名会。金日宇的粉丝们开始鼓噪："为什么没有事先通知？""这种事情不应该等粉丝都到了现场以后才告知！""没有金日宇的签名会还有什么意义？"现场一时吵闹非凡。其他参赛者的粉丝则反驳："为什么会没有意义？金日宇很了不起吗？"签名会瞬间分成金日宇的粉丝和其他参赛者的粉丝两派。

"不要再吵了！"

一个拿着超大玩偶熊、等着金日宇的女子痛哭失声地大喊，原本就等得不耐烦，同时感到失望的其他粉丝也开始哭了，金日宇的粉丝纷纷哭喊着金日宇的名字，其他参赛者的粉丝也喊着他的名字，现场混乱不堪，并且成了一片泪海。严格说起来，虽然制作单位的准备不足造成了失控，但现场聚集了满满的人潮，甚至还出动了警察，这就代表他们已成功达到了节目宣传的效果。

不只是签名会，其他所有的额外演出及特别节目，金日宇都一律谢绝，理由是这会给不平凡的金日宇造成负担，但实际上是为了练习。在节目中露不露脸、变得有名还是无名，对这个家庭来说一点都不重要，他们赌上了一切，必须赢得第一名取得十倍的奖金才行，对他们来说，唯一重要的只有钱而已。

开头非常顺畅。第三集的晋级者中，没有过失误的只有金日宇一人而已，不管是十个人一组进行三轮的团体战还是个人战，金日宇每次都可以成功地找到珠子。金民九和吴英美很兴奋，如果照这样进行下去，金日宇一定可以拿到第一名，他们所投入的全部财产五千万元，就会变成五亿元回到他们口袋里。五亿元说多好像不是很多，说少又不算少，在现在这个时代就算有五亿元，人生也不会有太大变化，更不可能让人一辈子不愁吃穿，但可以在平静的小区内，找个能容纳一家三口的不算太小的公寓，或是可以买一辆中型车。即使过这样的生活，手头仍会剩下不少钱。对吴英美和金民九来说，这是自己一辈子都赚不到也摸不到的钱。

在第三集的节目中，金日宇也全力发挥，果然还是连一次失误都没有，主持人虽然预告从第三集开始不再有败者复活的机会，但陆续比试下来，除了金日宇，其他参赛者都被淘汰了。不得已再进行一次败者复活赛，选出十名选手进入最后总决赛。情况如此，金日宇便显得愈加与众不同。

此时网络上掀起了一阵论战，争论金日宇到底是凭实力还是靠运气，才会取得如此令人难以置信的成绩。一开始主张他是靠运气的一派占优势，但 THE CHAMPION 节目出面，坚持三杯大赛是需要靠观察力和集中力的大脑运动，enjoy 频道通过各种特别节目和报道资料，表示金日宇是"隐藏的天才"，有"专注的力量""努力不懈的练习"，但这些说法一点用处也没有。网友说难不成这是什么数学奥林匹克大赛吗？玩剪刀石头布难道也有秘诀？多练习掷骰子就更能掷出六吗？对一般人来说，这种游戏仍旧只是凭感觉投注赢钱而已。

但如果单凭运气，那么他的运气也未免太好了。在第二集和第三集的节目中，总共进行了十二回合，金日宇每次都能猜出珠子在哪里，这是不到五十万分之一的概率。当然，全世界每个礼拜最多有十个人会中八百万分之一的乐透头奖，但终究靠的是大家的殷勤和毅力，以及对乐透的喜爱和热情罢了。五十万分之一，是比"可能"更接近"不可能"的数字。剪刀石头布也是有秘诀的，如果能好好解读对手的表情和手部动作，用露出或隐藏自我底牌的方法展开心理战，就有可能轻松赢过对方。掷骰子也是一样，如果可以控制骰子握在手里、旋转及掷出的方向及力道，就有可能掷出自己想要的数字。所以三杯大赛也不可能没有秘诀，金日宇一定握有非常厉害的秘诀，这个主张逐渐得到越来越多人的认同。

同时，大赛坐庄的"三杯大师"也获得了大众的关注，有人推测金日宇可能掌握了大师的性情、喜好和习惯，大师是三杯协会的副会长，也是金会长的老朋友。根据一些网友的分析，大师将珠子放在左边的杯子的次数最多，杯子转得越久，最后珠子落在中间那个杯子里的概率就越高；还有他最后碰到的那个杯子，珠子在里头的概率会比较高；也有人分析杯子全都转过之后，大师绝对不会看有珠子的那个杯子。事实上，这些推论一半对一半错，更何况总决赛时杯子会增加到五个，所以情况又会有所不同。制作单位拜托三杯大师，到时务必要多费心一点，副会长则嘲笑说那些网友全都是胡说八道。

"真是好笑，那只是因为坐庄没能得到专门领域的认证罢了，如果只论实力的话，我可是属于国宝级的啊！哪有什么概率？我都是随我高兴摇的。"

果然是厚颜无耻，但是也多亏了他的厚脸皮，第一次播出时，而且在现场直播的情况下，没有失误，完美地扮演好他的角色。不管怎么说，人在进行比赛时，一定会引起大众关于难易度和公正性的争议，但这些问题都没有出现。在同一个阶段，大师每次进行的时间和速度都维持一致，而且还逐渐会表演出在桌上抛起杯子、滚动等让人眼前一亮的技术，令观众啧啧称奇。

不管怎样，吴英美和金民九还是努力转着杯子，金日宇则老老实实地找出珠子。离总决赛只剩下一个星期了，吴英美和金民九开始讨论拿到五亿元之后要用在哪儿，金日宇则会在梦里梦到像人脸一样大的珠子，轰隆轰隆地滚来滚去，挡住了他的去路。虽然珠子没有嘴巴，也没有眼睛、鼻子，但它一直发出声音："来找到我吧！快点把我找出来吧！"

第三集节目一结束，郑容俊就把朴尚云叫到自己的办公室。朴尚云交代后辈们好好整理摄影棚，然后就到十楼的本部长办公室，郑容俊正坐在电脑前面。

"你过来看看这个，现在网络上闹翻了。"

"您还没有下班啊？"

"想看看节目，也想见见你，所以还没走。辛苦了，真不愧是朴尚云。"

郑容俊没有打招呼，就直接拉了把椅子到自己身边，拍拍椅面要朴尚云坐下。enjoy频道的官网因为负荷太大而崩溃，而各大门户网站的即时热门搜寻，则包括了"THE CHAMPION""三杯""三杯大赛""enjoy频道""金日宇"等关键词，大会其他参加者的名字也不断出现。就像节目内容是转播似的,某个网络媒体一直在持续报道,在许多个人博客及推特上也有关于节目的感想,或是对参赛者的一些意见。

"第二集的收视率达到八点二?那第三集没准可以破十吧!这可是 enjoy 频道开播以来的最高收视率啊!说不定还可以超越国营的无线电视台。原本就是因为大家都在讨论,觉得好奇所以才看看的,朴尚云果然还是宝刀未老啊!真是了不起。"

"这全都是托前辈的福啊!是您相信我、给我建议,而且还给我机会,我对您只有无尽的感谢。"

"你这是什么话,我才要谢谢你,不好听的话你就别放在心上,现在好好把节目做完吧!"

"我知道,您不要担心。"

"这虽然是以后的事,不过从长远来看,可以再试着制作下一季,就是要有做第二季的念头,还有星期五晚上不是有 Ranking Show 吗?我想把那个节目停掉,再弄个竞赛节目,到时候也交给 NEO 来制作怎么样,我会不会太急了?还是先把下礼拜的总决赛好好做完,先休息一下再慢慢来讨论好了。对了!下个礼拜也弄个特别单元,我认为那个叫金日宇的孩子是节目核心啊!给他贴身拍摄,弄个单元节目出来吧!"

金日宇是核心人物这件事,任谁都想得到。

"我们也一直劝说金日宇的妈妈,不过她没那么容易被说服,您也看到了,那个孩子跟一般孩子不太一样,父母担心他会受到太大的压力或是惊吓,所以一直很抗拒摄影机贴身拍摄。"

"在那样灯火通明又吵得要死的摄影棚里,他不是都好好的吗?她那说的是什么鬼话,反正无论如何一定要拍。"

"我们也是这么想的,我们会再好好劝说一下。"

"他一定要赢得优胜,虽说应该八九不离十,在节目结束之后,他的话题还可以再持续很长一段时间,届时不管是赌博还是博弈的话题也都会被人们忘掉。他如果拿到优胜,在节目结束之后,也要继续拍摄他和他的父母,然后好好剪辑一番。"

"是,我明白了。"

"这个礼拜一定要拍到他,明天白天我再电话联络,今天辛苦你了,再多辛苦一下吧!"

朴尚云九十度鞠躬行礼。得救了!原本朴尚云最担心的,就是等到下礼拜节目结束之后就玩完了。THE CHAMPION 之后根本没有时间再准备,光是每个礼拜播出 THE CHAMPION 一个节目就很吃力。NEO 制作公司的人手根本不够,员工们全都出动,再加上 THE CHAMPION 得到大众的关注,enjoy 频道就把相关的节目都揽给了他,没有再让场面失控就已经是万幸了。然而朴尚云却并没有因此而成为名人或赚大钱,THE CHAMPION 再怎么说都是 enjoy 频道的节目,制作费非常紧张,硬要说有什么收获的话,就是员工们久违的忙碌,让大家士气大振。然而当 NEO 制作公司的员工拼命在水下用力打水时,重播、三播、四播一直到五播,广告费赚到手软的 enjoy 频道和未来高额奖金的优胜者——也就是金日宇,则像天鹅一样优雅地在水面,只顾争取自己的利益。但是现在 enjoy 又再委托其他节目,就代表 NEO 制作公司还有希望,朴尚云不禁哼起歌来,因为这次节目取得了大成功，所以下一个节目的制作费一定得要求多给一些才行。

在朴尚云等电梯时，口袋里的手机发出振动，节目一结束就不停地有电话打进来，认识的人纷纷打来说节目很好看，但要一个一个接听实在太烦了，他连把手机掏出来都嫌烦。其实也有人会骂怎么连这种烂节目都能做得下去，朴尚云听到这种话反而觉得很兴奋，骂人？那是因为羡慕才会骂，因为眼红。因此他很好奇，饭桶也应该看到节目了吧？应该听说是我制作的吧？既然听说了就应该会看，饭桶也有发短信来吗？朴尚云拿出手机确认短信，郑基燮总务、郑基燮总务、郑基燮总务、郑基燮总务、郑基燮总务、郑基燮总务……郑基燮夺命连环扣似的发来短信要他回电，虽然中间也穿插了一些制作助理及编剧们的简讯，但大都是郑基燮的短信，没有饭桶发来的。饭桶还真的一条短信都没发来，朴尚云心想他一定是眼红，一定是嫉妒才这样。他重新浏览清单的时候，郑基燮正好打电话过来，一接通郑基燮就不明就里地高声喊道：“您怎么都不接电话啊？”

"节目播出之后有很多要处理的事啊！您有什么急事吗？"

"制作人您不急吗？如果继续这样下去，那个叫金日宇的家伙真的拿到优胜该怎么办啊？"

"什么？"

"那个家伙要是赢了可是有五亿元奖金啊！朴制作，那五亿元您要出吗？"

"您现在到底在说什么啊？"

"我们没有钱啊！我们没有钱给那个奇怪的孩子啊！您说过奖金

不会比参赛金额高吧？不是说一开始就要剔除下注很大的人吗？可是现在他就要赢了啊！不知道他到底耍了什么诡计，还是真的有两下子，总之，照现在这样下去他就要赢了，到时我们就要付给他五亿元啊！"

朴尚云不记得所有参赛者交纳的参赛费加起来总共有多少，其实打从一开始，他对这件事就不是很在意，每个礼拜忙着节目播出，完全忘了这个问题。听郑基燮这么一说，应该是不到五亿元，而且听起来好像还差很多的样子，但是事情已经发生了，朴尚云环顾四周压低音量说：

"我们只是拿制作费制作节目而已啊！收取参赛费的是你们，如果有多余的钱，拿去用的也是你们，要给优胜者奖金的当然也是你们，现在怎么来跟我说这些话呢？"

"你说的你们是谁啊？反正绝对不是细乌市场。你说的是三杯协会吧？那不是我们创立的吧？那个不是朴制作你创立的幽灵团体吗？把它废了总可以了吧！要不然我不干了，参赛费我们一毛钱都没有动，你全都拿走吧！你拿去看是要花掉还是要分了都随便你，我们什么都不管了。"

"你说的这是什么不负责任的话！现在才来跟我说你们不管了？现在先好好把节目做完，下个礼拜就结束了，结束之后我们再来慢慢讨论吧！"

"不负责任？现在这是谁的责任啊？到底是谁搞出这一切，再推给我们这些纯朴的市场商人啊？先把节目做完，那后面的烂摊子谁收拾？你以为我会这样什么都不做，让节目圆满收尾吗？我可不是傻子，我会把一切都发上网，我会说那个什么三杯协会全都是骗人的。"

朴尚云想起《赤子心》出事的那天晚上，那个彻夜浏览观众留言板、写着事由经过报告书、做着录音记录、安慰哭泣的制作助理及编剧们的夜晚。

"等一下，等一下，郑总务，您何必这么冲动呢？我们还是见面谈吧！今天时间已经太晚了，明天一早我就去市场找您，您先冷静下来，今晚先睡吧！"

"商会的人现在全都在办公室里，现在这样我们哪里睡得着，你现在就过来吧！"

"好，我知道了，我现在马上过去。"

朴尚云立刻走到地下停车场，他不记得车子停在哪个位置，在地下三楼转了四五圈，犹豫了一下又再下一层去找，车子果然停在地下四楼。由于他的手心不停冒汗，没办法好好地将车钥匙插入钥匙孔中，车子也无法顺利发动，试了四次才好不容易发动车子。车子发出嗒嗒嗒的响声，他用手扶了扶后视镜，朴尚云为自己急于求成的性子感到自尊受损。他大声喊叫，拿起手机丢了出去，手机打到挡风玻璃前的测速仪后掉了下去，接着测速仪也掉了。朴尚云又捡起测速仪丢掉，深呼吸一口气之后出发，闷不吭声地前往细乌市场。他心不在焉，下意识地猛踩油门，车速一下子就可怕地飙高，被乱丢在车子底部的测速仪紧急地发出警告："七十！七十！七十！"

13

  THE CHAMPION 节目播出之后,细乌市场也变得声名大噪。第一集播出后隔天,看了电视的学生们来到市场,在涂鸦墙前拍照。郑基燮亲切地向来访的游客们介绍,心里非常得意。

  "现在是什么时代了啊!高句丽的壁画、金字塔壁画也需要通过旅游节目介绍,才会有人来参观啊!"

  第二集开始,商会五人小组便聚在办公室里收看节目,郑基燮买了烤鸡和啤酒来,刚开始大家其乐融融,一边吃鸡腿,一边模仿主持人的语气或吐槽参赛者的服装打扮。比赛在 enjoy 频道的摄影棚内现场直播,中间穿插事先拍摄好的参赛者影片,节目很有趣,比赛也很有意思。但是站在细乌市场的角度来看却觉得很空虚,之前明明就在细乌市场拍摄了猜珠子大赛的画面,但等了不知道多久都没有播出来。

  "什么啊?明明一直到最后都照他们说的做了,为什么我们的话都被删掉?"

"一定有的，应该快出来了。"

"是啊！离节目结束还有十分钟，结束之前一定会出现的。"

但是直到最后还是没有出现，连一句也没有提到细乌市场，虽然节目在热烈的气氛中结束，但商会办公室里一片寂静。第三集播出时，连到市场来拍摄的画面都没有。所有人都坐在电视机前，不是在玩手机，就是专心吃着烤鸡，再不然就是不时去上厕所或做别的事。节目结束后，唯一一个专心收看的水果店金老板说："那个下注五千万元的学生，今天又全都猜对了。"

"啊？"

"那个小子好像真的会赢！那么奖金不就有五亿元？那个钱谁出？"

郑基燮急忙从包里拿出资料夹来，在手指上沾口水，翻看着参赛者的申请表，再把放在夹层里的存折拿出来确认。夺冠大热门候选人金日宇投注了五千万元，如果金日宇如预期拿到第一名，那么得到的奖金将高达五亿元，但是所有收到的参赛费加起来不过两亿三千多万元。因为朴尚云说金钱管理相关的部分全都交给总务郑基燮，所以当时就用郑基燮的名义办了个存折来收取参赛费。郑基燮身为三杯协会的总务，财务透明管理，负责支付第一名奖金，大会的所有收益金额全都用在传统市场发展之用……这些内容都确认过才收下存折。确认表上署名的不是"细乌市场"，也不是"三杯协会"，而是"郑基燮"。当朴尚云说"剩下的钱你们就看着办吧"时，郑基燮只想到会有钱剩下，完全没有想到会发生钱不够的问题。郑基燮突然两手无力，存折掉了下来。

"钱，钱……不够。"

郑基燮被吓得脸色苍白，精肉铺的朴老板用力摇晃着他的肩膀。

"什么？郑基燮，你为什么说得这么吓人？好像是我们要拿出奖金似的。"

"钱不是由我们管理的吗？那么奖金当然应该由我们支付啊！"

"那个什么三杯协会不是说会看着办吗？"

"会长和副会长是挂名，我们不就是执行单位吗？郑总务就是总务啊！"

"郑总务是总务又不是会长。"

"不是，细乌市场的郑总务，也是三杯协会的总务，那个协会的存折，是由郑总务管理的不是吗？"

"什么？那么你是说我们要给那个小子五亿元吗？参赛费加起来总共多少？三亿元？"

郑基燮虽然已经知道了金额，但还是再确认过存折数字后才回答："不，只有二亿三千多万元而已。"

"什么？那怎么办？难不成这笔钱真的要我们出吗？"

"大家都没有想到奖金会超出收到的参赛费。现在情况变成这样了，必须再找朴制作来商量才行。"

虽然话是这么说，郑基燮却有预感，谈也谈不出什么好结果，并且怀疑朴尚云是不是为了拉拢细乌市场，所以才故意把钱交给郑基燮管理。商会的人们全都陷入一片混乱中，为了冷静，郑基燮走出来站到走廊上。

虽然深呼吸了好几次，但心情还是无法平静下来，最后他用颤抖的手拨了电话给朴尚云,但他没有接,再拨、又拨,不管怎么拨就是不接。他在走道上的自动贩卖机投币买了一杯咖啡喝了再拨,水果店的金老板出来询问有没有打通电话,郑基燮把他送回办公室之后又拨,还是没人接。他想了想,自从节目开始播出之后,他跟朴尚云就似乎没有再见过面或通过电话了,电话都是由听不懂人话又嘴馋的崔敬模打来,每次拍摄也都是崔敬模来。郑基燮感到极度不安。"那个家伙为什么都不接电话,难不成他骗我?""总得对商会的人说点什么才行。""要去哪里弄五亿元出来啊?"郑基燮一刻不停地继续拨电话,但对方不是不接就是在通话中,他不免想到朴尚云是不是在躲他的电话。他一时冲动打了110检举诈骗分子,但清醒过来后又及时挂掉了。郑基燮心想,最后一次,这一次要是再不接的话,就真的要打电话去报警了,就在郑基燮下定决心的瞬间,朴尚云接电话了。

郑基燮尽可能冷静地通完电话之后,回到办公室,大家纷纷询问怎么样了,他以点头代替回答,但脸色还是涨得通红。

"他怎么说?"

"他说现在马上过来。"

"他们会解决奖金的事吗?"

"他说,可能要再重新讨论一下。"

就像在等这一刻似的,朴老板狠狠地训斥郑基燮:"我不是说这件事很可疑了吗?到底是从哪里找那个骗子来的,现在到底该怎么办?"

水果店的金老板皱着眉头,反驳精肉铺朴老板:"这件事全是郑总务一个人的责任吗？我们大家要一起解决啊！为什么要那么大声指责郑总务一个人？"

突然间大家都扯开嗓门说话了：

"为什么是我们要解决？应该是那个浑蛋制作人要解决才是吧！"

"他要是不肯呢？他明知道会出问题，还会把事情弄成这样吗？他要是不肯出面，我们就要负责任啊！我们要去哪里筹那五亿元啊！"

郑基燮努力平息混乱："大家先冷静一下，现在大赛还没有结束啊！只要现在推翻一切就可以了。"

"我们能用什么方法推翻？"

"我们去报案，说他们是诈骗分子就行啦！要不然我就带炸弹去电视台，朴老板您卖牛卖猪赚来的钱一毛钱都不会动，所以请先冷静下来吧！"

郑基燮一言不发地走到电脑前坐下，开始努力地敲着键盘，并在手册上记了些什么。

"什么啊？你真的要报警吗？"

"不是有那种像我们一样受电视节目所害的人组成的团体吗？他们会协助我们向电视台提起诉讼，不行的话，我就上网留言说他们是骗子。如果还是不行，我就在他们现场直播的时候跑进去，无论如何，都不能让我们市场和商会受害，所以大家不要担心。"

"提起诉讼很麻烦又要花很多钱不是吗？而且下礼拜就要播出了，来得及吗？"

"不是有调解委员会吗？比起上法院，提告程序简单又不用花钱，而且可以申请禁止播放的处分，实际上不会比想象中麻烦。首先我们要阻止他们播出节目，这跟请求损害赔偿什么的虽然不太一样，但我会去打听看看。等一下朴制作人来了先好好跟他谈一谈。"

精肉铺的朴老板忍不住用鼻子哼了一声说："制作人个屁！"

半个小时后，朴尚云打开商会办公室的门走了进来，五个人都没有转头，精肉铺的朴老板先高声说道："你看我们很好欺负吗？年轻人啊！要戏弄老人家也要有分寸啊！郑总务到底是从哪里找到这个骗子，搞出这种事情的啊？"

郑基燮站了出来。

"我来说吧！朴制作人，我们先谈一谈吧！"

朴老板又插嘴道："什么制作人，根本就是骗子，骗子！"

"朴老板，别说了！"

夹在中间的郑基燮显得不知所措，就在其他人七嘴八舌劝说朴老板之际，郑基燮走向朴尚云，说："我们把话摊开来讲吧！奖金到底是谁要出？"

"协会啊！"

"什么协会？"

"三杯协会。"

郑基燮长长地叹了一口气，说："你的意思是，要我从我所管理的存折里拿钱出来当奖金吗？"

"现在情况似乎有点尴尬，但是就如同您所说的，我手上也有确认单啊！而且已经通过我们的顾问律师取得公证了，在参赛者提交申请书和同意书时就一起取得公证，是具有法律效力的文件。"

当然，那是谎话，NEO制作公司根本就没什么顾问律师，参赛者提交的参赛申请书和同意书也没有什么公证，朴尚云也没想到事情会变成这个样子，不知道接下来还会出现什么样的问题，也不知道还隐藏着什么会扯他后腿的事，当初还真应该去申请公证的。朴尚云心里想着等天一亮，就赶快带着资料文件先去申请公证。郑基燮听到什么公证、什么有法律效力这种话，一瞬间就惊慌失措了。

"朴制作人，现在进入决赛的一百人所交纳的参赛费总共才两亿多，有那种只缴一万元、两万元的人，平均大概是十万元上下，虽然有几个人交了上千万元，但他们全都被淘汰了，也没什么影响。可是现在有个疯子交了五千万元啊！他要是拿了第一，奖金就是五亿元，你说该怎么办？"

听到确切的金额数字，朴尚云也倒吸了一口气，真不知道该怎么办，他在脑子里迅速盘算，要一起负担吗？我哪儿来的钱啊！去找enjoy频道帮忙？他们会救才怪，一定会一脚踢开。还有什么办法？有什么办法？啊！没有！没有！先抽身再说。

"当初不是说协会的营运和参赛费由协会管理吗？现在才来跟我说这些话要我怎么办？制作单位光是做节目就已经忙不过来了，那些钱不都存在以协会名义所开设的账户里吗？协会管理财务的是郑总务啊！说白了如果管理得当，有钱剩下来也不会分给我们制作单位吧！"

"为什么和之前说的不一样？你不是说下注多的人绝对不会得到第一名吗？不是说会先把他们淘汰吗？收钱的是电视台，我们把钱存到户头里之后只拿到存折，可是现在不管谁都会以为我们拿了最可能拿到第一名的参赛者的五千万元,现在该怎么办啊?"

"您用正常的思维方式想想,他们自己要拿钱出来参加大赛,这要如何阻止啊?站在制作单位的立场,努力挑选不同年龄、性别、外貌、经济能力的人来演出,这不只是我们,其他节目制作单位也是一样的啊!这样做演出者才会多样化,每个人的故事也都不一样,这样才有人看啊!难不成要规定钱太多的不能参加、谁做得不好就不要参加,是这个意思吗?"

"现在你的意思是说你什么都不知道,要划清界限是吗?况且我们从来没有要求把钱给我们,如果有钱剩下,请你拿走,我们不需要。我们只是单纯想宣传细乌市场,我们根本就没有想到事情会演变成现在这样。"

"我们不是一起商量,然后才决定办这个大赛的吗?总务您不是亲手签名而且还拿到存折了吗?我看是总务想要拍屁股走人了吧!"

郑基燮简直快气得说不出话来,朴尚云根本想撇得一干二净啊!看样子想说服他一起找方法解决是不可能的,郑基燮决定拿出最后的方法。

"那就把节目停掉吧!不要再继续下去了。"

"您这是什么话?到了现在这个地步要如何停止?已经播出三集了,就只剩下最后一集了啊!如果不想做,在第一集播出之前就应该要说啊!现在才说不做是不可能的。"

朴尚云激动地提高嗓门,郑基燮则沉着应对。

"是吗?那我们就要向调解委员会提出申诉,还要申请禁止播出的处分。在这之前,会先将这件事上传到网络上,什么三杯协会根本

145

就是假的，全都是负责的制作人一手假造出来的。"

朴尚云吓了一跳，说："总务，我真是太失望了。"

一直在旁边安静听着的商会会长，将吱吱作响的椅子转过来，坐在朴尚云对面。

"什么？失望？这是关系到钱的问题啊！而且还是五亿元！你觉得现在你那点失望的情绪是问题吗？我们市场没有宣传到，反而被卷入奇怪的事情中，现在面临赔钱的局面，但我们根本就没有拿到钱啊！全都被电视台那些人给利用了。"

无论如何，朴尚云只想从这像一摊烂泥的局面中抽身，郑基燮仍不断威胁说要上传到网络，要去申请禁止播出的处分。网络世界有多么恐怖，朴尚云非常清楚，留言板这种东西到底是谁发明的？《赤子心》事件时，如果没有网络，事情也不会发展到那种地步。这一次的事件，说穿了是朴尚云制造出来的，如果再爆发一次，朴尚云从此就不用在电视圈里混了。那要赚什么、吃什么？拿什么钱寄给妻子？朴尚云除了制作人没做过其他工作，早知道会这样，当初就该先去学点第二专长。他突然感到孤寂、凄惨、怨恨老婆，朴尚云想起了局长的话："怎么会变成这样呢？曾经不可一世的朴尚云……"

最后朴尚云写下了一份保证书，表示会采取措施，不会让奖金超过参加金额总数的事情发生，万一奖金比参加金额总数还高，NEO 制作公司将会支付奖金。保证书条款同时包括了"将在下一次节目中积极宣传细乌市场"。商会五人小组将朴尚云团团围住俯视着他，一副如果不写保证书就绝对不会让他走出去的气势。朴尚云没办法，只得签上名字盖了手印，郑基燮再次拿起保证书边看边说："我们明天会拿这个去公证。"

　　朴尚云恭敬地打过招呼之后离开办公室，突然感到身心俱疲，坐上车看了看手表，已经凌晨两点多了。这期间办公室和助理们打了八十七通电话来，朴尚云猛然把头往方向盘上砸，凌晨的市场灯火通明，惊人的喇叭声瞬间响起。

14

朴尚云回到办公室，原本在沙发、椅子上或躺或趴打盹的助理和编剧、摄影人员都纷纷起来，强烈地抗议。平时害怕朴尚云、连看都不敢正眼看他的助理们纷纷抱怨——为什么现在才回来？为什么不接电话？到底发生什么事了？他们像发现他喝醉了外宿时的老婆一样拉高嗓门说："您知道我们有多担心吗？我们真的准备等天一亮就去通报失踪人口了，还以为您会不会是出了车祸呢？"

朴尚云一句话也没说地回到座位，"扑通"一声就趴在桌上。新人编剧和助理两人互看一眼，回到自己的座位整理带子和资料，摄影人员则整理好设备后放到器材室里，崔敬模小心翼翼地走近问道："发生什么事了吗？"

"叫大家到会议室集合，对了，把郑编剧和新人编剧也叫过来，告诉外部摄影组整理好器材后也进来。"

朴尚云不等崔敬模回答，就先进会议室里去了，助理们三三两两拿着笔记本迅速进入会议室，其他制作人也来了，新人编剧也跟在后面进来,最后在剪辑室角落行军床上睡着的大编剧,一边嘟囔着一边拿着咖啡进来。

"哎哟!朴制作人,想去就去,想来就来,总得说一声吧!现在也不是搞什么惩罚,这到底是要做什么?"

"很抱歉,出了点状况,其实我刚从细乌市场回来。"

NEO制作公司创立之初就一起工作的五个人,都露出一副好像有什么事的表情,只有比较晚进公司的编剧们,还在问大半夜的去什么市场,一脸不解。

"细乌市场有一些不满的意见,首先是细乌市场站在共同主办的立场上,觉得在节目中对他们市场的介绍太少了,根本就没有什么宣传效果。"

大编剧深深叹了一口气,用不耐烦的语气说:"下个礼拜去那里拍吧!我还以为是什么大事呢!就为了这个要你大半夜的赶过去吗?"

"还有另一个问题……关于钱。"

收取参加申请书的助理最先察觉到不对劲,他从收到申请书开始,就担心不知道会不会出问题,但是当时现场一片混乱,根本无暇顾及,也就这样不了了之。朴尚云虽然一一确认过所有申请书和参赛费,但也没特别说什么,一切就继续进行下去了,很顺利地拍了三集的节目,本来想就这样混过去,没想到还是爆出问题了。

"是不是因为金日宇?"

"没错!现在金日宇很可能会得到五亿元的奖金,可是参赛费的总额才两亿多元,现在的问题就是没有钱可以支付奖金。"

助理和其他制作人全都瞠目结舌,编剧们则一副还搞不清楚发生什么事的模样，东张西望地询问："我们为什么要担心奖金的事？奖金的问题不能跟 enjoy 频道说吗？"

"我们跟 enjoy 的合约只有制作费的部分，准确地说大赛是三杯协会和细乌市场所主办的，收取参赛费和支付奖金，都是三杯协会跟细乌市场要处理的问题，我们在整个活动中只是介入拍摄节目的部分。"

"那朴制作人为什么还要担心奖金呢？"

"老实说……根本就没有三杯协会这个组织，这是我们和细乌市场为了节目而创建的，换句话说，是幽灵组织。会长、副会长都是名不见经传的市场老千，执行和总务则都是细乌市场的人。换句话说，细乌市场商会就是三杯协会。"

编剧的嘴慢慢张大又合上，吞了一口口水后很严肃地问朴尚云：

"所以说现在是欺诈的意思吗？"

朴尚云不忍心说这个名词——欺诈。欺诈是事实，朴尚云默默地承认了。

"是的，是欺诈。我们是欺诈没错，但并不是故意的，只是没有考虑周全就匆匆忙忙开始，结果现在看来是欺诈。"

"现在是在开玩笑吗？这不是欺诈，是犯罪啊，很严重！搞不好还会让很多人都遭殃呢！"

大编剧思考着如何才能保全自己。要现在抽身吗？在 enjoy 频道工作很久，跟郑容俊算是有点交情，可问题爆发之后呢？也不打声招呼就自顾自地抽身，一样还是会挨骂啊！当然，可以逃避主要的责任，但还不如让郑容俊先砍了自己好了？搞不好还没办法让他砍，但就算那样，也不能一起受牵连啊！怎么办？幸好这时朴尚云先给了答案。

"编剧，您就当作从头到尾都不知情吧！如果事情不是变成今天这样，我也不会把这一切都说出来，现在请先帮我想想办法吧！"

大家看着大编剧，那些目光就像是在怂恿着他尽快做决定。看来无论如何都要说些什么才行，于是大编剧又问："不过关于钱的问题——到底是怎么回事？欺诈——说穿了是跟细乌市场一起干的，为什么细乌市场可以这样理直气壮？"

"我答应细乌市场的人出奖金，并让他们留下参赛费。"

"为什么要答应他们？"

"反正事情就变成了这样，严格来说，与其说我做出了承诺，不如说我是在会议中无心说出了这样的话。当时我完全没想到事情会变成这个样子，大家交的参赛费比想象中少很多，当然总额也比预期的少了很多。我也没想到那个像傻子一样的家伙，居然会投注那么一大笔钱，更没想到他会一路赢到总决赛。老实说，在制作节目的过程中，我自己也忘了关于钱的问题。现在金日宇很有可能会胜出，细乌市场都闹翻了，说他们没钱，说要把节目停掉，还说要上网去留言，要去申请禁止播出的处分什么的。"

大编剧在口袋里翻来翻去，掏出香烟大口地抽了起来。

"所以现在您打算要怎么做？"

"我把大家聚集起来就是希望可以一起商量，虽然也想过去找enjoy商量，但你们也知道的，电视台和制作公司之间哪里有什么商量、协议那种东西呢？只有签约和毁约而已，说不定还会向我们提出损害赔偿的要求。细乌市场那边也无法说服，一旦节目全都播完就不知道了,死不认账,那也是有可能的。要是知道以后的进展状况,事情会变得更复杂也说不定。知道吧?之前有人把有奖猜谜节目的奖金移作他用,结果制作人被上了手铐带走,制作公司也整个瓦解了。我们虽然不至于到那种程度……不,可能会更糟!总之,有没有想到其他方法?"

朴尚云咬了咬没有血色的嘴唇,仿佛受到晴天霹雳的大编剧,到现在还无法接受现实状况,同样束手无策的 NEO 制作公司五人小组也紧闭着嘴巴。在笔记本上不知道画些什么的新人编剧此时开口了:"趁现在去请金日宇弃权怎么样?"

崔敬模插话道:"可能没有办法说服他,看他们把全部的财产都投注了,肯定是很有信心。如果不拿到可观的金额,他们是不太可能会放弃的,他们看起来并不是什么简单的人物。"

"我也这么想,而且如果现在金日宇退出,那一切会变得很没看头了,最后一集节目也会完全没有爆点。"

大编剧又掏出一根烟,一边叼着一边冷嘲热讽:"还有空担心节目内容的问题啊?有办法吗?无论如何都要阻止金日宇拿下第一名啊!我看是要把其他参赛者都找来秘密训练,或是把那个什么大师的老千找来训练,不如干脆就动动手脚吧!我是说真的,没有开玩笑。"

大家针对有没有可能让金日宇拿不到第一名一事,进行了半个多小时的激烈讨论,结论是"不知道"。但是收集了很多如何阻止金日宇拿到第一名的意见,没有别的办法,把其他参赛者找来密集训练这个方法,怎么想都没有用。因为金日宇已经达到其他参赛者都望尘莫及的水平了,不管他们再怎么练习,似乎都无法超越金日宇。最好的状况顶多是共居第一名，但这种情况却会更加致命。可如果要动手脚、耍手段，大家剩下的一点良知也不允许。只好先把大会的大师，也就是三杯协会的副会长，有三十多年经验的老千找来。

第二天早上九点，大师来到 NEO 制作公司的办公室。平常总是喝酒喝到很晚，在市场里到处打转玩花牌，开赌盘坐庄，直到太阳升起才回家睡到中午起床的他，为了早点出门，连杯子都没有带。朴尚云觉得自己像个疯子，居然给这样没有人格底线的人以副会长和大师的头衔，还承诺他的酬劳是仅次于主持人第二高的。但是专家就是专家，还没睡醒的他，手里拿着 NEO 制作公司办公室里临时拿来的水杯，那并非他平常熟悉使用的杯子，但他依然展现了令人眼花缭乱、瞠目结舌的技术。朴尚云打量了一下大师，说："金日宇实在太厉害了，他从来就没有失误过，但这样反而没有意思，所以要请您多费点心，副会长的手里握着我们节目的命运啊！"

机灵的大师立刻察觉到朴尚云话中有话："听说那个小子投注了五千万元是吧？这样下去他可是要拿走五个亿的，那可不得了啊！他可不是普通人物啊！"

"这话是什么意思？"

"老实说，这段时间我在他出赛时都有多加注意，这也算是老千和赌客之间的气势对抗。我有三十年经验，但每次都被一个十五岁的孩子打败，这还像话吗？所以我会加快速度，也会多用一点技巧，可还是一点用处也没有。就算他眼珠子动得再快、看得再准，也很难每次都看得出答案啊！这种赌博不是用看的，而是要用感觉的。可是那个小子不是普通人啊！我认为……他似乎能感应到什么。"

朴尚云感觉自己的脖子后面渐渐变得沉重，指尖发麻。

"这该怎么办……"

对朴尚云的自言自语，大师立刻做出了回答："能怎么办，当然要阻止他啊！看是要作法，还是施咒。"

大师瞄了朴尚云一眼，把杯子抛出又接住，让杯子倒下又立起来，草草地结束练习，在陷入混乱的朴尚云后脑勺拍了一下，没有诚意地打过招呼后，就离开了会议室。朴尚云连午饭也没吃，一个人在会议室角落里苦思冥想。经过长久考虑过后，他把助理叫了进来，压低声音吩咐助理去弄点符咒过来。助理连续问了三次："真的吗？"朴尚云忍不住大发雷霆："是真的！真的！真的！真的！不要再问了，我也觉得很丢脸！"

朴尚云吩咐助理去找个厉害的法师，好好求个符咒来，还威胁说万一没有用的话绝不会放过他。大编剧介绍了一个以前在制作神秘事件节目时认识的算命老师，在那个节目播出之后他的名气大增，现在要见他还得预约。大编剧没有通过秘书，直接打电话给那个算命老师，约定一个小时之后见面。助理带着用特别优惠价八万元搞的符咒回来，说节目播出当天放在大师的口袋里即可。朴尚云打开符咒，叹了一口气。

"这到底是在发什么疯啊！看到这个我都要泄气了。"

这段时间新人编剧为了拍摄金日宇的日常生活与家庭，打过无数次电话跟吴英美沟通。因为必须准备 THE CHAMPION Behind Story 特别节目的素材，和最后一集需要的影像沟通拍摄。更重要的是，在最后一个礼拜各式各样的拍摄工作，使金日宇极度疲累，让他的注意力大大减弱。甚至还在游泳池拍摄，或是把时间安排在大半夜拍摄，让他几近感冒。吴英美还是拒绝了，她用极其温柔的语气说，为了孩子着想还是算了。听到交涉失败的报告，朴尚云开始认真怀疑起金日宇是不是真的有感应能力，仿佛这一刻金日宇正在北汉山上某个奇石上面，点了一圈蜡烛祈祷中。

无辜的两名助理和编剧们随时都会被叫进会议室。随着时间的流逝，朴尚云也变得越来越歇斯底里。

"我们真的只能相信这一张符咒了吗？谁有五亿元？五亿是谁家养的小狗名字吗？到底要怎么办？"

一无所获的会议结束后，助理们摇摇头说："他真是我有生以来见过的最厚颜无耻的人。"

局面混乱之中，郑容俊还总是有事没事就打电话来，追问跟金日宇交涉得怎么样、有没有拍到什么之类的，只要能说服金日宇，除了THE CHAMPION Behind Story，还计划再拍个纪录片，还悄悄暗示为了让金日宇可以得到第一名，务必好好安排一下。朴尚云故作豪爽地笑了笑，一派轻松地说："再怎么样他也是最有希望拿第一的家伙，不用担心。"空旷的会议室里回荡着朴尚云略显凄惨的笑声。

晚上十二点，又再次召开会议，大家明知道会挨骂，但还是都乖乖地聚集在一起。大家头都抬不起来，每个人脑子里都在想别的事。正在回顾着这一天友台播出的节目、寻找重点话题的新人编剧，好像有什么话要说似的，动了动嘴唇。

"宥拉，有什么话就说吧！"

新人编剧看现在情况这么严重，不知该不该讲出来似的，用手指扯着上嘴唇看着大家。

"没关系，有什么话就说，是不是跟吴英美联络上了？"

"那倒没有。虽然不是很确定，但我看了之前播放的节目，发现了有点奇怪的地方。"

"什么奇怪的地方？"

"我也不是很确定……"

"我可是连符咒都求来了，你说符咒又可以保证什么呢，对吧？说吧！没关系。"

"就是金日宇在比赛时，好像都没在看杯子啊！"

大家的魂像是被唤回来了似的，异口同声地说："什么？"朴尚云满脸通红，从座位上站起来，手撑在桌子上，把整个上半身都探了出来。

"那是什么意思？什么叫没看杯子？"

"他的特写镜头不多，所以不是很确定，不过从特写镜头上可以很明显地看到，他确实没有看杯子。全景镜头拍了很多遍，他的视线有点……往上的感觉？从脸部的角度来看，感觉他的眼神是往上的。"

朴尚云的手在发抖。

"我们到编辑室再说。"

他们进入编辑室，把正在编辑隔天要播出的 THE CHAMPION Behind Story 的崔敬模赶走，朴尚云坐在机器前，新人编剧拉了把椅子坐在旁边，把录影时拍的原始带子和播出带一支一支轮流播放，仔仔细细地进行说明:"您看这个上半身特写,他的视线好像朝空中,对吧?还有这个也是,这里可以清楚地看到他在看那个大师的脸,不过没有焦点?眼神是看向大师没有错,却又好像不是在看那个大师。还有这个是全景镜头,会不会觉得他的脖子好像有点上仰,对吧?您再看看其他人,都是像这样脖子往下,专心看着杯子,您看他是这样,这个人也是,还有这个大婶也是,可是只有金日宇的视线是往高处的。"

大家都被新人编剧敏锐的观察力与条理分明的说明吓了一大跳。看过一轮带子之后,大家重新回到会议室,五人小组一句话也没有说。金日宇不看杯子却能猜中珠子在哪里,所以这下该怎么办?大编剧把笔记本盖上,说:"没有错,他一定有感应能力,要不然他是怎么猜中的?记得提醒大师,务必要把符咒好好带在身上。"

"难怪那个大师也说了,这个比赛如果用眼睛跟着杯子移动来猜对是很困难的,这全都是要凭感觉的啊!"

"是啊!像他那样感觉敏锐的孩子,要怎样才能让他落选呢?"

朴尚云转身面向新人编剧问:"宥拉,根据你的观察,金日宇是如何可以不看杯子却能猜中珠子在哪里的?"

"这个我也不太确定……不过我认为他好像是靠听力来猜的。"

其余四个人像是约好的一样,大声地异口同声道:"什么?"

"就是刚才看的第二个特写镜头里的表情,很明显并不是精神恍惚的表情,反而感觉他注意力非常集中,如果眼睛看向其他地方但仍很集中,那会不会是集中在听力上面呢?"

"你怎么到现在才说?"

崔敬模的编辑机器再一次被抢走，五个人把金日宇的特写镜头找出来播放，盯着他的表情看了五遍，新人编剧说他是靠听力猜中的理论似乎有道理，从影片中看得出一点端倪，现在只要找出让他听不到的方法就可以了。

"把音乐声音放大一点。"

"现在音乐声音够大了，摄影棚里已经够吵的了。"

"但还是可以再大一点，你去跟音控师联络，在移动杯子时放的音乐，换成让人紧张感高涨、节奏越快越好的音乐。"

助理点点头在笔记本上记录下来，但是大家除了把音乐音量加大，想不出其他方法了。咬着圆珠笔的大编剧问道："杯子和珠子的材质是什么？"

"杯子是买来的，珠子像是不锈钢的，银色铬铁。"

"把珠子换成橡皮的，那么就算碰撞到杯子也不太会发出声音。"

朴尚云歪着头说："把珠子换成橡皮的，不会妨碍比赛进行吗？"

新人编剧也持怀疑的态度。

"橡皮容易粘连也不易滚动。"

"把橡皮和杯子拿来。"

坐在最靠近门口的助理一边念叨着现在还有谁在用橡皮，一边走出会议室，没想到就在会议室外，新人编剧的桌上放着两块橡皮。助理用美工刀把橡皮削成圆形，新人编剧小心翼翼地把橡皮放进杯子里开始移动。如她所预料，橡皮太软又不太会滚动，速度反而变慢，而且杯子翻倒，橡皮珠子还有可能被弹出去。

"没有不太会发出声音的其他柔软材质吗？"

"用布或是塑料泡沫做的怎么样？"

"那种太轻可能也不行。"

"那么把杯子换成纸杯试试看呢？"

"可是大师通常会用力按压杯子啊！"

"没错，他会一下子用力盖在桌上，还会抛接什么的，用纸杯恐怕很快就会烂掉。"

大家又静默了好一阵子，一直歪歪斜斜坐着，一脸不高兴的大编剧，调整了一下坐姿说："在剩下最后一人的时候，再进行最后一轮比赛，最终决赛。最后剩下的那个人当然是金日宇，而最后一轮比赛，条件就定得严格一点，增加杯子的数量，减少考虑的时间，椅子也给他换成很难坐的那种，灯光和音乐都换成会干扰注意力的那种，换句话说，就是让金日宇经历一次史上最困难的比赛，虽然这样很卑鄙。"

新人编剧问："如果一开始就很难，那还说得过去，为什么偏偏要在剩下金日宇一个人时进行困难的最终决赛呢？"

"那只有对金日宇难吗？对其他人也很难啊！如果一开始就使用很困难的规则，其他人还是会先落败，那样的话金日宇就一定会得到第一名，所以在只剩下金日宇一个人时好好地折腾他，这样看他还能存活下来吗？"

这一回换朴尚云踩刹车了："可是如果突然多出一个什么最终决赛，大家不会觉得很奇怪吗？"

"很多比赛都是这样啊！用之前所获得的奖金赌上最后一战，还是赌上天文数字五亿元的比赛，所以再进行一次最终决赛，而且比赛

159

规则要定得更严格,这些不都是理所当然的事吗?"

"那么金日宇没猜中的话呢?"

"那就没有优胜者了啊!谁也没有办法拿走奖金,所有的参赛费都用在振兴传统市场上,完美!"

"事后不会有人说什么吗?"

"记分制的大赛,最高分者自然是第一名,但是这个不一样。像一般猜谜节目也是,到最后一个问题没有答对的话,也是一无所有啊!所以这个最终决赛也是没有猜中的话就会前功尽弃,我会好好写脚本内容来引导气氛,如果顺利的话,会让节目变得很有意思,金日宇也会落败,这样不就一举两得了吗?"

如果金日宇在最终决赛落败,制作单位和三杯协会一定都会被骂得很惨,郑容俊也一定会怪罪下来,但是比起凭空弄出五亿元要好上一百倍。虽然就算进行最终决赛,也不能百分之百保证金日宇一定会落败,但这是目前来说最合理、最有可行性的方法了。

"那就照郑编剧说的来进行吧!助理们去打听一下关于制作新杯子和珠子的事情,还有如果有任何人想到什么点子,随时都可以向我报告,尤其是宥拉,不要迟疑,就算是一点小事也一定要跟我说,不管什么时候一定要说,一定!"

新人编剧连点了三次头,好像突然想到什么似的问道:"那现在符咒要怎么办?"

"还是先放在大师的口袋里吧!谁知道会怎么样呢?"

经过助理们长时间的研究和实验之后,得到的结论是绝对找不到任何材质可以做出不会发出声响的杯子和珠子。新人编剧则是连一点芝麻大小的事也随时随地向朴尚云报告。以防万一,朴尚云每次都耐着性子很认真地听完。在节目播出前两天的晚上,朴尚云趴在桌子上暂时闭眼打了个盹儿,才刚醒过来,新人编剧却忙不迭地跑进来说:

"制作人,我想到一件事。"

"又怎么了?"

还没完全清醒的朴尚云极度不耐烦,虽然很想好好地听完,但实在是无法忍受。

"没有,没什么。"

朴尚云终于爆发了。

"是怎样?你把我吵醒到底要说什么?快点说,这次如果又是什么无聊的事,我绝对不饶你,有话不说我更不能忍受!"

明明是自己睡一觉醒来的,还怪别人把他吵醒?新人编剧虽然觉得很委屈,但现在这个氛围并不适合提出抗议。

"我想说如果放好几个珠子进去会不会混淆……"

新人编剧发出细微且没有自信的声音,连话都没有办法好好地讲清楚。

"放好几个珠子进去声音会更大,不是会听得更清楚吗?"

"不是这个意思……我是说在好几个杯子里放珠子……"

"那么找到珠子的概率不就更高了吗?你到底是想怎样?"

"不是,不是那个意思!"

"不是什么不是?你给我好好说清楚!"

"一个杯子里不要放珠子,剩下的杯子里全都放珠子,那么让他找出没有放珠子的那个杯子……再怎么说有那么多声音混在一起，肯定会很难集中精神。比起找出放了珠子的杯子，找出那个唯一没放珠子的杯子，感觉好像更难一点……"

朴尚云紧急召开最后一次会议，新人编剧打开笔记本，一边画图，一边仔仔细细地说明。经过又长又详细的说明之后，没有人回应，但是也没有人提出反对意见，因为他们都不是金日宇，不知道这样他能不能猜到。朴尚云搔着头，一副很难受的样子。

"啊！我真的要发疯了，真想带那个小子去哪里检查一下，看看他的脑袋里到底装了什么东西？耳朵里面到底有什么东西？那个可恶的小子！"

大编剧把散落在桌上的纸杯翻过来，将手上的戒指拿下放在里面然后摇晃，再把耳环拿下来放到另一个纸杯里，然后把三个杯子互相移来移去，大家都屏息倾听着声音。

"我觉得应该可行。"

大编剧停止移动杯子坚定地说："应该可行，如果那个小子真的是靠听力来猜。我没有什么特异功能，听力也不是非常灵敏，虽然不是很确定，但觉得应该有道理。听力这种东西，不管怎么说就是倾听的能力啊！如果声音来自很远的地方，或是很小，就会集中精神去倾听，但是要找出没有发出声音的地方，这应该不是光靠集中注意力就可以办到的。再加上那个声音是会转来转去的，就像这样。"

大编剧又继续移动杯子，啪嗒啪嗒的声音很轻快。此时朴尚云下定决心。

"好！就试试看吧！我们又如何知道那个小子的能耐呢？他到底

是靠听力猜的，还是靠视力猜的，这些都无从得知。我们已经没有时间，也没有其他办法了，不行的话就拉倒吧！不管是被告还是被骂还是被炒，那都是以后的事。"

虽然嘴上这么说，但朴尚云简直快哭出来了。要是真的被告、被骂、被炒，最后还得弄出五亿元钱，朴尚云真的会沦为乞丐，流落街头，而且老婆一定会二话不说马上就离婚。可是一直以来学费、生活费他都按时汇给她——真是不知感恩的老婆。白天短暂，夜晚短暂，每一天都很短暂。

15

　　吴英美每天都在月历上划一个"×",还好他们住的旅馆房间的窗外视野开阔,天气好时,还会有夕阳斜照进来,通过敞开的窗,可以看到耀眼的阳光洒落在地上。金日宇背着太阳坐着,吴英美在旁边很带劲地移动杯子,这段时间吴英美的实力也可说是一日千里,突飞猛进,看起来几乎跟大师的手法没什么不同。不仅速度很快,还可以将杯子举到空中摇晃,或在动作进行时间歇性地露出珠子。不管吴英美动用哪种令人眼花缭乱的技术手法扰乱金日宇,他还是能准确地猜中珠子在哪里。斜躺在床上的金民九,心满意足地看着母子二人一团和乐的样子说:"真幸福。"

　　吴英美听到金民九这样说,不禁"扑哧"一声,笑到喷口水。

　　"日宇爸,你疯啦?一家三口挤在这又臭又小的旅馆房间里叫幸福?"

　　"你知道什么叫幸福吗?你以为有个赚很多钱的老公和学习成绩好的孩子就叫幸福?如果我赚很多钱、日宇学习很好,这样吴英美就会幸福吗？不！幸福不是结果，是过程啊！像现在我们一家三口齐心协力，一步一步走向目标，这就叫幸福。"

"日宇爸，你的肛门有没有破过？"

"什么？脏死了，干吗突然说什么肛门的事啊？"

"我有过。"

"了不起啊！是得了什么大痔疮吗？还跟老公炫耀？"

"人体真的充满奥秘啊！人每天都要拉屎，就算没吃东西也会想拉屎，可是肚子里什么都没有的话，再怎么用力也拉不出东西来啊！明明有便意，可是拉不出来肚子会痛，那时肛门可就会破。而且在那种情况下还会肚子饿，那就叫穷到连肛门都破了啊！你不要说什么过程比结果重要，心灵的空虚才是真正的贫穷，这种像女高中生会说的充满梦幻的话。只有日宇赢得五亿元，那时我才是真正的幸福。"

对于吴英美始终如一的人生观，金民九无话可说。这时吴英美的手机响了，吴英美看了一眼来电人，皱了皱眉头。

"为什么老是叫正在努力练习的孩子拍什么啊？"

"又是那个编剧？"

"说要拍纪录片还是什么的，我都已经说得很明白了，她还是一直打过来。好像还去过我们以前住的地方，昨天前房东打电话来，说有电视台的人去找他，问我发生了什么。"

"我们日宇现在可是明星了啊！"

"他不需要当什么明星，我要的只有钱，钱！"

吴英美的手机继续神经质似的响着，金日宇摇头晃脑的，跟着手机铃声的旋律打着拍子。

165

"日宇啊！你只要专心练习就好了，到时候出赛，只要像练习的时候一样就行了，你可以像现在一样做得很好吧？"

金日宇点点头，决赛在即，他一天要练习超过十二个小时。从早上睁开眼到晚上闭上眼睛为止，金日宇除了吃饭、上厕所，就是在猜珠子，其余什么事都不做。甚至有时连刷牙、洗脸都不用，就坐在位子上不动，吃着吴英美准备的早餐、午餐、晚餐，按照指示不停地练习猜珠子，直到叫他睡才睡觉。偶尔吴英美叫他去上个厕所或洗个脸之类的，他才会离开位子。就算他想去上厕所，或觉得身体发麻、闷闷的、头皮发痒都不会说，他根本就没有主动开口说话的念头，也没有要梳洗的想法，连尿意也没有。就像一个只要上了发条就会重复单一动作的玩具一样。若是等到发条变松，动作开始变得迟缓，吴英美就会再度上紧发条。

终于来到了令人期待的星期五，金日宇一家人比约定时间提早一个小时到达参赛者的休息室。一看到吴英美，新人编剧就如连珠炮般地抱怨："伯母，您真是太过分了！明明就签过会配合拍摄的同意书，您却不信守承诺？我就连对男朋友都没有像这样死缠烂打，上面的主管不停怪我为什么不拍你们，伯母您又不接电话，您可知道这段时间我有多为难吗？"

吴英美完全不带诚意地道歉："不是马上就要结束了嘛！这段时间您真是辛苦了。"

新人编剧把直播进行的流程表和主持人会问的问题稿交给吴英美，并告诉她等一下彩排的时间之后，就走出休息室。吴英美熟练地翻看脚本，一边自言自语道："今天终于可以结束这麻烦事了，旅馆的房间也可以退掉了！"

16

"您是否感觉像生活在悬崖边缘？您是否认为生活不可能会有突破，所以打算放弃了呢？从现在起，您就是人生的胜利者。THE CHAMPION，最后决战，现在开始！"

原本打在主持人身上的聚光灯熄灭，后方幕布上出现了十名参赛者的轮廓。幕布一块块地落下，原本只看到剪影的参赛者一个个出现，由主持人一一介绍出场。最后，当主持人喊到金日宇的名字时，观众席发出热烈的欢呼声。金日宇微微扬起下巴，低垂着眼皮凝视着摄影机。吴英美站在摄影棚角落看着金日宇，心里想着，这孩子真的脑子有问题吗？坐在副控室盯着小屏幕监看的朴尚云，牙齿咬得咯吱咯吱作响，就像真的要把牙齿磨出粉来一样。他连主持人已经在讲话了都没有察觉到，迟迟未切换镜头，坐在一旁年纪不小的导播看了，自动把画面切换过去。

在直播前，朴尚云又被郑容俊叫去，跟他说这是最后一次录影，是为了鼓励才找他去，相信他会做得好，之前说的话，相信他知道是什么意思。他还说虽然就算挨骂也无所谓，但如果可以不被骂，好好结束节目会更好。说完郑容俊随手递给他一瓶提神饮料。朴尚云在心里念叨着："如果要鼓励，就自己到摄影棚来啊！忙得不得了还把人叫来是想做什么。"但他一边心想会把他叫到办公室来，应该不是只有单纯的鼓励而已，第二季的计划看来是真的了，只不过跟细乌市场的关系搞到这个地步，还可能会有第二季吗？不会的，到第二季时，或许可以找到真正的合作赞助商，只要第一季好好结束，他就要先从赞助商开始着手把关。不过突然想到"之前说的话"是什么意思，在播出之前突然把人叫去，要我不要挨骂好好结束来看……似乎是要让金日宇拿到第一名。啊！这是叫我怎么办？朴尚云忍不住抡起拳头往电梯旁的墙壁上"咚"地捶了一下。

　　朴尚云没有去副控室，为了减轻助理们的压力，他走进摄影棚。刚好三杯协会的副会长，也就是这次大赛的大师，穿得人模人样的正走出摄影棚。他看到朴尚云微微一笑，朴尚云还来不及想我们什么时候变得这么熟了，就本能地恭敬问候。大师笑得更大声了，还用右手中指轻轻拍了拍自己的左胸。大师挑了挑眉，又眨了眨眼，用充满力量的手掌在朴尚云的肩膀上拍了一下，然后离开了摄影棚。

　　"什么啊？那个疯子！"

　　心情被搅乱的朴尚云事后才反应过来，在大师西装的左边内袋里放了符咒，因为担心节目开始可能会弄丢，所以交代新人编剧，等大师一换好衣服，就把符咒放进内袋里。那个虽然算不上机灵敏捷，但是交代的事情都会有条不紊地做好的新人编剧应该不会忘掉。他又想起那个大师恶心的笑容，符咒在这里！就这么舍不得拿出五亿元来吗？你一定以为我是想把钱吞了吧？朴尚云感觉那个大师似乎会这样说，他赶紧先走出摄影棚往副控室去。身后传来大师的口哨声，那是记不得歌名的一首老民谣，他心不甘情不愿地想，千万不能因为一时不留心而犯下无可挽回的错……

广告结束后就正式展开最终回，最终回进行方式很简单，五个杯子，参赛者一个一个出来比赛。这一次是真的没有败者复活的机会了，只要选错一次就会被淘汰，由剩下的人继续进行比赛，再选错的人就再被淘汰。节目进行中，还有不知道为了庆祝什么而来的歌手进行特别表演，并播放除了金日宇的参赛者到细乌市场吃辣炒年糕、鱼饼、油炸小吃等市场代表性食物的影片。旁白说他们度过了愉快的时光，但镜头前那些参赛者的表情看起来并不愉快。

那些参赛者比想象中撑得还久，他们异口同声地说，越练习实力就会越提升，一个星期以来，家人们都不停地移动杯子，大家都摩拳擦掌，甚至准备要取得三杯大师的资格。但这些都与金民九和吴英美无关，除了金日宇的九位总决赛挑战者都一致同意，三杯大赛是提高观察力和集中力最好的益智活动。比赛多亏了眼光锐利的大师适度调节了难易度，总之，淘汰者开始出现，一个又一个，就这样经过几轮下来，只剩下两个人了。

"现在只剩下最后两位挑战者了，他们当中只有一个人可以进入最后一轮，参赛费的十倍奖金！迈向冠军之路的最后关卡，唯一能参加最后一轮的到底会是谁呢？"

剩下的两人中，另一位是四十二岁的中年男子，原本终日与酒、赌博为伍的他，若要以一句话形容他的人生，就像臭狗屎一样。他生平还未曾好好赚过一笔钱，但不知怎的也娶了老婆，只是老婆带着儿子离家出走已经很久了。他的嘴角两边深深的皱纹像是用刀刻画出来的一样，松弛的皮肤透着微血管，鼻梁红通通的。那张脸乍看还以为已经超过五十岁了，但是画上厚厚的舞台妆，再换上灰色西装裤加蓝色的针织衫之后，看起来至少还算符合他的年龄。他的头发连化妆间里最老练的化妆师也不知该怎么办，只好拿把事务用剪刀大概修剪了一下，最后还算看得过去。

"在年轻时，因为一时失误走上歧路而失去家人，经过长期的挫折与彷徨的他，今天在世人面前，如果得到优胜，他希望可以再次牵起妻子与儿子的手。今天他可以展开全新的人生吗？现在为各位介绍，相信 THE CHAMPION 可以带给他最后机会的孙柱锡先生！"

明明知道完全是胡说八道，但孙柱锡听着主持人如此介绍自己，也不自觉地激动起来。他环顾了一下观众席，然后凝视着闪着红灯的一号摄影机，彬彬有礼地行礼问候，再慢慢地抬起头。朴尚云突然觉得同情他，因为他知道那个人有多么孤独。朴尚云果然还是想念离他而去的妻子，也希望有孩子。那个可恶的老婆到底是留什么学，去了那么久？该不会跟哪个金毛男子搞外遇了吧？到底有没有生孩子的想法？即使是要当高龄产妇也没见过像她这样的。朴尚云希望这个跟别人不一样的男子能够打败冤家似的金日宇，堂堂正正地拿下冠军，然后再次与妻子及孩子们团聚。但是他交纳的参赛费有一百万元，如果他真的拿到最后胜利，那么就要给他参赛费的十倍金额，也就是一千万元。就算捧着一千万元去求老婆回来，说要跟她重新开始，他老婆恐怕连哼都不会哼一声，因为心已经死了。不管有没有拿到第一名，他都无法展开全新的人生，更何况对手是那个不正常的小子。

"接下来是以父母之名而站在这里的少年，失业且长期受病痛折磨的父亲，以及代替父亲支撑整个家的母亲。现在，这个十五岁的少年可以实现愿望，将幸福的生活作为礼物送给父母吗？所有人都屏息关注他的选择，THE CHAMPION 最具话题的人物，金日宇！"

金日宇对一切都无动于衷，默默望着虚空，那表情像是不知在想什么，又好像是原本的个性就迟钝，所以一脸迷茫的表情。吴英美跺着脚不知如何是好，金民九握住吴英美的手。为什么突然做平常不会做的事？吴英美一边暗骂着一边甩开手，但随即又拉起金民九的手，金民九很久没牵妻子的手了，只觉得她的手湿湿的。

男子先坐上比赛台，大师从容的表情，配合着背景音乐的节奏，一边摇动着肩膀，一边移动杯子。男子的眼睛迅速地紧追着杯子移动，猜出珠子了。接着轮到金日宇，大师带着意味深远的笑容，干咳了一声，装模作样的理了理衣服，然后右手轻轻地扫过左胸前，再开始移动杯子，在副控室里看着这一幕的朴尚云吓了一跳。大师的手移动的速度快得令人炫目，观众席闹哄哄的，金日宇找到珠子了，欢呼声简直要震破摄影棚。再次轮到男子，大师的手移动得更快了，男子的眼睛追不上，连头也跟着轻微晃动，但他找到珠子了，男子抑制不住兴奋的情绪，大喊着："Yes！""Yes！""Yes！"

就在主持人请男子冷静一点的时候，金日宇已坐在桌前，这一次大师的手法更快，腰杆挺直坐正的金日宇，神色一点都没有动摇——

又找到了珠子，男子大失所望。就算再次坐上比赛台，他也无法冷静下来。很快，失望、恐惧，既期待又紧张的心情迅速交替着，错失了稳定性的男子也错失了珠子。就在他说出答案后，主持人打开男子所选择的杯子，里面什么都没有。观众席一致发出"啊……"的叹息声，既非为男子应援，也不是为金日宇加油，观众们只是在紧张的情绪放松之后，连自己也不知所以然的，集体一致发出悲鸣而已。主持人请金日宇坐上比赛台。

"啊！真是太可惜了，孙柱锡先生这回没有猜中，接下来如果金日宇找到了珠子，他就可以自动晋级到最后一轮。万一金日宇没有找到珠子，胜负就会回到原点，来！大师，请开始吧！"

低沉的背景音乐响起，大师的手开始慢慢地移动，接着渐渐加快速度，观众们看不清又远又小的比赛台，纷纷伸长了脖子，眼睛也跟着杯子跑。就在大师双手停止动作之际，金日宇毫不犹豫地指着中间的杯子，大师发出微微的叹息，主持人摇着头走过去。

"刚才大师轻轻地叹了一口气，这代表什么意思呢？在这个杯子里到底有没有珠子呢？金日宇所选择的杯子，是这五个杯子中正好位于中间，也就是这边数来第三个杯子。那么我们就从这边的第一个杯子来揭晓，如果珠子出现了，就代表他失败了。"

主持人打开第一个杯子，里面没有珠子，观众席骚动了起来。接着打开第二个杯子，里面也没有珠子，观众席的骚动略大了一些，主持人握住第三个杯子，说："金日宇选的就是这个杯子，到底这里面有没有珠子呢？"

主持人握着杯子吊了一下大家的胃口，摄影棚内寂静得令人感到可怕,吴英美和金民九互相用力紧握着手,最紧张的是极其盼望金日宇猜错的另一名男子孙柱锡,他冒着冷汗在一旁紧盯着。主持人把杯子高高举起,银色的珠子就在里面。受灯光照射的珠子,就像是让金日宇成为龙飞上天的如意珠一样,散发出神秘的七彩光芒。吴英美忍不住尖叫,如同所有人预期的一般,金日宇进入了最后一轮。

就在暂时插入广告的时间里,得到朴尚云全心支持的男子,向布景吐了口口水之后走下舞台。主持人拿出手帕擦了擦额头上的汗,大师则把手在西装裤上抹了抹,两只手紧握又打开,反复好几次放松手指,然后好像祈祷一样,把自己的右手放在左胸前调整呼吸。金日宇只是直挺挺地站在主持人旁边,偷瞄着主持人手上拿的剧本。

"准备进现场!"

工作人员的声音在偌大的摄影棚里回响,最后一则广告结束,在播放节目标志和金日宇的介绍画面之际,金民九和吴英美被叫到布景后。金民九、吴英美、主持人和金日宇随意站着,最后一轮使用的比赛桌,单独被放置在舞台后方,在直径约两公尺的圆形舞台中间,有一张桌子和两张面对面摆放的椅子,一边坐着大师。现在灯光还没照到的比赛桌,大师仍在上面持续移动着杯子练习。

终于最后一轮要开始了,主持人嘴里的口水像在沸腾一般,他高声地说:"终于!最后一轮就要开始了!金日宇的参赛费,大家都知道是五千万元,如果他通过最后一轮,奖金就是……"

主持人暂时停顿了一下,环顾四周,吊了一下观众的胃口之后继续说:"没错,足足有五亿元!这是不管公营无线电视台,还是其他任何一个有线电视频道,所制作的任何选秀节目、猜谜节目,都未曾出现过的高额奖金。最后一轮,机会只有一次。让我们欢迎最后一轮的主角——金、日、宇!"

观众热烈地鼓掌,主持人不再说话,往金日宇的方向望去,也真心地向他送去掌声。

"现在他不知道有多么紧张,希望各位多多给予鼓励、帮他打气。为了帮日宇加油,我们也请他的父母到台上来。这位妈妈,请说句话鼓励一下儿子吧!"

吴英美一下子低下头,还把肩膀缩了起来。

"这位妈妈现在可能是突然百感交集了吧!来,先把眼泪擦干。"

主持人将手帕递给吴英美。

"伯母现在泪流不止,伯母,您现在可以说话吗?"

吴英美连咽了好几口唾沫,好不容易才开口。

"日宇啊,谢谢你!也谢谢大家!"

吴英美突然频频点头并行礼道谢,金民九转过身看着舞台后面,捏着鼻子直打着哆嗦。吴英美一副已经拿到奖金似的模样,预先说着感言,她说光是让一无所有的人能来到这里就已经十分感激了。观众席上传来哭泣的声音,还有几位女性工作人员也跟着抽泣。突然有人开始鼓掌,有人吹起了口哨,还有人大声欢呼,有人开始大喊金日宇的名字。什么赌博、欺诈那些话全都消失了,什么细乌市场都不重要了,催人泪下的人生大逆转电视剧现在来到高潮,而只有当中的主角金日宇一脸漠不关心的表情。

"那么现在就请金日宇跟我一起，移动到进行最后一轮的比赛台上去吧！伯父、伯母就请在这里稍坐，一起为儿子加油吧！"

两人慢慢地走到舞台后方去，金日宇和主持人站上最后一轮的圆形舞台，舞台慢慢地动了起来，金日宇有点摇晃，在彩排时舞台并不会动，这下让不轻易表露感情的金日宇显得有点慌张了。舞台往上升了大约一米后停住，金日宇听从主持人的引导，在铺了暗红色布的桌子前，与大师面对面而坐，主持人则靠在桌子旁。

"最后一轮虽在预料之中，不过会比之前更严格一些。在预赛及决赛时有三个杯子，这次总决赛时有五个杯子！"

暗红色的幕布拉开，出现了七个杯子。观众席发出不知是叹息还是惊叹的声音。

"如同大家所看到的，有七个杯子。概率从百分之三十三到百分之二十、再到百分之十四，越来越低了。"

吴英美两手紧紧握在一起，抵在嘴唇上，好像一边反复说着拜托！拜托！拜托！一边祈祷的样子，又好像是在默念着咒语。

主持人继续进行解说："另外还有一点不一样的地方。"

主持人拿起一个杯子，里面有银色的珠子。

"这个杯子里有这样一颗银色珠子，但是……"

他打开旁边的杯子，里面也有一颗珠子。

"这个里头也有珠子。"

接下来一一确认剩下的五个杯子。

"这个有、这个有、这个也有，这个里面也有，还有，最后这一个杯子，大家看到了，里面没有珠子。是的，就是这样，现在不是要找出哪个杯子里有珠子,而是要找出哪个杯子里没有珠子。"

观众席一阵骚动,吴英美的手无力地下垂,僵在了那里,金民九抱着吴英美的肩膀,金日宇的脸上没有表情。要找出没有放珠子的杯子,这件事在彩排时并没有说,从小屏幕监看着这一切的朴尚云,右脚嗒嗒嗒地抖着。

"最后一轮,最后一场挑战,现在正式开始。"

舞台上所有灯光熄灭,只留下一盏聚光灯打在比赛桌上。在头顶上过亮的灯光照射之下,金日宇的脸看起来就像日光灯一样白,受到灯光直射的颧骨反射出光亮。桌上倒放着七个杯子,大师跟金日宇对坐着,表情与平常不同,看起来异常紧张。灯光、摄影机和麦克风都发出轰轰的声音,观众席上观众彼此交头接耳的声音,像轻踩过落叶一样沙沙作响,又像踮起后脚跟小心翼翼走路的声音。工作人员传递脚本的声音、用笔写字的声音、连接设备的电线缠在一起在地上被拖来拖去的声音,充斥在又宽又高的摄影棚内。金日宇突然觉得这个地方好吵,这时,低沉的让人听了觉得不舒服,像弦乐器般的声音在摄影棚内传开,"叽、叽、叽叽、叽叽叽、叽叽叽、叽叽叽……"缓慢反复的音乐,比起紧张,更让人感到恐怖。摄影棚里笼罩着一股怪异的气氛。好像有僵尸即将出现似的。

朴尚云没有切换镜头的意思,猛然伸长了脖子看着小屏幕。这次又是导播自己把镜头切换过去,摄影棚内全景,金日宇的脸、大师的脸、桌上的杯子、摄影棚全景、金日宇的眼、大师的眼、闪闪发光的杯子……"叽、叽、叽……"随着音乐,导播很有节奏地切换着画面。

"好!现在大师要开始移动杯子了,当大师的手停下来放在桌上时，金日宇有十秒的时间考虑，然后选出没有珠子的杯子。机会只有一次，十秒钟内如果没有做出选择，就视为弃权。大师，准备好了吗？"

"准备好了。"

大师的声音听起来很悲壮。

"金日宇，如果你也准备好了，就大声喊'开始'。"

令人听了不舒服的音乐仍充斥在摄影棚，金日宇一言不发地只盯着杯子，就这样过了好一会儿，金日宇还是没有喊开始，观众席开始鼓噪，主持人问道："金日宇，你还没准备好吗？"

……

"金日宇？"

金日宇用很细微的声音回答："准备好了。"

"那么就请你喊开始。"

金日宇调整了一下呼吸，小声却一字一句地说："开，始。"

音乐声音更大了，大师深深吸了一口气之后开始移动杯子。珠子撞击杯子的声音清脆，现场观众、数十名工作人员以及朴尚云、在十楼的郑容俊本部长、细乌市场的人们、NEO制作公司的人们、坐在电视机前迟迟舍不得去睡的无数观众、吴英美、金民九、主持人还有金日宇都屏息盯着大师的手看，他的手慢慢快转了起来，珠子撞击杯子的声音也渐渐变大声，"叮当、叮当、叮当、叮当叮当、叮当叮当、叮当叮当叮当、叮当叮当叮当叮当叮当！"

这时候，金日宇闭上眼睛，闭着眼的金日宇的脸，大大地特写在画面上，现场观众及数十名工作人员开始骚动了起来。朴尚云不管别人，神经质地不停咬着大拇指指甲。郑容俊和细乌市场的人们，不约而同地走近电视，吴英美咬着下唇拼命祈祷。金日宇的眼睛闭得更紧了，眉头挤出深深的皱纹，眼皮下的眼珠在颤动。半张开的嘴像要说什么似的微微动着。金日宇慢慢地抬起右手，主持人以为这是什么信号，急急忙忙也向工作人员挥手，执行制作高举着手打圈圈，暗示现场继续进行。这时，金日宇突然"砰"的一声倒下了。

金日宇连同椅子一起往后倒，右手依然举在半空中哆嗦地抖动，像喘不过气一般咳嗽着，每次咳嗽都能吐出白沫来，两只眼睛半开只看得见眼白。现场到处响起了尖叫声，吴英美和金民九一边哭喊着，一边冲上舞台。

副控室也是一片混乱，朴尚云整个人都傻了，导播抓着朴尚云的肩膀用力摇动，一直问该怎么办。惊慌失措的导播一时失误，错按了按钮把画面切到二号摄影机，镜头正对着大师的脸大大地塞满了整个画面。大师满脸通红，扔掉杯子，抓着金日宇用力摇晃大声地喊着："快降下舞台，降下舞台，快点！"

高耸在半空中的舞台晃动着直直地往下降，主持人在舞台摇摇晃晃往下降之时，也摇摇晃晃地准备做结语。主持人背后背着金日宇跑出去的大师，还有哭着跟出去的吴英美及金民九，全都被原封不动地播放了出去。不知是因为好奇还是因为本能反应，主持人也往后望着，并结结巴巴地说："呃……目前由于挑战者发生了一点状况，节目不可避免地中断，敬请各位观众多多见谅。对于长时间等待最后一轮挑战的观众朋友及相关人士，应该说些安慰的话，不过现在我的心情也很难过，今天的节目就到这里结束，我们下周再会，谢谢大家。

啊！哈？喔！是，下周不会播出了，节目已经结束了。谢谢大家。"

THE CHAMPION 最终回，就以这个绝对会载入电视史的播放意外事故落幕。主持人感到深深自责，认为这是打从自己出生以来，所说过最令人寒心的一段话，尤其是"节目已经结束了"这句话令他感到最后悔。在十楼的郑容俊一口气跑下楼来，到摄影棚大发雷霆，还留在公司的 enjoy 频道员工也聚集到摄影棚来看热闹。原本在摄影棚内的工作人员到现在都还没能回神，似乎在什么大灾难现场劫后余生似的，只能先彼此互相慰问："没事吧？"助理坐上救护车跟着去医院，不久之后助理打电话给朴尚云。

"金日宇没事了，只是暂时失去意识而已。换句话说，是过度劳累和过度紧张才昏倒的，基本检查过后没有什么异常，现在打过镇静剂已经睡着了。"

"好，谢了。"

虽然不知道是在对谁表示感谢，但朴尚云不自觉地就从嘴里说出了谢谢。他将消息传达给 NEO 制作公司的员工和 THE CHAMPION 的工作人员，并叫大家先回家休息。因为这是意料之外的结果，该结果会带来什么样的影响，还有该如何收拾善后，他一点头绪也没有。那天晚上，唯一连梦都没做、沉沉入睡的人，只有金日宇。

17

  金日宇呆呆地坐在公交车站，盛夏的太阳热辣辣的，简直像要把人烤焦似的。等公车的人们不是拿着扇子猛扇，就是不停地擦脖子上的汗。金日宇的鼻尖、下巴、两只手和背上都不停地流汗，但他擦也不擦，只是一直坐着而已。搬到新社区之后，金日宇每天都到公交车站来。刚开始没有人坐在金日宇坐的长椅旁，但是人们很快就习惯了陌生的风景，开始毫无顾忌地坐在金日宇身旁。也有人会找他搭话或是拿扇子给他，感觉大家好像都很平静地接受社区里新搬来一个傻瓜的事实。

  吴英美一边走向公交车站，一边叫着金日宇的名字，虽然放开嗓门叫了好几次，金日宇却无动于衷，完全没有转头看。对金日宇来说，他再也听不到车子的喇叭声、蝉鸣声和人们窃窃私语的声音了，也经常听不到吴英美叫自己的名字。他的听力并没有问题，金日宇开始听到其他声音。

  在那次事件后，正确来说，如奇迹般清醒之后，金日宇的耳朵能听到陌生的声音，是任何人都没有听过的声音。不仅对金日宇而言，对任何一个人来说，那都是听不见且从没听过的声音。对金日宇来说，那是明明听得见却不存在的声音。金日宇开始听到"没有声音的声音"，那是空荡荡的车站和夕阳，阳光与山丘、风、倾倒的树枝说的话。不说话的人们面无表情的脸、轻抚过头发的手指、下垂的肩膀，还有快走的脚步都在对金日宇说话，说他们害怕、寂寞、幸福、开心，也会命令他等待、回去、不要思考、回答，等等。但是金日宇并不是听到像"害怕""等待"这样的字句，他只知道他们是这样说的，不是感觉到的，是听见的。

这世上所有的物品、现象、空间、时间、痕迹和移动都在叽叽喳喳地说话，像是从频率不对的收音机里流泻出来的杂音，又像是蚂蚁、蚊子等小虫的声音，也像是海豚或蝙蝠发出的超声波。总之，这所有一切不知道是否能界定为声音的声音，金日宇都听得见，并且都能理解。

同时，金日宇开始用声音来辨识人、事物以及概念。从妈妈吴英美那里听到的是如鞭炮爆开的声音，从爸爸金民九那里听到水流动的声音，从某人那里听到手机按键的声音，另一个人那里则是平静的音乐盒的声音，还有人那里传来高粱秆折断的声音。当红绿灯转为红灯时，就会听到巨大的木门关上的声音；绿灯亮时，就会听到小孩子们叽叽喳喳的声音。数字一是口哨的声音，数字二是茶杯碰撞的声音，数字三是心脏的声音。当金日宇听到三十三路公车噗噗噗噗地驶进公交车站时，总是会感到不安。

金日宇被没有声音的声音所吸引，却无法察觉真正有意义和目的的声音。他听不到人们说话的声音,也听不到汽车的喇叭声和电话铃声。很多时候,因为现实中的声音和金日宇所听到的声音完全不同而造成混乱。风声、雨声、哭声和笑声、鼻息和咳嗽声、狗叫声和猫叫声,这些让他很难察觉出真正的面貌。是哪个声音在笑,是哪个声音在哭,又是哪个声音让哭声哭的。金日宇每天都以同样的姿势坐在公交车站,听着声音,想着声音是从哪里来的?为什么会有声音?为什么偏偏让我听到这种声音?今后该怎么办才好?

在公交车站的长椅上有一只蚂蚁正在爬行,金日宇把蚂蚁抓起又放下,蚂蚁在原地慌慌张张地团团转。他记得一年级时自然科学老师说过,蚂蚁跟人类是活在同一个世界的不同次元生物。蚂蚁的世界是二次元的,没有空间的概念,对蚂蚁来说,这世界是广阔的平面。所以对蚂蚁来说,不管是在地上爬、在墙上爬还是在天花板上爬都没有区别。蚂蚁在空中时会有什么想法呢?金日宇感觉好像有一股巨大的力量将自己举起,或许在另一个世界里就没有像这样奇怪的声音吧!也许在那个世界里,我就不是笨蛋了。

从远处传来木门"咿呀"关上的声音,金日宇想,是红灯亮了,很快听到"砰砰"鞭炮的声音,鞭炮声慢慢地接近,吴英美拍拍金日宇的肩膀:"吃午饭吧。"

金日宇站起来,乖乖跟着吴英美走。配菜只有海苔、泡菜跟荷包蛋而已,即使如此,金日宇也没有动,只将冷饭泡在冷水里喝,上过厕所后,又独自去公交车站了。自从金日宇用冷水泡饭喝开始,吴英美就很用心地做菜,希望有他喜欢的菜可以让他好好地吃。但是即便做得再多,多到需要把菜盘互叠才放得下的程度,他仍然只吃饭和水。为了不让他拿饭泡水,吴英美还做过炸酱饭、蛋炒饭、凉拌冷面等食物,但金日宇也只是愣愣地看着饭桌,然后只喝了水就起身了。于是饭桌又变得寒酸了,每天只吃三碗饭加三碗水的金日宇,肉眼可见地消瘦下去。吴英美看着吃完饭走出去的金日宇的背影,叹了一口气,将饭碗收拾干净。

晚上也一样,要吴英美去叫人,金日宇才会跟吴英美回家吃饭,然后再次去公交车站。金日宇就这样一直坐在公交车站,直到公交车站的广告灯箱亮了,才会独自回家。如果灯箱没亮,不管怎么叫他都不会回家。广告灯箱亮,仿佛是某种信号。刚开始吴英美很担心,还一起跟他坐在公交车站,后来,慢慢地,金日宇一个人留在公交车站的时间越来越长,到夜晚也不再去公交车站叫他了。广告灯箱每天晚上八点会准时亮灯,金日宇就会自动回家了。

吴英美把晚餐清掉、整理过家里、擦过地之后,在电视机前躺了下来,不久就打着呼噜睡着了。十一点过后才下班回家的金民九,拍拍连被子都没盖就睡着的吴英美的手,把她叫醒:"怎么这样睡着了?"

"我只是眯一下。"

吴英美把嘴角的口水擦掉,一边慢吞吞地坐起身来。

"日宇呢?"

"睡了。"

吴英美心不在焉地回答,说完才突然惊觉金日宇到现在都没回家。吴英美看了看时钟,脸色一白,尖叫了一声,连忙起来。右脚穿着自己的拖鞋,左脚却穿着金民九的拖鞋,一瘸一拐地跑了出去。还好金日宇仍坐在公交车站，吴英美一看到金日宇就伸出手往他背上狠打。

"你疯啦？现在都几点了还不回家？你知道妈妈快吓死了吗？你这个该死的小子！"

金日宇眼泪扑簌簌地掉了下来，长椅和地上都积了水，他尿裤子了。不知道是不是广告灯箱坏了，今天没有亮，吴英美把金日宇拉起来。

"回家吧！"

金日宇摇摇头，吴英美硬是把金日宇拉起来。

"你知道人什么时候没有指望吗？就是无法分辨大小便时。就算是笨蛋、病人、痴呆的老人，只要能分辨大小便，就代表他还有希望，就算什么都不知道的人，至少也知道要去厕所大小便。"

回到家一看，金民九也像吴英美一样在电视机前睡着了。金民九现在在一栋大楼当管理员，每天坐在玄关入口处狭小的柜台内，与无数人眼对眼。但还算过得去。按照班表三班制轮班，如果上白天班，结束后可以休一天，上夜班则是休两天。因为生活作息不正常，金民九的身体很快就消瘦了，这样通过劳务工作得到的钱比平均最低生活费还低，不过比之前送炸酱面时好一点。

吴英美将金日宇清洗干净之后安置在房里，本想把金民九骂一顿，又觉得他很可怜，吴英美将金民九摇醒。

"我们谈一下。"

金民九翻个身不耐烦地回答："你说，我在听。"

"你起来一下!"

"我真的起不来!你有话就说啊!"

吴英美又生气又觉得金民九很可怜,摇了他肩膀几次之后终于放弃。

"好吧!那你把眼睛睁开。"

金民九睁开一条小缝眯着眼,吴英美把脸凑到金民九眼前问道:"我们让日宇去学钢琴吧?"

"我的薪水可以让日宇去学钢琴吗?"

"我会再省一点的。"

"你干吗突然说这个?你觉得现在日宇学得好钢琴吗?他已经跟以前不一样了。"

"我知道,但也总不能放任他一直这样下去不管啊!"

"他会没事的,在医院时不是说他没有问题吗?"

"可是如果给点什么刺激,说不定他就会回到以前那样呢?我想来想去还是觉得钢琴最合适。好吗?我真的会很节省的。"

金民九怔怔地看着吴英美:"看来你是过得挺好的,还能有那种想法。"

金民九闭上眼接着说:"你看着办吧!不过我已经说过了,没有用的,你仔细想想,不管以前还是现在都没什么不同,那时我们日宇……算了。"

"日宇怎么了?"

"没事。"

"什么啊到底?"

"我看你是忘了,我们日宇本来就是傻子。"

吴英美躺在他旁边,满是汗的手臂贴着塑胶地板。

"可恶的家伙们。"

"谁?那些家伙?忘了吧!平常什么都记不住的人,为什么忘不了那件事?至少我们现在不用露宿街头啊!"

"那些家伙一定会有报应。"

"睡吧!明天再带日宇去一趟医院,我觉得送他去学钢琴,还不如先带他去医院比较实在。"

话虽这么说,但金民九一样也忘不了五亿元,感觉就像被扒手扒走一样。历经一番波折,好不容易才找到这样一个可以安身的房子,光是这点就已经很感谢了。但是金日宇丝毫没有好转,工作吃力,日子依然过得困难,未见起色,脑海中"万一当时……"的想法一直挥之不去。

18

最后一集因出现播出事故而落幕的那天晚上,吴英美和金民九让金日宇在急诊室里沉睡,两人到外头便利商店放松心情吃着泡面。

"真的没事吧?"

"医生不是说没事吗?既然医生都这么说了,就不会有事的。"

"可是,日宇爸,我们那些钱怎么办?"

"你儿子差一点就没了,你现在还想着钱?"

"他现在已经没事了啊!就因为没事了,所以要想想以后的日子啊!"

"就成了穷光蛋啊!现在要用什么钱让孩子出院?连旅馆费都没了。"

金民九放下筷子,深深叹了一口气,吴英美却没搞清楚状况,一派明朗地问:"我们日宇没有答错吧?"

"什么?"

"你想想看,我们日宇没有答错啊!"

"他也没答对啊!"

"是啊!虽然没有答对,但也没答错啊!只是因为突发状况所以才中断比赛的啊!"

"所以?"

"棒球比赛时如果下大雨,不是会暂停比赛直到雨停吗?要不然就是重新比赛。"

"所以?"

"我们应该提出重新比赛的要求。"

金民九想了一会儿,从吴英美包里掏啊掏的,拿出参加申请书和同意书。吴英美也把头凑过来仔细看申请书的内容:"如因自然灾害或不可抗力因素导致大赛无法举行时,本会将全额退还参赛费;但如因个人因素,临时决定不参加,参赛费恕不退还。"这一条文下还画了线。

"你觉得现在的状况,是因为自然灾害还是不可抗力因素才取消比赛的?"

"嗯……都不是。"

"那么就是因为个人因素而无法出席比赛啰?"

"可是我们出席了比赛啊!"

"先等日宇清醒之后看看他的状况,看他是找到有珠子的杯子还是没珠子的杯子。"

"如果他的状态不好呢?"

"不知道。"

"如果他状态不好,至少要求他们把参赛费退还给我们。"

"他们会退吗？"

"没有理由不退啊！日宇又不是没有出席最后的决赛。而且你想想看，他们自作主张，随便乱改规则，三杯大赛本来就是要找哪个杯子里有珠子的，又不是要找没有珠子的杯子。我看就是因为珠子在六个杯子里叮叮当当的，所以孩子才会昏倒的啊！"

金民九并不担心以后要怎么过，再怎么样都不会比现在更糟，这场乱局就交给吴英美去善后，他只要再找工作就好了，出去外面工作赚钱比去追讨奖金好得多了。炸酱面外送的工作辞掉也一个多月了，一定会有其他好心老板愿意接受他的。

吴英美带着足足睡了十二个小时、一脸神清气爽的金日宇来到enjoy频道，enjoy频道亲切地告诉她NEO制作公司的地址及朴尚云的手机号码。虽然吴英美不太懂enjoy频道说什么外包公司、制作小组、什么合作的，但在那里确实没有看到录影时出现过的编剧和制作人。总之，要解决问题的人是那个叫朴尚云的，先去NEO制作公司再说。

在同一个地方来回转了好几圈，好不容易才找到NEO制作公司所在的大楼。NEO制作公司不像enjoy频道是电视台，它并不是拥有整栋大楼，也不是拥有一整层，只是在某一层里租了一间302室的房间而已。吴英美有一种被骗的感觉，她拉住正要走进大楼的金民九的袖子，说："我们先拟一下战术再进去。"

"战术？什么战术？"

"要以什么根据要求他们退还参赛费，要是他说再比一次的话该怎么回应。"

也许是因为受到冲击,现在金日宇已无法找出珠子,就算只拿三个杯子转来转去,金日宇还是一样会搞错,一直说他听不到。金民九最担心的是吴英美的那张嘴。

"你只要少说话就行了,不要说什么会让人抓到话柄的话。对方好讲话时就慢慢试探要求退还参赛费,如果气氛不好,就说因为他们突然改变规则才出问题。有人看过足球比赛拿十颗球踢吗?有人看过棒球比赛一次投十颗球的吗?不是那样的,要重新比赛,可是现在孩子的状况无法恢复,所以那样也行不通,总之,一定阻止重新比赛这回事。"

"知道了,话说回来,那个制作人的眼神看起来就不简单,不是说有人可以用眼神压制别人的气势吗?"

"没错!我们不能先被压下去,我们一定要抢到先机先发制人。"

原本咬着嘴唇的吴英美突然想到什么似的拍了一下手。

"日宇爸,等一下去他们办公室,门一打开,你就先把离你最近的椅子一脚踹开。"

"什么?"

"一脚把椅子踹开,然后说:'朴尚云,你给我出来!'先下马威,这个很重要。"

"下马威?你这话是从哪里学来的?"

"现在这不重要,一句话,做不做?"

"做,我做。"

说是这么说,但金民九没什么自信,而且现实并未照他们设想的剧本走。首先办公室的大门锁着,他们根本就开不了。在紧锁的玻璃门前按了对讲机,里面传出女职员的声音:"请问是哪位?"

他们回说是金日宇的家人,来找朴尚云制作人。不久女职员就将门打开了,他们完全不需要大喊"朴尚云,你给我出来"。跟在女职员身后走进去时,吴英美戳了戳金民九的腰,意思是要他踹椅子,但是办公室入口放的不是椅子,是沙发,就算一脚踹下去可能也不会移动。金民九迅速环顾四周,寻找适合一脚踹开的东西,花盆?踹了里面的土会撒出来;书架?书掉下来可能会砸伤人。那个椅子整个塞进办公桌里,就算踹也只是踹进桌子里,要不先把椅子拉出来再踹呢?那样太搞笑了……就在他苦恼之际朴尚云已经走了出来,请他们一家三口到会议室。

"我正好打算打电话给你们,没想到你们就来了,是我联络晚了,真对不起。其实上午我才去过 enjoy 频道,得到很严重的惩戒。啊!日宇,有没有好一点了?医药费你们不用担心,应该再多住一阵子啊!怎么这么快就出院了呢?"

朴尚云以意想不到的方法先发制人,看到朴尚云谦逊的态度和明显瘦削的脸,吴英美原本充满埋怨的心情不知不觉舒解了,但是很快又坚定起来,现在不可以就这样卸下心防。

"我们也刚去过 enjoy 频道,看来是错过了。之前在节目进行期间,打了数十通电话来,千拜托万拜托说要见我们日宇一面的人,现在却不联络,闲着没事的我们只好自己找上门了。"

"让你们感到失望真是很抱歉,老实说我们也是一团混乱。"

"好了,过去的事就算了,现在有什么打算?"

"日宇平常身体状况就不是太好，在节目进行准备之际，因为太过紧张而出了状况，总之是在我们录影中途发生的状况，所以住院费用我们会负担。听说相关检查费用也不少，不过检查结果没有什么异常真是太好了。"

吴英美迟疑了一下，又说："关于住院费用的事谢谢你们。不过如您所说，这是在录影中发生的事，是你们造成的，所以我们的钱现在要怎么办？"

"你们的钱？"

"比赛中断了啊！"

"节目结束，比赛也跟着结束。"

"所以意思是不会再比赛了？"

"是的。"

吴英美和金民九松了一口气。

"比赛突然中断，对于最有希望获胜的我们日宇有什么补偿吗？你们有什么想法？"

"补偿？这又不是主办单位的问题，是日宇个人发生状况才中断的，换句话说是弃权啊！"

"现在是在追究谁的错误吗？好啊！我们日宇是昏倒了，但是不对在先的是你们啊！三杯大赛明明就是要找出有珠子的杯子，不是要找没有放珠子的杯子啊！老实说，你们是故意更改规则，好让我们日宇无法获胜，是吧？因为舍不得让我们赢得五亿元，所以才那样做的，对吧？"

朴尚云心头一紧，说："不是更改，是原本就打算那么做，其他的猜谜节目也一样，层级越高，难度就会越大啊！"

"这可不是难度变大的问题，您想想看，足球比赛决赛时，会踢十颗球吗？棒球比赛决赛时，投手会一次投十颗球吗？不会吧！所有的运动比赛都有基本规则啊！但是你们打破要找出有珠子的杯子这个基本规则，这是违规啊！你们电视台违规啊！"

吴英美将金民九的话加入重新应用，以为这下子对方一定哑口无言，没想到朴尚云接招反击："所有运动竞赛为了决定胜负，有时会改变形态进行，像足球会有点球大战，棒球也有以跑垒者上场的突破僵局制。最后一轮，换句话说，就是要让三杯大赛变得更惊险、刺激而改变的形态，这个部分是完全没有问题的。"

"事先完全没有预告就突然改变比赛规则，我们日宇原本就比较敏感，所以才会昏倒，这是事实啊！您想想看，如果制作人去上全国歌唱竞赛节目，结果发现不是原本的主持人宋海主持，而是许参来主持，您会不会吓一跳？"

"虽然会觉得意外，但不至于昏倒。"

"虽然不至于会昏倒，但应该就无法发挥实力了吧？那不是会很委屈吗？"

"但不会因为觉得委屈就要求补偿。"

"我们没说要求补偿啊！"

"那您的意思是？"

吴英美和朴尚云争执不下，一直在一旁默不作声的金民九看不下去，终于出声："我们赌上了所有的一切，而事实并不是因为日宇猜错了才输掉的，我们连做出选择的机会都没有不是吗？所以说，站在我们的立场，能不感到委屈吗？"

"我也想再给你们一次机会，但是电视台播放节目的安排并不是我说了算，现在已经有其他节目排程进行中，我们的比赛已经结束了。"

金民九一把抓住朴尚云的手。

"请把参赛费还给我们就好，申请书上面不是也写了，因为自然灾害而中断比赛的话，会退还参赛费啊！这是自然灾害啊！我们现在就要流落街头了啊！真的拜托您了！不管是什么理由，总而言之，从结果来看比赛无效，那么参赛费不是应该还给我们吗？"

事实上朴尚云早上去了细乌市场，去讨论关于金日宇的参赛费问题。朴尚云原本差一点就要拿出五亿元，现在能以五千万元结束这件事最好。因为播出事故虽然无法免除责任，但不管责任有多大，都不值五亿元，这样反而更好。对朴尚云的看法，郑基燮没有回答，现在球，不对，是钱，在郑基燮手上。

"我们正好也讨论过这个问题。"

郑基燮慢条斯理地泡咖啡、整理桌子、打开窗户，试图拖延时间，朴尚云只得强忍着想催促的心情。

"你想想看，如果把参赛费还给金日宇，万一其他参赛者知道了，难道不会也来要吗？"

"所以呢？"

"你也知道，我们办这个不是为了赚钱，但是我们准备大赛也是花了不少心力啊！你们老是没有事先告知就说要拍摄，而且还提出各式各样的要求不是吗？商会的人们好几次都只能把门关上先不做生意,去忙拍摄的事情,更别说为了奖金的事伤透脑筋。我们辛苦归辛苦,现在要把钱全都还回去,那么我们又得到什么呢?您也说过钱的事就交给我全权处理,大会的收益可以作为我们市场发展用,这在确认书上写了的吧?"

朴尚云无法回答,现在朴尚云面对金民九的问题也无法回答。因为郑基燮看来不会那么好心退还参赛费,而金日宇一家看起来也不会乖乖接受这个事实。朴尚云只得说关于大赛的企划和进行相关事务,全都由三杯协会主导,这个部分要跟他们再确认,请三个人先回去。朴尚云答应一定会跟他们联络,吴英美放狠话表示,如果明天没有联络的话,绝不会善罢甘休。

送走金日宇一家后,朴尚云觉得头晕目眩。看到扶着柱子摇摇晃晃的朴尚云,崔敬模吓了一跳,赶紧跑过来。

"社长,您还好吗?"

"嗯,还好……好像刚捐完血,血都被抽干的感觉。"

在崔敬模的搀扶下回到座位后,朴尚云刚好接到郑容俊发来的短信:"走了没?他们来过我这儿了。"没有主语,也没有前后文,但是一看就懂了。朴尚云叹了口气,打电话给郑容俊,郑容俊不分青红皂白地追问现在到底要怎么办。

"我们还没上传就已经有影片在网络上传播,真是丢脸死了,说是现场偷偷侧录的,到底是哪个家伙拍的?我百分之百会被上头惩戒,恐怕连你公司也不会放过。现在留言板上开始在问大赛是不是结束了?奖金要怎么发?闹得沸沸扬扬的。对了,金日宇还好吗?早上我明明看到他了,不知道哪个家伙说他现在在加护病房,还上传了照片！我要追踪那个家伙的账号，我要去向网络警察检举。你怎么不说话？"

"那个……您的问题是？"

"金日宇怎么样了？"

"是，刚才看他好好地走出去了。"

"他们去过了啊！还真是马上就去了，大赛结束了吗？奖金呢？"

"结束了，钱的问题我跟协会讨论过后再向您报告。"

"什么时候？没时间了。"

"马上就好，今天就会讨论。"

"对了，现在到处都有人跟我要金日宇的联络方式，有要拍纪录片的，还有新闻记者，每个都找我要，可以给他们吗？早上我看气氛很不寻常，我先交代了不要给出去。"

"啊！不能给，不能给，万一他们又再乱讲些什么可就糟糕了。"

"我也是这么想，所以没有给出去，总之，你赶快把事情处理好，他会昏倒虽然不能说是谁的责任，但还是要好好处理，今天之内你会向我报告对吧？要不然我可不会放过你。"

现在朴尚云的身边有一堆人都说不会放过他。

朴尚云不得已只好再去找郑基燮，跟他说已经见过吴英美和金民九了，谎称金日宇半身不遂，接下来不知道要花多少医药费。这是他从郑容俊说的加护病房的留言得到的灵感，他跟郑基燮说留言板上有人上传照片没看到吗？郑基燮看起来吓了一跳。

"请帮帮可怜的人吧！这样下去，年纪轻轻的孩子要是有个三长

197

两短那该怎么办？我到死都摆脱不了，那孩子的影子会跟着我一辈子的，总务先生，我们不要再背负这件事了，即使不愿掏腰包来帮忙，也不要抢人家的啊！"

郑基燮慌了。

"抢什么抢啊？为什么要诬赖人像强盗一样呢？"

郑基燮拼命强调自己对钱一点迷恋也没有，这是跟商会商量后才决定的，努力撇清关系。朴尚云则继续说小孩子很可怜，担心他父母因为钱的关系可能会放弃孩子，金日宇的命就握在总务先生手里，口口声声呼唤郑基燮的良心和人性。郑基燮眼神闪烁，朴尚云说在考虑追踪找出上传照片的人，请他吃饭好好地谈一下。还说他相信郑基燮，一定要联络，然后就回去了。

朴尚云一走，郑基燮立刻上留言板去确认照片，照片中的病患全身都插满管子和各种电线，根本就看不出是谁。如果金日宇真的有什么三长两短……郑基燮的脑海中一个表情呆滞的幼小灵魂，跟着自己摇着叮当叮当的珠子，那画面一直挥之不去。他时而打冷战，时而又回头望，总觉得好像看到有的没的东西。在朴尚云离开一个小时后，郑基燮就打电话给他确认金日宇是不是还活着，朴尚云先是叹了一口气才说，目前还活着。

在节目播出后，郑基燮第一次召开会议，因为实在无法再忍受耗着什么都不做。他极力保持平静的口气，传达金日宇的最新状况，并未说出自己受到幻想及恐怖所困扰的事。出乎意料地，精肉铺的朴老板说同意退还他的参赛费。

"反正那也不是我们的钱，不如就把钱还给他们，也好早点摆脱这烦人的事情。那小子口吐白沫倒下去时可真不妙啊!"

但是其他人却不以为然。

"有什么好摆脱的,不是早就已经结束的事情了吗?"

"所以呢?不把钱还给他们?"

"也不是那个意思,我的意思是那件事跟我们没有关系,根本不用管啊!"

"这不就是不把钱还给他们吗?真看不出来你是那样的人。"

"什么?什么叫看不出来我是那样的人?"

郑基燮心里很不舒服,对于只能躺着一动也不能动的孩子,真心感到担忧,也不愿看到商会的人吵架,更重要的是,金日宇的魂魄在自己的脑海中一直盘旋不走。郑基燮问会长:"会长,您觉得怎么样呢?"

会长没有回答,反而反问他:"郑总务有什么想法?"

"老实说,我个人是觉得干脆还给他们好了,他又不是个成年人,还只是个孩子而已,要是万一有个什么不测,那怨气可是无法承受的啊!"

"是吧?我也有同样的想法。"会长用又粗又大的手抹了抹脸颊,小心翼翼地说。

"细乌市场的人们的怨气又如何承受呢?会漏雨、漏雪的屋顶已经决定修补了,办公室这栋建筑也决定翻修,还要增加休息室和育婴室……那个孩子的状况怎么样?"

郑基燮也不知道确切的状况,他只是听说那孩子半身不遂,只能躺在床上,但现在还躺在医院,还是已经出院了,他也不确定,郑基燮的脑海中只是不停听到"把珠子给我""把珠子给我"的声音。他马马虎虎地回答:"之前听说好像伤到了脑部,变成植物人躺在加护病房里,医药费不知道要花多少钱,他的父母把所有钱都投入这次大赛,现在根本付不出医药费,但即便如此也不能放弃孩子,再怎么说都是一个生命啊!"

郑基燮觉得自己说得有点夸张,但说出口的话也收不回来了。结果会议在办公室里依然没有得出结论,大家又转移到猪脚店继续会议。大家都喝了不少米酒,喝到有点上头后,水果店的金老板不知是在说醉话还是发牢骚,说:"其实五千万元没什么好舍不得的,还给他们不就得了?可是两亿元就可惜了。如果所有参赛者都来找我们退钱,我们该怎么办?即便那不是我的钱,我也不想给他们。人心真是可笑啊!你们知道更可笑的是什么吗?嘴里说着五千万元不可惜,可是手头连五万元也没有。因为不是我的钱所以才这样吧!那些钱又不是我的,有人死啊活啊地要。可惜?不可惜?给?不给?什么那东西?什么那东西?那东西是一毛两毛吗?那是人家的救命钱啊!我们还他吧!不要再这样了!"

有人"哇"的一声哭了,精肉铺的朴老板一边说:"发疯,哭什么哭?"一边在空杯里倒酒。酒能唤醒人们清醒时脑中沉睡的某个部分,或者该说是心里的某一处角落。在酒的助兴之下,全体一致达成协议退还那五千万元。朴老板还乐观地表示,其他参赛者又怎么会知道我们把钱还给了金日宇呢?趁着大家都达成协议之际,郑基燮随即打电话告诉朴尚云,电话刚挂上就接到吴英美道谢的电话,接着很快就收到汇款账号的短信。这回可就真的无法回头了,这是件好事,为了庆祝事情终于可以告一段落，大家最后一次干杯。再怎么说都还剩下不少钱，于是大家决定在梅雨季来临之前，先修补遮雨棚。大家在欢笑中散会。

把五千万元汇入吴英美的账户之后，他们才知道原来金日宇早已出院，而且还好端端地到处晃来晃去。虽然郑基燮想去找朴尚云理论，但他根本自顾不暇，因为其他参赛者纷纷打电话来，要求立刻退还他们的参赛费。可恶的金日宇，谁叫他到处宣传电话号码的？郑基燮干脆把手机关机，但还是有一些人照着三杯协会网页上刊登的地址，找到商会办公室来。当初因为实在太急了，所以就在三杯协会的官网放上了细乌市场的地址。参赛者们知道原来三杯协会就是细乌市场，都感到一阵惊愕，因为三杯大赛参赛者的抗议造访及骚动，让细乌市场每天都不平静。

首当其冲受害最大的就是位于市场入口处的水果店，参赛者们一来到市场，看到水果篮就踹，还高喊："骗子，全都给我出来！"水果店把陈列架清空，挂上遮挡布，还贴心地放上写着"三杯协会办公室在左侧建筑物二楼"的板子。但是遮挡布和板子依旧老是被扯下、破坏，因为人们一上门不分青红皂白见东西就摔，事后冷静地看过板子才明白，"啊！原来三杯协会办公室在左边，不会吧！"水果店成为细乌市场的代表，被骂被砸，精肉铺朴老板看着孤军奋战的水果店，感到神奇。

"示威、抗议我是知道的，但没想到我们也会有遇到的一天啊！"

19

很快，三杯协会的官网和enjoy频道的官网上，有人上传爆料细乌市场的诈骗事件，郑基燮一则一则地回复留言，辩称一切都是朴尚云所指使的。留言回复中又出现留言，他再继续回复，又留言，再回复，就在逐渐平静之时，参赛者、现场观众、兼职生及稍微了解电视圈的人们，又在留言板上开启了新的争论话题。

我是星期五晚上前往enjoy频道录影现场的观众，当时在舞台后方，有两名穿着绿色工作夹克的中年男子不停地来回走来走去，他们既不是参赛者，看起来也不像是现场工作人员，因为他们身上挂着访客证。他们一直走来走去不停地讲话，我跟朋友当时想那两个大叔是什么人？会不会是市场的相关人员？您说您只是出借名字，却从刚才就一直努力回复留言，让人觉得很不寻常，所以向您请教。还有另外一件事，金日宇昏倒时，有一个人立刻把他背了出去，而主持人在现场立刻做节目收尾。这一幕看起来好像练习过一样,我的朋友看到金日宇被背出去时,他睁开过眼睛,所以我们怀疑这一切该不会都是设计好的吧?只是好奇留言而已。

"既然好奇就自己好奇好了,为什么还要写出来给大家看啊!"

郑基燮一边在心里咒骂,这些家伙都不用睡觉是吧?年轻人半夜都在上网,所以国家才会落到今天这种地步,一边又继续回复留言。

我是细鸟市场的总务郑基燮,您在电视台看到的并不是市场相关人员。我也是通过电视收看节目的,电视台我们连进都没有进去过,所以不知道那两个人是谁。而我只是出借名字,并未插手相关事务。

郑基燮用两只手的食指和中指,用这四根手指头慢慢地打字,这时候又有其他留言出现了。

我在这个圈子工作所以知道,在节目中直接把人背出去,就是提前安排好的脚本。不然一般出状况,都是先中断播出,切换画面。可以看看那个所谓的大师,他甚至还有特写镜头,所以制作单位、参赛者、市场都是串通好的。

郑基燮托着后脑勺,又再次用四根手指头回复留言。

市场也是串通好的？如果这是制作单位和参赛者共同策划演出的一出剧，那么我们也是受害者，我们真的什么都不知道。

马上就有人回复了郑基燮的留言。

怎么可能不知道，不知道的话就是傻子了，呵呵呵。

郑基燮再次立起四根手指打出"你几岁啊？！"凌晨三点了，没想到自己会在网上跟这些和自己孩子差不多大的匿名者打键盘战。忘了什么时候看过一则报道，说是某个线上游戏聊天室群组里的高中生们，在线上打不完还线下约出来见面打群架，看来真的有可能发生这样的事情。接下来又回了一个小时的留言，郑基燮的头实在是太痛了，他趴在电脑前面，原本只想休息一下，结果就这样睡着了。

第二天一大早，勤快的郑容俊如往常一样上班，打开官网的留言板一看，差点没被气昏倒。这时间网站管理员还没上班，郑容俊什么事也做不了，只能一个人气得直跺脚。网站管理员九点上班，却被骂说为什么那么晚才来，然后急着要他赶紧关闭留言板，但已经有许多记者进行了报道。有更多的网友将画面截图，再上传到其他的留言板或讨论区，那些留言像传染病一样在网站与网站之间扩散。人们开始到 enjoy 频道其他节目的留言板去留言。"为什么 THE CHAMPION 的留言板要关闭？""一定是造假所以才会那样做对吧？"这类的抗议不断涌出，果然没过几个小时，又被处理成了新闻报道。

"三杯协会就是纸鸟市场！CHAMPION 也是谎言！"

"刻意制造播出事故！THE CHAMPION 假造播出事故？"

"THE CHAMPION，质疑声一起即关闭留言板——我不管啦！"

报道内容都是网友们及参赛者们所提出的疑惑，但是光看标题，不管是诈骗、造假、逃避责任还是隐匿真相，每个指控都让人感觉是真的。THE CHAMPION 在造出史无前例的播出事故之后，又被列为世纪造假节目。有些慢半拍才看到新闻报道的网友们也充满愤怒，一同拥向了 enjoy 频道网站的留言板，就像节目播出那天晚上一样，enjoy 频道的官网又崩了。郑容俊很委屈，觉得记者们很可恶，怨恨那些对于自己无关的事却如此兴奋疯狂的人。郑容俊要 enjoy 频道宣传组动员所有人力，想办法把报道拉下，把各门户网站的帖文删除，同时贴出澄清启事。

当郑容俊有规划地、沉着地处理这件事时，朴尚云则是撒手不管，他连自己都放弃了。

THE CHAMPION 诈骗剧的核心人物朴尚云，和 NEO 制作公司之前的事也全被抖了出来，公之于众。今年年初，因假造故事案例而被停播的育儿资讯节目《赤子心》，出问题的单元就是由 NEO 制作公司制作的。NEO 制作公司的代表，也是 THE CHAMPION 节目的总筹制作人朴尚云，以及负责 THE CHAMPION 制作的 NEO 制作公司所属工作人员，大部分也参与过《赤子心》的制作。如此明确又简洁的报道出来，并附带提到朴尚云曾经是一位非常勇敢又有正义感的制作人，如今落到这种地步，真是令大众感到惋惜。

参赛者们向警方检举朴尚云,并提起诉讼。enjoy频道也发出公文,要NEO制作公司负起责任。崔敬模把与警方调查和诉讼有关,可能会对他们不利的资料、节目企划书及拍摄脚本等整理出来并销毁,其他助理们则监看主要门户网站的留言板和enjoy频道的官网。情况看起来并不乐观,于是他们动员自己的家人去申请多个账号,到相关的新闻下面留言反驳。

> 市场的那些人真是好笑,还装可怜说自己也一样被骗,是受害者。
> 钱明明都被细鸟市场私吞了,为什么制作人要被骂?
> 制作人到底有没有诈骗都还没有确定,不要随便就开口骂人。
> 警方已经在调查了,请大家耐心等待结果。

但是反应不是很好,所以这次换了目标。

> 这是弱势的外包公司的错吗?旁观的enjoy频道才更恶劣!
> 我朋友是外包制作人,电视台不但连制作费都要给不给的,还会威胁制作公司。不知道他们承受了多大压力,才会不惜设计编造节目内容,真是太可怜了。
> 这不是只有一个人、一间公司造成的,我认为应该要深入观察电视圈的结构,才会发现真正的问题所在。

但这一次的反应也不如预期。

真好笑，你是在那里兼职吗？

因为辛苦就可以当强盗、去诈骗吗？不要胡说八道了。

我看不是要深入观察电视圈的结构，而是要观察你的大脑结构吧！

即使如此，仍努力敲击键盘的助理，在看到一篇留言后停手了。

朴制作人怎么可以在这里留言呢？

下面还有更尖锐的发言。

制作人又不是发疯了，怎么可能会熬夜回复留言？当然是叫助理制作回的啊！

就像在弄三杯协会的网站那晚一样，大家的眼睛和手都很疲倦，舆论的指责越来越严厉，某些管得很宽的人开始发起"造假制作人朴尚云退出电视圈"的线上联署活动。一名助理觉得委屈，又生气、又疲累，像发泄似的，在网络上随心所欲地骂，连脏话都出来了。"管那么多干吗？""闲得没事做吗？""你妈知道你这样吗？""钱多才来参加的吗？""到底会不会写字啊？这样乱写一通。"检举信件像疯了似的如雪片般飞来，网站管理员的警告信也来了，但他还是没有停止谩骂，手指头越敲越起劲。

努力上传恶意留言的那个网友，在所有门户网站上搜寻，终于找到了最热情拥护制作团队的留言者账号，把他在三年前预约"云花山庄"情侣房及在"中古世界"卖过游戏机的事情也挖了出来，并对他进行人身攻击，说这种家伙爱跟女人玩，通宵打游戏。很快，他的个人网页被盗，姓名、长相和读过的学校都被公开，最关键的是，他身为 NEO 制作公司助理一事也被揭发了。如此一来，不只是助理，连 NEO 制作公司、enjoy 频道全都被打上不良集团的烙印。

那名助理因此患上了恐慌症，他认为遇到的所有人都认得出他，而且都在背地里窃窃私语评论他，助理真的要发疯了。朴尚云什么话都说不出口，事态渐渐发酵，越来越难收拾。

虽然郑容俊打电话要朴尚云立刻到办公室来，但两人并未见面，因为朴尚云必须去警察局接受调查。朴尚云为了接受警方调查而直冒冷汗，郑基燮为了躲避参赛者而逃窜，连店门都不敢开。两个人当务之急应该是见个面，一起寻求解决方案，但因为他们各自有不同的事要忙，所以很难凑出时间，再加上注意他们的人很多，结果郑基燮和朴尚云一直到晚上才见上面。

约定的地点在细乌市场附近，是一间开了很久的咖啡厅。里面放了张花花绿绿的布沙发，中间低矮的桌子上铺了一块没有任何花纹的白色桌巾，窗边装饰用的花盆里，种着像椰子树一样树干很长、叶子宽大的假树。郑基燮跟市场里的人来过这里一两次，虽然看起来有点俗气有点老旧，但老板很亲切、有教养，是个好人。郑基燮走到最角落的位子坐下，挂在入口门上的铃铛就丁零零响了起来，是朴尚云。郑基燮把手高举着，朴尚云看到后立刻快步走到郑基燮对面坐下。朴尚云疲惫又紧绷的身体全然放松，深深埋坐进沙发里，"噗"的一声，沙发陷了下去。虽然灰尘弥漫、鼻子痒痒的,但他觉得很舒服。

围着粉红色围裙的中年老板拿着菜单过来,朴尚云点了冰咖啡,郑基燮点了梅子汁。两个人好一阵子都没开口,事情闹得太大,已经无关乎谁该怪谁了。双方看起来都很憔悴。朴尚云先开口问:"最近很辛苦吧?"

"还好,除了因为好几天没办法做生意,在经济方面有点损失……"

"那就是过得不好啊!"

"我还好,朴制作人不是还去接受警方调查了吗?"

"这话说来有点不太好,不过总务先生应该不久后也会接到通知吧!"

"啊,没错。"

老板送来了冰咖啡和梅子汁,好不容易开启的对话又结束了。郑基燮吹了吹杯口,再喝了口梅子茶,发出"啊"的一声感叹,闭上了眼睛。朴尚云拔掉插在杯子里的天蓝色吸管,放在桌上,直接拿起杯子咕噜咕噜地喝着咖啡,咖啡都喝完之后,朴尚云又开口说:"您想怎么做就直说吧!大家都坦诚一点。"

"只要这一场乱局可以平静,做什么都可以。如果退还所有的参赛费,是不是就能平静了?"

"就算退还参赛费,也不能保证一定会平静,但是如果不退还参赛费,事情是绝对不会平息的。"

"是啊!我也这么想,那就先退还参赛费,我一毛钱也没有动,我们绝对不是那种见钱眼开的人。"

"我明白,不过即使见钱眼开也不算罪,这世上哪有人不喜欢钱呢？把话摊开来说，那些人也都是对钱有欲望才会来参加大赛的啊！只是因为舍不得付出的钱才提出诉讼的。"

郑基燮看着朴尚云好一阵子才低着头说："不过这还是我们的错，那些人都是受害者。"

朴尚云也低着头回答说："我知道，这种话在其他地方没办法说，也只能对总务先生说了。"

两个人商量决定请参赛者撤销诉讼，并把参赛费退还给他们，条件是不得再有其他要求，同时不能继续在网络留言或上传任何内容，不要再让问题扩大。通过enjoy频道的官网刊登道歉启事，针对大赛准备过程中发生不愉快的事，向观众道歉，宣布大赛无效，并会将参赛费退还给所有参赛者，以明快的方式处理。

"我再请助理们上传。"

"好，那就麻烦了。"

郑基燮再次皱起眉头喝了口梅子汁，然后放下杯子问道："这样行得通吗？"

"必须行得通才行啊！"

郑基燮和朴尚云分开时已是晚上十一点，朴尚云迟疑了一阵子，还是打了电话给郑容俊。朴尚云问他睡了吗，郑容俊笑了一下，说："我不知道朴尚云这么豁达啊！你最近睡得着吗？"

朴尚云先针对因为接受警方调查而无法去enjoy频道一事道歉，接着表示已决定将参赛费退还给参赛者，一定会尽最大的努力不再让问题扩大，同时希望通过enjoy频道的官网，刊登一则简单的道歉启事。他稍微调整了一下呼吸之后又说："我知道您想从我这儿听到的是其他话,不过现在先等事情收拾好,之后我会直接去拜访您,一点都不会遗漏,全都告诉您,所以请您再等一等,到时候要骂要打随便您。"

郑容俊很爽快地说了句"OK!"但是并未答应在enjoy频道的网站上放道歉启事。

"在我们的网站上放道歉启事,这不就好像是我们的错一样?要放应该要放在三杯协会或细乌市场的那个幽灵网站上啊!要不然放NEO制作公司的网站也行。"

"三杯协会的网站已经关闭了,像我们这种小制作公司哪来的网站呢?"

"反正我不管,那就放在你的个人博客或推特什么的,现在我们公司上头的人吵着要告你,我夹在中间拼命阻止,你知道有多辛苦吗?什么难听的话都是我在听啊!所以你不要再找我帮你做什么事了。"

再求下去只会显得更卑微,朴尚云只好说知道了,然后默默挂了电话。他没有个人博客,平常也不玩什么推特那类的社交网站,就算有,放在上面有谁会看?虽然心里想着应该没有用,但朴尚云一回到家,打开电脑,就立刻申请账号加入推特,并开始写道歉启事:"大家好,我是负责enjoy频道的THE CHAMPION企划、制作的朴尚云制作人。"这样的内容郑容俊一定会有意见,于是他把enjoy频道删掉,改成NEO制作公司的朴尚云制作人。他一边写,一边暗暗希望不要真的被谁看到才好。第二天下午,朴尚云在推特上传的道歉启事被媒体转载成为新闻,然后那则新闻又被其他媒体转载做成另一则新闻,接

211

着又再被引用到另一个媒体。朴尚云目睹着这些，觉得晕头转向。

朴尚云和郑基燮并肩坐在咖啡专卖店的椅子上，一起等待诉讼代表到来。他们对面的座位空着，两个男人头一回这样并肩坐着，每当四目交接之际，就尴尬地笑着。大赛的参赛者们通过网络成立了受害者自救会，一起向制作单位声讨权益，在自救会论坛中分享情报、讨论如何进行诉讼、交换意见。朴尚云也很想看看里面都在说些什么内容，但是因为不知道如何确认身份，以至于一直无法加入，他只能浏览论坛的标题，推测大致的内容而已。

过了约定时间大约五分钟后，诉讼代表三人出现了，他们粗鲁地打开玻璃门进来，在店内环顾一圈，一下子就认出了朴尚云，三人走了过来并坐下。其中一位是原告代表，也是现职大学生，另外两名是投入一千万元的参赛者。一人是有过乐透头彩中奖经验的三十多岁上班族，另一人自称投资专家但实际上是个无业游民，朴尚云先递出名片并与对方握手。

"我是 NEO 制作公司的代表朴尚云。"

"我是细乌市场商会总务郑基燮。"

郑基燮也跟着递出名片并跟他们握手，意外的是，那名大学生也从皮夹中抽出名片，名片上印着姓名、电话号码及网址，朴尚云看着名片问道："我以为您只是个学生……"

"我是学生。"

那这个网址是什么？朴尚云虽然很想问，但还是忍住了。大学生代表一坐下来就往后靠着椅背，双手抱胸打量着朴尚云和郑基燮，一副"你们有什么话就说吧"的表情。他说他的志愿也是当制作人，曾经跟着很不耐烦的助理到副控室参观过。为了将来可以成为梦想中的制作人，他在现场见人就毕恭毕敬地喊着前辈。朴尚云突然觉得心里很苦涩，还不如不见面好。他一直低垂着头，看起来应该像充满歉意的样子吧！

"很抱歉，发生了这样的事情，我在此为这次节目在进行中发生的问题向各位道歉。"

郑基燮在一旁看了也赶紧低下头，代表三人组跷着腿坐着，没有人说话，只是一直看着两人。虽然觉得这些家伙真是没礼貌，但朴尚云还是不停地躬身赔笑，一边做拙劣的辩解，虽然三杯协会的组成和营运过程稍有不实之处，但大赛是很公正的，现在在网络上疯传的那些疑惑，全都是没有根据的，他也没有想到金日宇会在舞台上晕倒……突然，网络投资专家敲了敲桌子，把他的话打断。

"所以现在到底要怎样？"

"啊？是，我刚好打算通知你们，我们会将参赛费退还给所有参赛者，以表达我们的歉意，同时保证以后会特别注意，绝不会再发生同样的事情。"

投资专家摇了摇头。

"参赛费？"

"是。"

"退还参赛费就完了吗？"

"什么？"

"我们所遭受的精神上的痛苦和我们白白浪费掉的时间，应该也要赔偿给我们才对。"

看看这些家伙!你们精神上遭受了什么痛苦?第一轮就落败的家伙们。如果金日宇没有昏倒,你们的钱就是飞走了。看你们都闲得很,哪来的浪费时间?朴尚云担心自己真实的想法会从表情显露出来,所以刻意扬起嘴角回答:"实话跟您说,我们刚好也咨询过我们的顾问律师,像这类型的状况能拿到的补偿金额也不会太多,大概就是参赛费的金额,我们希望能跟参赛者代表们好好协议,省去复杂的程序和不必要的费用。"

"不是参赛者代表,是被害者代表。"

"是,被害者代表。"

朴尚云一边说一边拿出保证书,内容是拿回参赛费之后必须取消诉讼。三个人收下朴尚云递过来的保证书,轮流翻看,好像事先约定好似的,他们互相交换眼神并点了点头,大学生代表回答:"就这样吧!大家也都忙,没什么时间。"

忙个屁!但朴尚云的脸上依然没有忘记堆起笑容,被害者代表在保证书上签名,并答应会取消诉讼。三个人离开之后,郑基燮问朴尚云:"跟律师见面时应该要找我一起去啊!我也可以请教他一些问题。"

"我们哪来的律师?"

"之前不是也说过找顾问律师去弄公证的事吗?"

"哦!那个……"

朴尚云没有回答下去,郑基燮也不再继续追问了。

THE CHAMPION 以煽情及不道德的理由，受到广播审议委员会的惩戒，enjoy 频道则做了道歉节目对观众致歉，enjoy 频道原本正野心勃勃地筹备一个内容没有下限的极限生存节目，最终也只能化为泡影。舆论反应非常不好，enjoy 频道内部也发出自我反省的声音，还有人愤怒地说应该要送朴尚云去坐牢，而郑容俊则出面阻止了诉讼。

郑容俊及时灭了火，朴尚云去办公室找他，在长达两小时的时间里，针对 NEO 制作公司开业、制作公司的兴衰、《赤子心》事件、与细乌市场郑基燮总务的会面、三杯协会如何诞生、如何做出网页、THE CHAMPION 节目如何出现，都做了详细说明。他一开始先从与郑容俊见面谈起，说着说着心想似乎应该提一下 NEO 制作公司面临存废危机，如此一来，便把《赤子心》事件翻出来了。《赤子心》事件说到一半，又回溯到 NEO 制作公司的创业故事。朴尚云的故事说得既冗长又乏味，有时还前后矛盾，郑容俊强忍着听到最后，中间没有打断也没有提问，最后朴尚云一再强调，不管怎样都觉得很抱歉、无话可说、没有脸见他，这才终于讲完了。

郑容俊换了个姿势坐，说道："都说完了？"

"是。"

"那现在换我说了？"

"是。"

郑容俊站起来走向窗边，把窗户打开，从口袋里拿出香烟叼在嘴里，长长地吐出一口烟，窗外的风又把烟吹进本部长办公室。

"不管怎样我都会想办法阻止上头向你提出诉讼，因为不知道法庭攻防战会持续几年，无论判决结果如何，最终都是有钱、有势、有时间的人获胜。打了几年泥巴烂仗，就算赢，你也是个废人了。我也不是对你多么有情有义，才不惜赌上我的位置来阻止上头，只是因为之前我自己也没有好好确认，所以这个部分我也有责任。"

郑容俊在窗框上的纸杯里捻熄香烟，拿出新的香烟点燃，深深吸了一口之后又说："我被惩戒了，停职三个月。"

"我很抱歉。"

郑容俊挥挥手表示算了。

"不过小子，你那长篇大论的解释说明，在我听来就像是狡辩。"

朴尚云胸口一阵刺痛，郑容俊瞄了一眼朴尚云，又回到自己的位子坐下说："希望我们以后不要再见面了，你走吧！"

朴尚云站着没有动，看样子郑容俊的气还没消。他没想到今天会得到这样的回答，朴尚云犹豫着不知道该怎么办时，郑容俊似乎看穿了他的心思，又补充说："在与你见面之前，我也想了很多，要抓住你的领子吗？要狠狠揍你一顿吗？还是由我来代替公司告你？我很生气、很烦躁、很担心，总之，我最近都没能好好睡觉。但是在听过你说的话，怎么说呢？感觉好像泄了气。还不如喊：'浑蛋，你很厉害是吧？你们那样叫有道德吗？我是吞了你的钱还是抢了你的钱啊？他们那些人吞得更多！'说完这些话再扑上去狠揍你一顿，那样看起来似乎会更合理一点。总之，以我现在的心情，今后不想再见到你了，回去吧！如果有什么误会，活着活着总有一天会解开的。"

朴尚云慢慢地低头行礼，然后离开了本部长办公室，在外面靠着墙壁站了好一会儿。

朴尚云去申报了 NEO 制作公司的停业，然后一个人在办公室楼下的路边摊喝着烧酒。朴尚云觉得很奇怪，今天怎么喝都喝不醉，于是又继续喝，摇摇晃晃地回家时已经是凌晨三点，衣服也没换就直接倒在床上。好几个月没洗的枕头套上，散发着一股酸臭味。朴尚云从口袋里掏出手机，打电话给老婆，感觉好远，微小又不稳定的铃声，好像随时都会断掉似的响着，现在正打电话到地球的另一边啊！这是唤醒新生的声音啊！过了好一阵子，老婆才接起电话，虽然她知道现在是韩国的凌晨时分，却一点都不觉得惊讶，泰然自若地问他有没有吃饭，朴尚云告诉老婆自己喝了酒。

"今天去申报了公司停业，办公室也处理掉了。"

"辛苦了。"

"我大概会做点小生意，开间咖啡厅之类的。"

"很好啊！你不是很喜欢喝咖啡吗？"

"所以啊……以后恐怕不能寄生活费给你了，还有学费也是。"

"没关系，我都几岁了，这点小事还不会处理吗？不用担心我。不过你有钱开咖啡厅吗？"

"反正我还有明天吃饭的钱。"

一向很开朗的老婆没有说话，感觉她想挂电话了，朴尚云急忙说了声"喂？"

"这段时间，你汇给我户头里的那些钱都还在，存折旁有印章，去领出来用吧！"

"什么？那你这段时间用什么钱过活？"

"用我自己赚的钱啊！"

"我汇给你的钱你一毛都没有用?"

"有几次急用领出来过,大概用掉了一百多万元吧!总之,还剩下不少,你就拿去当作生意的本金吧!如果还是不够,就把房子卖了。"

朴尚云搞不清楚状况却又莫名地激动,突然喉头一紧说不出话来,大大的深呼吸之后说:"如果可以我尽量不卖房子,总还是要留着我们住的地方啊!"

"这么说倒也是,不要卖房子。"

朴尚云犹豫了一下又说:"谢谢。"

"知道就好,慢慢还,辛苦你了。"

老婆先挂了电话,朴尚云还拿着话筒自言自语,"毒蛇一样的老婆",就这样睡着了。

20

在一阵骚乱结束之后,郑基燮回到父亲的故乡——莞岛。他本打算一个人静下来思考,重新规划自己的人生及细乌市场的未来,但是却越想越绝望,过着不停喝酒的日子。

他把咸咸的海味当成下酒菜,配着烧酒喝了一整晚,睁开眼一看,原来自己躺在旅馆房间。放着好好的床不睡,他穿着鞋子直接睡在地板上。他把手伸进口袋里找香烟,却摸出一条又瘦又黏的鱿鱼,还隐隐散发出香油的味道,他用舌头轻轻舔了一下,好咸。前一天晚上的记忆像刚打开的日光灯一样,一闪一闪地照进脑海。在海产店喝酒,坐在海边的沙滩上喝,回到房里好像又喝了一点。从口袋里有鱿鱼来看,应该是在海产店里就喝醉了,但是头不痛、身体也很轻松。喝醉之后果然还是睡觉最好,他脱掉鞋子,然后又爬上床去躺下。

如今郑基燮的老婆都不打电话来了。原本她每天会打好几通电话来。"到底什么时候回来?""思考什么鬼东西,非得跑到那么远的地方去吗?"这样骂他。老婆没打电话来,他无法判断今天是几号、星期几,也不知道自己离开家多久了。郑基燮躺在有味道的旅馆房间床上望着天花板,对空间的感觉也变得模糊了。这里是我家吗?还是医院、旅馆、棺材?

郑基燮起身打开窗户,草草地洗了把脸,清了清眼屎,连房门也没锁就跑出去了。下楼梯时他突然想吐,并没有恶心的感觉,但有什么东西一瞬间就冲上了喉头。郑基燮再次跑回房里,还来不及到马桶前,就直接吐在了厕所的地板上,满满都是黄色的胃液。他记得昨天晚上好像吃了不少生鱼片,却没看见像肉块的东西。郑基燮一边感叹自己的消化能力,一边拿淋浴头冲洗浴室地板,也顺便冲了冲嘴巴。嘴里都是苦味,他哑了哑嘴后走出房门再度下楼,这时旅馆老板叫住郑基燮:"十一点退房。"

"什么?"

"明天十一点前请把房间空出来。"

"明天吗?"

"已经一个礼拜了,所以您应该离开了。"

郑基燮翻着口袋,掏出皮夹。

"再续住一个礼拜,住宿费我现在就可以给你。"

旅馆老板摇手拒绝,一脸厌恶。

"哎哟!请您走吧!我们本来不收单独来的客人,是因为还有很多空房,所以才收的。但这一个礼拜我一直感到很不安,您每天都喝得醉醺醺,到了凌晨还又哭又闹的。我可不想处理尸体,请您走吧!不要再胡思乱想了。"

郑基燮完全不知道自己每到晚上就会哭,还以为是因为喝了很多酒，所以眼睛才肿起来的。他感到非常不好意思，说知道了，然后急急忙忙走出旅馆。他在旅馆旁的小店买了一包香烟，这时电话来了，应该是老婆吧！现在自己被旅馆赶出来了，不晓得要怎么告诉她这件事。但手机屏幕上显示的来电者是"朴尚云"。郑基燮犹豫着要不要接，最后还是接了。

"喂，朴制作人，又发生什么事了？"

"哈哈！什么事都没有，总务先生您在哪里啊？"

"哦，我出来晃一下。"

"您在莞岛吗？"

"您怎么知道？您到市场找我了吗？"

"是，我现在也在莞岛。"

"什么？您为什么会来莞岛？"

"我也是来散心的，我在莞岛的明沙十里，您在哪里？我们一起喝一杯吧！我请客。"

朴尚云的最后一句话，让郑基燮立刻拦了辆出租车。

郑基燮进入海产店，远远就看到朴尚云在挥手招呼。郑基燮坐在朴尚云前面的椅子上，让他想起在细乌市场茶房面对面坐着时，而朴尚云则想起了第一次在细乌市场与郑基燮见面的情形。

"我点了这里老板娘推荐的菜，金枪鱼生鱼片怎么样？"

"好啊！真是太好了。金枪鱼生鱼片在首尔是吃不到的，因为金枪鱼性急，一钓上来马上就死了。"

"我是首尔来的土包子，都不知道有金枪鱼生鱼片这种东西，莞岛也是第一次来。"

"其实我也是昨天才第一次吃到。"

看到送来的金枪鱼生鱼片，朴尚云顿时感到后悔。切得厚厚的粉红色金枪鱼生鱼片，让人不禁联想到五花肉。啊！这个又没有烤要怎么吃啊？朴尚云正犹豫着，郑基燮则将前一天从老板那里学到的吃金枪鱼生鱼片的方法教给他，在海苔上放昆布，再放上蘸了酱料的金枪鱼生鱼片，然后递给朴尚云。朴尚云有点不好意思地接过来吃了，郑基燮则直接蘸了韩式大酱放进嘴里，说："要不然像这样直接蘸酱吃也行，最不会吃生鱼片的人会蘸辣椒酱吃，而最懂得吃生鱼片的人会蘸大酱吃。"

郑基燮吃生鱼片根本就没用到筷子，他把当成配菜的烤章鱼串剥下来吃，一边不停喝着烧酒。

朴尚云问："您为什么会在这里？"

"只是想让头脑冷静一下，也顺便反省一下，为什么自己一事无成。"

"不过至少您不用担心生活，不像我。"

"朴制作现在怎么样了？"

"我的公司倒了，同时我被制作人协会除名了。"

"那么以后不能再当制作人了吗？"

"我们也创立过协会，那只是志同道合的人一起组成的，被除名不代表不能当制作人，不过以后要继续做这一行也不容易了。"

郑基燮一言不发，直往朴尚云的酒杯里倒酒，两人继续喝，继续将彼此的酒杯倒满，朴尚云东问西问，郑基燮也一一回答。

"常常来莞岛吗?"

"不常来。"

"这是你的故乡吗?"

"是我爸的故乡。"

"在莞岛没有亲戚吗?"

"有,但是不太亲近。"

"不过对村子挺熟的?"

"都是从我爸那里听来的。"

"喜欢吃生鱼片吗?"

"老实说不怎么喜欢……"

然后又换郑基燮问,朴尚云回答。

"最近是怎么过的?"

"玩啊!"

"不用养活家人吗?"

"老婆去留学了,我们也没有孩子。"

"真好啊!"

"是不错。"

"公司没了,那以后要做什么?"

"还在想。"

"这样说不知道算不算没有良心,我真的想了很多,但我们真的有那么罪不可赦吗?"

"就是啊!我常常也有这样的想法,我的公司没了,还被除名了,人生就这样被社会活埋了,我真的是败类吗?"

话匣子一开，朴尚云把酒杯猛然放下，开始发起牢骚来了。

"因为没有钱给金日宇当奖金，所以为了不给奖金，不让他拿第一名，想了很多方法。事实上他似乎是因此而变成那样的，我是真的对他感到抱歉。可是对那些告我们的人，把我赶走的协会和enjoy频道的人，我到底做错了什么？因为协会是假的？那又怎样？怎样？那又怎么样？比赛顺利且公平地进行了不是吗？一毛钱都没有私吞，非常透明，管理得很好不是吗？节目也做得很好不是吗？协会有什么了不起？我们创立了那个协会又怎么样？我是那个协会的会员，混蛋！姓金的那个老头是会长啊！我们总务先生是总务，这样不对吗？哪里不对了？那么紧的时间，混蛋！又不给钱，混蛋！就知道不停地赶人！"

朴尚云和郑基燮互相搭着肩离开海产店，一路唱歌回到旅馆。朴尚云绊到自己的脚，在楼梯间摔倒，郑基燮也因为重心不稳压在朴尚云身上，两人就这样倒在楼梯间大笑了好一阵子。旅馆老板打开房间小窗户骂人："201室的大叔干什么呢！什么乱七八糟的人都有，真是的，明天早上十一点请退房！如果十一点还不退房的话，我就要叫警察来了。"

郑基燮先爬起来跑上楼，朴尚云也赶紧爬起来跟着郑基燮上去，结果两人第二天晚上又多付了一天的住宿费才离开了旅馆。

从莞岛回来之后，两人的感情突然变得很好，有时会一起喝一杯。主要都是郑基燮找朴尚云，郑基燮说市场附近开了家卖小章鱼、五花肉的店，又找朴尚云来。郑基燮特别叮嘱他不要迟到，五点前一定要到。朴尚云虽然没有什么事要做，但想想太阳都还没下山就要喝酒，一边想着，一边人也到了，这时才四点半而已。反而是郑基燮晚了五分钟才到，朴尚云抱怨着干吗那么早叫他来，郑基燮则是轻轻拍了拍他的背一起走进店里。

"这间店上个礼拜才开，有开幕庆祝活动，五点前点餐的话烧酒买一送一，也就是叫一瓶来两瓶啊！"

朴尚云环顾店内之际，郑基燮与店员为了烧酒优惠的事争执不休。郑基燮点了两瓶烧酒，同时再点了两瓶。店员说一次点两瓶是不行的，而且现在已经超过五点了，买一送一的活动已经终止了。郑基燮做出无可奈何状，吵着说："进来的时间是五点，找到位子又晚了几分钟，因为这样所以才晚点餐啊！为什么不能点两瓶？那么肉也只点一人份好了！"他吵着要找老板，不过此时老板在厨房和包厢间来来去去忙得不可开交，无暇顾及。包厢里大婶们呵呵呵笑声不止，朴尚云把郑基燮拦下，说："算了，我们也喝不完四瓶酒啊！"

"现在不是几瓶酒的问题，你们老板在哪里？老板？嗯？你们这里都是这样做生意的吗？我可是细乌市场商会的总务啊！你们开幕时我们不是还打过招呼？"

一听到商会总务，老板就从厨房里出来了："哎哟！总务大人大驾光临，好久不见了，怎么现在才来呢？"他有些紧张又有些热情地想跟朴尚云握手，朴尚云指了指郑基燮："这位才是总务。"

老板再度露出爽朗的笑容，伸出双手握住郑基燮和朴尚云的手不停摇着。

"两位长得真像，长得好像啊！欢迎两位大驾光临，两位要点些什么呢?"

既然老板都出来了,郑基燮也放缓了口气,说:"小章鱼和五花肉各来两人份,烧酒一瓶,你们不是买一送一……"

不等郑基燮说完,老板转身对着厨房喊:"这里各来两份小章鱼和五花肉,再招待烧酒两瓶!"

朴尚云心想,原来商会总务的权力这么大。老板赔笑说虽然想陪着敬一杯酒,但是今天因为有人来拍摄,很忙,说完就离开了。拍摄?不是因为商会总务才给优惠,是因为有人来拍摄、心情好才这样的吗?

没多久,扛着6mm摄影机的两个男子便走了进来,他们首先往厨房走,往出菜窗口瞥了一眼,男子指挥着厨房大婶们站这里站那里的,定好位置。朴尚云没有说话看着他们,郑基燮问道:"还特地到美食名店来拍,是吧?朴制作人应该拍过很多这类的内容吧?"

"我啊?餐厅我不太……"

"可是最近没上过电视的餐厅更好吃呢!"

果然,这里的东西如郑基燮所形容的,只有辣而已,味道不怎么样,不知道加了多少调味料,又辣又油腻。在郑基燮和朴尚云吃着又辣又油的小章鱼、五花肉时,摄影机已在厨房里拍摄完毕,转入已安排好客人的包厢里,里头大婶和客人嬉笑的声音都传出来了。朴尚云看着别人拍摄的样子,心里有种奇怪的感觉,既觉得自己可怜,又止不住地羡慕人家。

不知道摄影师是不是因为喝了大婶们倒的酒而满脸通红,他在跟老板说了些什么之后,从包厢走出来。老板歪着头笑着环顾大厅一眼,接着跟朴尚云对上了眼,老板从冰箱里拿出一瓶烧酒,来到朴尚云跟郑基燮这一桌来。

"我们的店上电视了,不过还需要拍摄一些客人的画面,请你们看着镜头说好吃。"

老板打开酒瓶瓶盖,在郑基燮的杯子里倒酒,这时跟在后面的年轻制作人举起摄影机,已经接过烧酒的郑基燮看了看朴尚云,结结巴巴地说:"好吃。"年轻制作人放下摄影机,说:"可以再自然一点,不要只说好吃,可以说太美味了,真是超级好吃、不吃会后悔……这一类的话,顺便说是这里的老顾客,知道了吧?"

"如果是第一次来呢?"

"以后常来不就好了吗?大叔您挺上镜的,声音也很有磁性,所以请再大声一点,好!我们再来一次。"

年轻制作人又举起摄影机,郑基燮身为细乌市场总务,曾接受过采访的经验浮现于脑海,于是他熟练地回答:"我是对面市场的总务,我每天都来这里,每天。这里的味道简直是人间美味,不吃会后悔啊!"

年轻制作人大声地说:"OK!"一副很满足的样子,接着将摄影机镜头转向朴尚云。

"味道怎么样呢?"

朴尚云别过头去回答说:"很辣。"

年轻制作人叹了一口气。

"请您看着我面带微笑地说,还有不要只说很辣,可以说辣得很过瘾、很好吃,这样。"

227

"我不想被拍。"

"只要说一句话就好了，这没什么大不了的。"

"总之，我就是不拍，而且不好吃的东西怎么能说好吃呢？"

年轻制作人感到不耐烦："这又没什么大不了的，就说一句很好吃就好了啊！不是还请你们喝了烧酒吗？"

朴尚云立刻站了起来，从口袋里掏出皮夹，拿出一万元塞到站在制作人后面的老板口袋里："老板，我付酒钱了，这瓶烧酒您不用请我们，我付钱买来喝！"

气氛顿时变得尴尬，郑基燮站起来劝朴尚云："何必这样呢？朴制作人。"

听到"制作人"三个字，拍摄中的年轻制作人露出惊讶的表情，朴尚云偷偷叹了口气，对年轻制作人说："我是看在你像我的后辈的分上才跟你说，不好吃的东西硬要说好吃，这怎么会是没什么大不了的？叫第一次来的客人说是这里的常客，这怎么会叫没什么大不了的？啊？你这样是在造假啊！"

郑基燮赶紧插入朴尚云跟年轻制作人中间，让朴尚云坐下，把制作人送走，年轻制作人走了之后，眼看朴尚云还在气头上，郑基燮在朴尚云的杯子里又倒了烧酒："算了吧！朴制作人，现在您也该重新出发了。"

朴尚云一副被郑基燮识破心情的样子，感到很不好意思，拿起筷子在桌子上咚咚地敲着，郑基燮笑了："我现在有做新事业的打算，有没有兴趣一起合伙啊？"

"现在的生意不做了吗？怎么突然要做其他生意？"

"我家的生意一直以来都是我老婆在管,我想做的是个很有发展性的事,但是我一个人恐怕做不来,需要朴制作人的帮忙。"

朴尚云没有再创业的想法,也不是很相信郑基燮,但出于礼貌还是问了一下:"到底是什么了不起的事业?"

郑基燮阴险地笑了笑,说:"三杯啊!"

"三杯?不会是我想到的那个三杯吧?"

看着因为惊讶而忘了回话的朴尚云,郑基燮呵呵笑着,凑了过来说:"节目为什么会那么红?不就代表这件事有赚头吗?"

"节目当然要红才行啊!虽然在最后关头出了问题,不过你要用三杯做什么事业?"

"做一个真正的三杯协会,由我们来做,还有举办三杯大赛,再制作相关的周边商品、创立三杯研究院、培养三杯大师、跟电视台合作、直播大赛进行、收取参赛费用。怎么样?听起来不错吧?地点我来提供,商会办公室可以用,或者旁边的办公室现在也空着。"

朴尚云瞬间醒酒了。

"你是说真的吗?不会是特地把我找来,寻我开心的吧?"

"怎么会寻你开心呢?朴制作人不是说过,协会有什么了不起,不就跟商会差不多吗?志同道合的人聚在一起做喜欢做的事,就叫协会啊!我们就好好来创造那种协会,好好干一干吧!"

朴尚云连"不干""不要""清醒一点"这类的话都懒得说,直接站了起来,穿上衣服。两人争着要付账,最后用朴尚云的卡结了账。到大马路上拦出租车时,郑基燮仍然不懈怠地游说朴尚云:"我不是开玩笑的,你认真想想看。这真的会爆红的啊!不申请登记协会也行,不过网络卖场还是要去做营业登记吧?三杯研究院也要另外登记吗?收入就七三分?"

朴尚云不屑地笑着说:"我是三吧?"

"朴制作人三我七啊!不然朴制作四我六好了。"

"不用了,您自己做,自己拿十好了。"

"哎!好吧!五五分,不过你要负责电视和宣传的部分。"

郑基燮抓着已关上的出租车门,要他再仔细考虑一下。

因为喝酒喝得太早的缘故,回到家里才九点,朴尚云又拿了啤酒来喝。他一边喝啤酒,一边打开电脑,搜寻 THE CHAMPION 的视频,没想到播出事故的视频并没有降温。这段时间又发生了很多事,知名的演员夫妇离婚、某经纪公司代表性侵公司内的实习生、中年电影演员在酒店对女职员暴力相向……比 THE CHAMPION 更劲爆的事件接二连三地发生,但大家都只是一阵热而已。短短几行网络报道,用资料画面和按了电铃没人应门的画面敷衍了事,娱乐新闻都没什么意思。相反,THE CHAMPION 的生动画面,参赛者口吐白沫倒下、惊慌失措的摄影机镜头晃动、现场观众惊声尖叫、把人背出去……THE CHAMPION 的播出事故视频不只在国内网站,在海外知名的影片网站上也能看到,并且创下极高的浏览数,甚至超越了"我的耳朵里有窃听装置"[1],成为播出事故的传奇。

---

[1] 1988年8月4日,韩国 MBC 电视台的旗舰新闻节目 MBC 新闻平台,在节目开始后不久,突然有一名男子闯入主播台,对着麦克风大喊"我的耳朵里有窃听装置",随即被工作人员带走。该男子名叫苏昌永(音译),事后被鉴定为精神病人。此次事件后来被称为"窃听装置放送事件",也是韩国历史上最严重的播出事故。

"所以说现场很重要，短信、邮件这些资料都没有用，一定要现场直击才行啊！"

朴尚云反复观看着影片，一边自言自语地说："这到底有什么好看的。"突然他想到去搜寻"THE CHAMPION""三杯""朴尚云"等关键字，发现有人综合分析出四个播出事故发生的原因：收视率至上主义的弊端、生存竞赛节目的局限、外包制作公司的缺陷、制作单位的道德观念。不管是什么原因造成的，结论就是，这是绝对不能再发生的大灾难。但也有很多人说节目很有趣，对于停播感到可惜。朴尚云也去看了各参赛者的个人博客和社群网站上写的后记，有人说朴尚云原本就是个没有概念的人。他又去找出看起来像助理写的支持留言内容，发现了某大众文化评论家所写"THE CHAMPION 到底造假了什么？"的文章，其中写道：

> 生存竞赛节目 THE CHAMPION 的风波并不寻常，还会有类似 THE CHAMPION 的节目吗？有线电视频道只播出四集，却衍生出许多事件、意外，后续发展至今仍未停息。
>
> THE CHAMPION 打从一开始就以突破性的规则及节目进行方式，引起热烈讨论，被大众质疑是否为赌博性节目。很快地，又以一位投入高额参赛费的发育障碍少年为主角，吸引了大众的目光。最后将主角在现场直播节目中晕倒的画面，原封不动地传送到观众面前作为落幕。故事并未到此结束，大赛主办单位三杯协会是幽灵组织的事实被揭露，三杯协会网页所列的地址，竟是大赛另一个主办单位细乌市场，因此参赛者们纷纷提告，指控制作

单位欺诈。

已经解散的制作单位和相关人员受到惩戒，对观众公开道歉，制作单位与参赛者之间的诉讼，最后则达成和解落幕。在这里我们不再讨论这些问题，笔者所关注的是，三杯协会真的是一个造假组织吗？

一位不愿透露姓名的协会关系人吐露了委屈的心声，他表示三杯协会虽然是最近才组织起来的，但并不是幽灵团体。协会将"猜珠子""猜杯子""猜谜"等各式各样的游戏统合在一起，称为"三杯游戏"，而三杯协会依照推广普及化的宗旨，在今年年初设立，很幸运地在第一次举办公开大赛时就得到电视台现场直播的合作机会。经过确认，会长、副会长与制作单位及细乌市场都没有关系，实际上，他们是很久以前就以猜珠子游戏为兴趣的一般人而已。会员们也都是由对猜珠子游戏有兴趣的人组成的，这个过程中，制作单位和细乌市场的商人们据说占了很大的比重。

电视节目 THE CHAMPION 有很多问题是不争的事实，然而让不具备歌唱、跳舞、演技等才能的人，也能尝试挑战的大众化生存竞赛节目，若从这个观点来看，通过那些平凡的参赛者，我们得以了解这个时代老百姓的真实生活与苦恼，这个节目是有意义的。试想，是不是网络人肉搜索式的舆论攻击，让我们错过了节目所传递的真正信息呢？

朴尚云看完文章后，瞬间有种视野扩大到三百六十度全景的神奇感觉。就是这个！这就是所谓的"让人眼前一亮"啊！在莞岛喝醉之后吐露的牢骚，郑基燮拼命说服让协会真正建立起来，加上评论家的文章，在朴尚云的脑海里，思绪成了一条条细绳和粗绳，交叉编织得非常结实，编织出了一幅图画。好，就让三杯协会重生吧！

细乌市场商会旁的办公室贴了"三杯协会"的牌子，那是郑基燮拜托厂商做的临时招牌，朴尚云每天都到协会办公室，跟郑基燮一起研拟创业计划。名义上是协会，其实是借协会之名制作的节目兼网络卖场。首先先让三杯协会重生，接下来再让 THE CHAMPION 复活，将 THE CHAMPION 做成一系列节目，以创造固定收入，并制造相关商品及设计教材进行贩售，这就是他们的创业计划。

郑基燮为了申请营利事业登记证进入国税局，商号以"三杯协会"为名，这是与朴尚云讨论过的决定，但他心里总觉得不满意，"协会？协会啊！不管怎么说听着都不像公司的名字啊！"郑基燮把圆珠笔盖拔下又盖起来，就这样苦恼了好一会儿，要不然叫"三杯顾问"？"顾问？什么顾问？三杯协会变成顾问这样可以吗？"郑基燮全面思考了顾问的概念，我是细乌市场的顾问，我的老婆是我的顾问，三杯顾问是三杯协会和三杯大赛的顾问。郑基燮在代表的名字上写下"郑基燮"，一边想到了"石"，如果再见到"石"，就可以跟她说自己是顾问公司的代表了。

商号就登记为三杯顾问，郑基燮还没解释，朴尚云就说："好啊！很好。"

"辛苦你了，网站的域名用我之前申请的，只要把网页内容修改一下就行了，然后再设计一些购物的页面，那个就请之前做网页的助理来兼职帮忙一下，反正他现在也闲着没事。"

"还要去申报登记通信销售业务啊！"

"之前做《赤子心》时认识了一家幼儿教材制作公司，那里的社长对三杯游戏也很有兴趣，他说可以跟研究小组一起研发游戏教具，下礼拜一起跟他见个面吧！"

"是吗？如果谈成我们就可以朝玩具事业发展了。"

"我也这么觉得，把THE CHAMPION做成一系列节目，第二季、第三季还行，但一直到一百季、一千季是不可能的，只要播出几次新鲜感就会下降，大家就会没兴趣了。我们不能只想着以大赛和节目来赚取收入，应该要以通过大赛来提高民众对三杯游戏的认知为目标，同时推展长期性的事业项目，朝幼儿教具或教材那方面的研究继续发展，像棋牌游戏房一样，在里面既能卖车又能做游戏，感觉好像很不错啊！"

"我认为，开发线上的三杯游戏应该也是不错的选择。"

"啊！太好了，那方面我们也去了解一下。"

郑基燮曾去见过三杯协会的会长及副会长，再怎么说，副会长都让他很挂心，虽然会长纯粹只是挂名而已，但副会长并不是。如果事业扩大的事被他知道了，他一定会想办法插手。郑基燮提议，颁发明确注明职位的任命状。

"会长和副会长就维持原来的人对吧？"

"那样应该比较好，业务的部分用我们的名义来做，要强调协会还是由单纯喜欢三杯游戏的人组成，网上文章也说会长和副会长是普通人，跟制作单位没有任何关系。"

看着印出来贴在墙上的文章内容，朴尚云这才想起，那个"不愿透露姓名的协会相关人士"到底是谁。

"总务先生曾接受过记者采访吗？"

"没有，当时我根本没有心神去管那些事。"

"那么是记者来过市场喽？"

"也许吧！不过市场里的人当中，应该没有人可以说得那么有条有理啊！"

郑基燮认为，如果不是市场里的人，那就是制作单位的人了，于是朴尚云打电话给崔敬模。

"不愿透露姓名的协会相关人士，就是你吧？"

"您在说什么？"

"你有没有接受记者或什么大众文化评论家的访问？"

"哦！那个啊！是啊！是我说的，您现在才看到报道啊？已经好一阵子了，在公司关了之后登出的。"

"原来如此啊！不过那个评论家是怎么找上你的？"

"他是我朋友啊！什么评论家，他只是个博主。他自称是评论家四处游走，不过内容写得不错吧？只要小有名气，也会被刊登在大的门户网站上。"

朴尚云听完突然觉得有点空虚，但是若没有那个误会，事情就不会进行到今天这个地步。

三杯顾问与一间幼儿教材公司建立了合作关系，现在的孩子从出生那一刻起，就被各式各样的书、玩具笼罩。那是一间以不安的父母为目标，销售各种幼儿书籍及教育玩具的公司，总是在业界位居第二。不管他们推出数学、科学还是美术等领域的套书，或是以智力开发为主要目的的玩具，在上市之前总是被竞争对手抢先一步。虽然也开发过送货上门的教材及学校机关专用教材的服务，但父母还是比较喜欢较有知名度的竞争对手的产品。他们这一次下了坚定的决心，希望以三杯游戏的人气，一举坐上业界第一的宝座。

公司研究小组与三杯协会一同合作开发教材，通过 THE CHAMPION 节目将商品露出宣传，收益则两边共享。与朴尚云熟识的幼儿教育专家们组成了专家团队，公司依照专家的建议，开发制造具有教育性的玩具。在超过约定时间的一个月后，终于开发出了两款教具，但郑基燮觉得不满意，他直接跑到研究室去。

这两款教具，一款是以一岁婴幼儿为对象的原木三杯，杯子本身不使用任何黏合剂，直接以原木削成杯子，然后以植物油代替油漆涂在上面，不管是摸还是咬，对孩子来说都是高度安全的教具。考虑到为了让孩子能握住，杯子的尺寸做得比较小巧，但是顾虑到被孩子吞食的危险所以把珠子刻意做大了一点。反正比起把杯子转来转去，孩子们通常更喜欢玩藏起来找东西的游戏，所以不会有太大的问题。郑基燮把装了珠子的杯子拿起来摇晃，脑中浮现小女儿玩过的拨浪鼓。

"如果杯子加上盖子，在里头放珠子的话，就可以像拨浪鼓那样玩了，怎么样呢？好像因为使用高级原木的关系，所以珠子滚动的声音不是很明显。"

一名研究员建议在杯口再挖一个槽，让两个杯子可以对接组合，将珠子放进去，把杯子口相对盖上，就可以成为类似拨浪鼓的摇铃，分开的话就成为三杯游戏的道具。根据讨论结果，二次修改版的样品会在一个礼拜内做好。

另一款是给大一点的孩子玩的塑料教具，共有十二个杯子和两颗珠子，以六种卡通人物为一组，可以玩正式的三杯游戏，也可以把卡通人物藏在杯子里，玩训练记忆力的游戏。这款教具在没有半点专业知识的郑基燮眼里，实在找不出什么缺点，玩具公司社长因此显得得意扬扬。

"快点开发制作完成，在婴幼儿教育博览会上曝光，博览会有很多妈妈会去，在那里引起口耳相传的话，销售量就会直线上升。距离博览会剩下不到三个月了，节目播出时间确定了吗？"

郑基燮含糊地说："就像朴尚云以前做的那样，正在跟电视台协调，很快就可以确定了。"

比起教具样品，节目企划案必须先确定才对，朴尚云虽然以THE CHAMPION企划案和实际播出内容为基础修改内容，但总觉得不是很满意。在发生那样震惊社会的事件之后，还有勇气重新播出节目，势必要有更强的武器才行。然而他不管怎么想就是想不出来，玩具公司社长不停追问节目播出时程，朴尚云只好在大白天打开啤酒罐。看着朴尚云连键盘都没敲，只顾着喝啤酒，郑基燮忍不住问道："现在金日宇在做什么？"

"不知道，光想到他爸妈就觉得不舒服。"

"如果他上节目，应该会有很多人看吧？"

关键就是金日宇！"与五亿元擦肩而过的金日宇，再度挑战！""那天，金日宇到底发生了什么事?""由金日宇亲自揭发 THE CHAMPION 的秘事。""金日宇亲自传授玩三杯游戏的秘诀"……朴尚云不喝酒了,手舞足蹈,开心得不得了:"没错!这样就行了,只要有金日宇,一切就没问题了。"

21

吴英美呆呆地看着正在吃饭的金日宇,虽然他瘦了很多,看起来很可怜,五官却显得更突出了。吴英美抚摩着金日宇的头,想着这孩子确实长得不错。

"日宇啊!你最近还是听不到吗?"

金日宇没有回答,是听不到,还是装作没听到、不想听,明知道他不会给反应,但吴英美还是把杯子倒过来,在里头放了珠子,开始移动。

"日宇啊!你就试试看,不管用听的还是用看的,都试试吧!"

金日宇还是没有回答,他只用水泡饭吃,再吃两口吴英美准备的小菜,就起身去公交车站了。吴英美无法决定再次让孩子上节目到底对不对,而且现在这孩子更像傻子了。可是制作公司说不但会支付参赛费,还会另外给通告费,如果上节目刺激一下,日宇说不定会好起来。吴英美站在洗碗槽前,一边洗碗一边埋头苦思之际,金民九下班回来了。

"你们已经吃完饭了吗?"

吴英美没有回答。

"我回来了。"

吴英美还是没有回答,金民九敲敲吴英美的肩膀,问她怎么了,吴英美吓了一跳,手上的洗洁精泡沫向四周乱喷。

"回来了也不说一声,为什么要蹑手蹑脚地进来吓人?怪阴险的。"

"我都叫你几次了,你到底在想什么想得这么入神?想钱?还是在想让日宇学钢琴的事?"

吴英美打开水龙头,轻轻把泡沫洗掉,叫金民九坐下,说道:"你知道今天谁打电话来吗?"

"我怎么会知道?"

"朴尚云。"

"那个骗子?"

"嗯,就是那个骗子。"

吴英美告诉金民九,朴尚云跟细乌市场的总务正准备再次举行三杯大赛。金民九听了大笑,大骂那种压榨别人血汗钱的家伙,不管做什么都不会成功的。但是听到朴尚云很希望金日宇再次出赛,同时会借给他们参赛费,除奖金外还会给他们通告费时,金民九稍稍平息了一点怒气。但随即又陷入了跟吴英美同样的犹豫当中。毕竟金日宇已经不是以前的金日宇了。

"你跟他说过日宇最近的状况吗?"

"我没有仔细说,只说他跟以前不一样,现在出赛的实力也是跟其他人一样,应该拿不到第一名了。"

"他怎么说？"

"他说没有关系，因为日宇长得好看。"

"不要开玩笑，那个家伙到底怎么说？"

"是真的，他说日宇长得好看，而且现在已经出名了，所以没有关系，只要上节目一定会红，只是不要像之前那样愣愣的，希望可以好好配合拍摄。"

太阳下山后，广告灯箱亮起，金日宇回到家里。金民九仔细看着金日宇先去厕所，然后走进自己的房间。金日宇打不开房门，两只手握在门把上使劲转了好一会儿才转开，打开门走进去后，这回门却无法关上，他又抓着门把转来转去。金民九摇摇头，询问正在叠衣服的吴英美："老实说，你到底怎么想？"

吴英美继续叠衣服，并反问他的话是什么意思。金民九靠近吴英美，说："老实说，以那孩子现在的状态，绝对无法发挥跟以前一样的实力。不过如果上节目去讲讲录影背后的故事或秘诀之类的，应该可以，能再上节目赚点钱也好啊！"

吴英美放下手上拿着的金民九的四角裤，叹了一口气，说："好是好……但是他的状态实在太差了，有个傻儿子也不是什么值得炫耀的事，就算会给我们通告费，能有多少？又不是给我们五亿元，为了赚那些钱把自己的儿子卖了，我实在是不忍心。"

"不过这回我们不需要出钱啊！应该不会有什么损失吧！"

"是吗？"吴英美心不在焉地继续叠衣服，突然很开朗地问道，"如果上节目，会不会有人看到了想帮助我们啊？至少会有医师之类的观众出现，说要资助医药费吧？我们要不要试一试？"

THE CHAMPION 的末日梦幻队伍再次聚首,正游手好闲的崔敬模自然也回来了。正在准备找其他领域工作的助理二人组,经过一阵苦思之后,也决定再挑战一次电视节目制作;新人编剧放弃了要给她十万元月薪的节目,也归队了。NEO 制作公司前任员工们,一同完成了 THE CHAMPION 第二季的企划案。给优胜者十倍奖金的骇人生存计划和金日宇的"重生"计划合在一起。在三杯大赛进行的同时,金日宇一家人的真实日常生活及金日宇的康复过程,也包含在节目中,他们已经跟吴英美签好了合约,THE CHAMPION 以生存纪实真人实境秀的形态强势回归。跟之前不一样,制作费明细中以最大限度制定金额,还附加了参赛费和赞助等所有收益由协会统一管理的条款,很明显是一份对他们有利的历史性企划案。企划案完成之后,朴尚云便投入工作中。

星期一早上,各大报及运动新闻、网络新闻的记者们都收到三杯协会正式成立的新闻资料邮件,由企划制作 THE CHAMPION 节目的朴尚云制作人担任协会顾问,细乌市场总务郑基燮则负责管理业务,积极展开各项相关工作。他们因为上次播出事故而感受到了三杯游戏将被埋葬的危机感,因此合力让协会重生,并肩负振兴协会的重大责任。与新闻资料内容一字不差的报道出来了,同时恶意批评的留言瞬间累积了好几页。

星期二早上,有几位记者接到关于金日宇的爆料消息,在事故过后情况恶化的金日宇,每天都到住家附近的公交车站,像个傻瓜一样坐在那里。邮件中还附上用手机拍摄、画质粗糙的金日宇照片。很快,眼睛被刻意遮住的金日宇的照片,登上了各门户网站首页,他的双颊瘦了很多，看起来比实际年龄还大好几岁。大众又纷纷指责，金日宇现在都成这种模样了，制作单位还巴着那个什么烂协会做什么？目击金日宇的帖文不断，不到几个小时，三杯协会的网站有数千人加入，毫无关系的 enjoy 频道官网也被网友们攻击。

"上钩了！"

朴尚云把准备好的企划案分别寄给各大电视台的编审负责人，当然也包含郑容俊在内。崔敬模虽然是为了钱才回来工作，但事实上他也不敢确定企划案会成功，于是去问了自信满满的朴尚云："现在闹得这么大了，确定节目还可以播出吗？"

"等着瞧吧！很快就会有人来联络的。"

还有一件事，崔敬模也不确定，他问道："我们这样做是对的吧？"

"不是死就是毁了，不是我死，就是这个世界毁了。"

THE CHAMPION 第二季的播出确定了，最后是由预料中的有线电视综合娱乐频道播出，在全国拥有超过一百家连锁餐饮集团，以及以高利贷为主要业务的私人金融公司，将赞助奖金和制作费，他们以只上广告的条件包下了第二季节目。不管是与电视台的合约，还是与赞助商的合约，朴尚云一步也不退让。有线电视频道的编辑部部长说他看起来很有自信，很期待做出好节目，对朴尚云提出的所有要求欣然接受，但是当朴尚云一离开就开骂："那么得意忘形，总有一天会吃大亏的！""非要做到这种地步才能拿到这跟垃圾一样的节目，真是可耻！"随手就把企划案甩了。

22

　　THE CHAMPION 第二季召开了制作发布会，金日宇牵着吴英美的手，现身发布会现场。红色的墙、红色的地板、红色的椅子、红色的舞台，连入口都挂着红色布帘，感觉好像被吸进了巨大的心脏里一样。金日宇一露面，现场记者议论纷纷，主持人过去牵起金日宇的手，不知对他说了什么。对金日宇来说，所有声音他都听不到，取而代之的是围绕在四周的红色，这个地方并不健康，很令人不安、很危险。朴尚云身上发出犹如小鸟纤细的脚被折断的声音，编辑部部长身上有像报纸一样薄的纸燃烧的声音，现场其他人身上则发出像沙墙倒塌、树叶掉落及铁生锈般的声音，此起彼落。

　　舞台上放了一张罩着红色天鹅绒桌巾的长桌，旁边有大大小小各式各样的银色杯子和珠子，堆得像圣诞树一样。在遮挡屏幕的红色布幕上，贴着大大的 THE CHAMPION 第二季海报，还有金日宇的照片。那是傍晚时分，在公交车站亮着的广告灯箱旁，独自坐在长椅上的金日宇，他转过头看着镜头的瞳孔漆黑无比。记者们都以为那是设计好的照片，但其实不是，那就是金日宇每天自己一个人走到公交车站坐着的样子。

编辑部部长与朴尚云、金日宇、吴英美，在长桌前坐成一排，身穿黄色衣服的金日宇坐在中间，显得特别突出。每当金日宇抬起头时，台下的照相机就会发出一阵阵闪光，记者们不愿意错过金日宇的任何一个微小动作，他一撩头发、摸脸、转头，台下都会齐刷刷地亮起闪光灯。吴英美紧紧抓着金日宇的手，对于丝毫没有反抗就跟着她出席记者会，一言不发但仍乖乖坐着，也没做出任何异常举动的金日宇，她心中充满感谢，却又有点不安。

朴尚云对企划意图及节目整体设定、进行方式等内容进行仔细说明："最重要的是，这次节目并不是单纯选出优胜者的生存竞赛节目，三杯大赛也是金日宇的挑战。上一季看过的观众都知道，金日宇在与人沟通方面有一些困难，我们将通过心理咨询、钢琴、游泳、美术等各种艺术治疗项目，以及增进脑力发展的三杯大赛等方式，希望能从中看到金日宇的进步。我们的目标，是让金日宇能再次挑战冠军，希望他能取得成功，金日宇是我们节目的主角，也是挑战者。"

没有人听他说什么，因为这些都是之前新闻稿里的内容。朴尚云在冗长的说明结束后，咳嗽了一声，喝了桌上的水，开始接受提问。就像等了很久一样，记者们纷纷提问：

"金日宇现在确切的状况如何？"

"上次节目结束后金日宇是怎么过的？"

"对于上次节目造假和欺骗引起的骚动，金日宇有什么看法？"

"金日宇在上回比赛中展现的惊人实力有什么秘诀？为什么又再

次参加节目呢？"

……

——滋滋滋滋——

记者席的麦克风突然发出一阵杂音，拿着麦克风的女记者敲了敲麦克风头，发出"砰砰砰"的声音后，记者再次拿起麦克风说话，但是没有声音，于是记者拿起麦克风甩了甩，

——叽——咿——

嗡嗡声响彻会场，不只是记者们，坐在台上的编辑部部长、朴尚云和吴英美都皱着眉头，用手捂住耳朵，拿着麦克风的记者触电般地把麦克风扔掉。"叭"的一声像跳电一样，接着麦克风就出故障了。整个过程中金日宇面无表情，只是怔怔地看着前面远处放映室的小窗子，金日宇什么声音都没听到。女记者涨红了脸大声提问，因为大声喊叫，她的眉头都皱在一起了，两道浓密的眉毛像毛毛虫一样蠕动。女记者紧握住拳头，一句话一句话用力地说，金日宇觉得女记者很可怜，伸长脖子跟女记者四目相对。女记者突然迟疑了一下，又继续提问。她长长的脖子、浓密的眉毛及小小的拳头都在说话。她的肩膀随着身体一起前后移动，干枯的发丝随着肩膀的移动方向前后摇晃。她突然发出长长的叹息，说："好难过、真可怜、令人心寒，以后你该怎么办？你会变成什么样？"

为了听得更清楚一些，金日宇需要把身体往前倾，于是他慢慢地站了起来，抓着金日宇的吴英美的手也跟着举了起来，一时不知所措的吴英美赶紧用力抓住金日宇的手，但是金日宇已经呈现一种半蹲半起身的姿势。"制作人！制作人！"吴英美一副快哭了的表情喊着朴

尚云，朴尚云一跃而起，叫了在台下待命的助理，记者们忙着打闪光灯，助理跑上舞台，"砰"的一声撞到了堆叠在桌上装饰的杯子，本来像圆塔一样堆叠起来的杯子，纷纷发出了悲鸣声，叮当叮当叮当叮当，全都倒了。一刻都不愿错过的记者们，又拼命按下快门，"啪！啪！啪！啪！"四周不断发出闪光灯的声音。

一瞬间金日宇忘了这是哪里，自己为什么会来到这里。在不透光的暗红色房间里，他看不见出口，"好难过、真可怜、令人心寒，以后你该怎么办？你会变成什么样？"这时从远处发出"轰"的一声后，闪出巨大亮光，霎时金日宇的心也"轰"的一声爆裂了，心爆裂了就能听见心底的声音了。

"逃走吧！"

金日宇踩着椅子站上桌子，身体朝着闪烁着的巨大光芒飞去。

评审评语

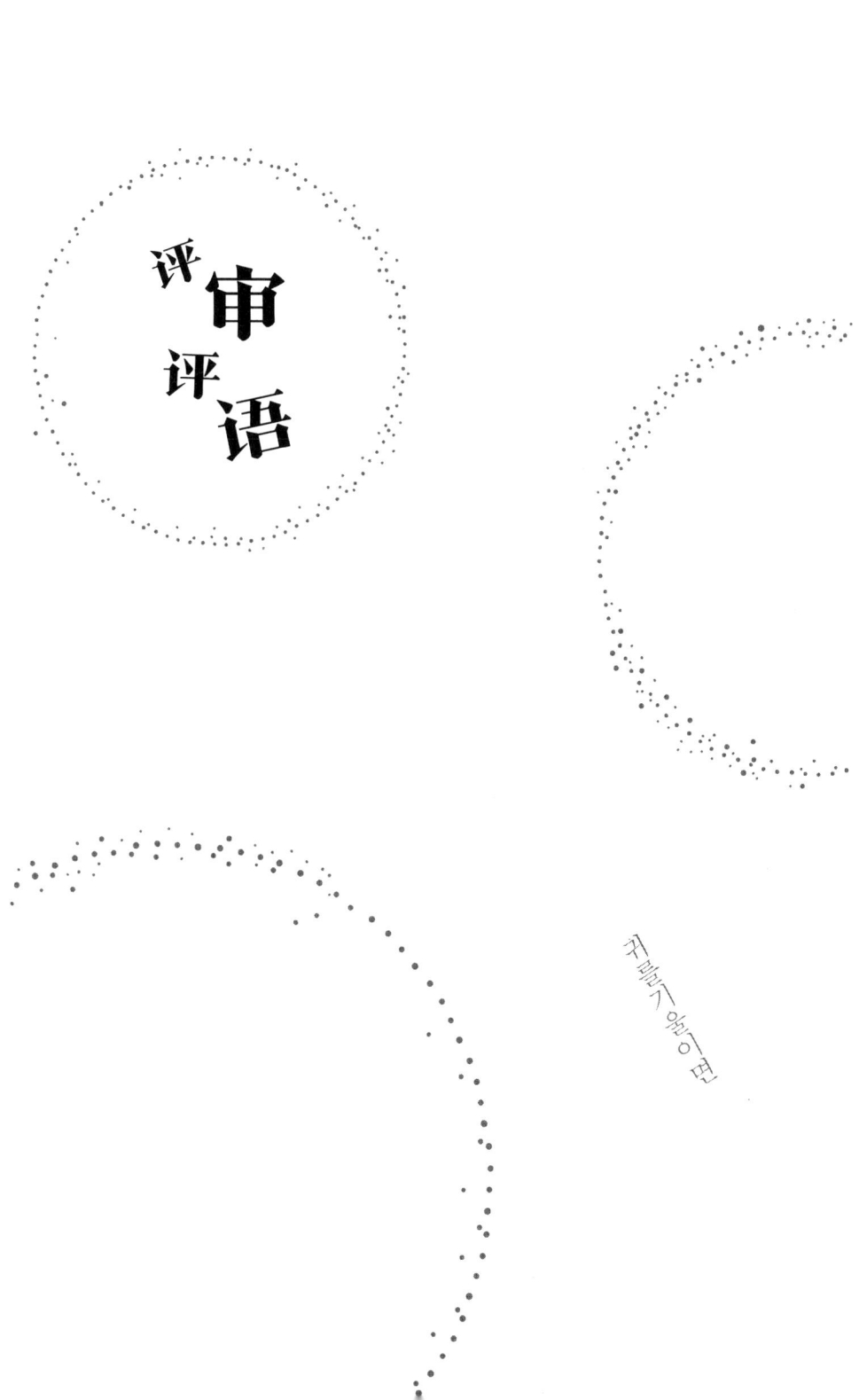

赵南柱的《若你倾听》与其说极具现实性，不如说极具有个性。在这部小说中登场的那些所谓的"助手（Gli aiutanti）"，不停重复着"如孩童一样幼稚的行为"，虽然每次开始时都充满热情，但最后什么都做不成。可以说，他们是一群虽被世俗价值所束缚，却仍追求神圣、理想的半神半人的人物。但是正如我们所知，我们所生活的世界不仅不会宽容这些"助手"，还经常会将他们贬低为"无用的存在"。这个时代的"助手们"，为了追求具有象征意义的冠军而不得不反复放弃自我的时候，恐怕会比维持自我认同的时候多。《若你倾听》将这个过程中发生的事，以时而带点幽默，又时而带点讽刺的方式进行叙述。换句话说，做任何事情都无法完美成功的他们，为了成为冠军而奋战，但越是努力，就离冠军越远。通过布局那些极具魅力的"助手"的人物形象，隐喻我们生活的现代社会，并找出其中的漏洞，是非常有价值的成果。

——柳宝善（文学评论家）

赵南柱的《若你倾听》在比赛中笑到了最后。益智节目、生存真人秀，这些都是司空见惯的内容。支离破碎和匮乏的人们，轮番上演滑稽的喜剧。他们是生活在社会底层的人，对其他人来说无足轻重；他们是只能常在"恶"和"挣扎"中选择的一群人，被赋予了进行陌生的、偶然的和漏洞百出的挑战的权利。一无所有的人们混战到最后，焦点会集中在胜利者身上。大家都期待最倒霉、最贫穷匮乏的人成为胜利者，然而对这种期待感的背叛非常有趣——但这并非作者刻意反套路而行之。一切都是无奈的选择。让人很自然地决定把这部作品选为得奖作品。

——成硕济（小说家）

有很多理由可以解释赵南柱的《若你倾听》成为最后脱颖而出的作品。首先，这部小说中的人物是活的，且个个都很清楚自己行为的必然性。推动这部小说最重要的动力就是这些人物的生存欲望，因此，与其他参赛作品相比，这部小说的理念性和抽象度明显偏低，或许因此而确保了具体的、现实的叙事盖然性吧。

基于这样的意义，《若你倾听》脱颖而出，成为获奖作品。人的生存斗争就是一场大型的赌博游戏，然而《若你倾听》在这个大赛的"真实性"的刻画上下了不少工夫，当然，也因此让我们明白，现在抛在我们面前的任务，就是这种取代游戏意图的重构现实的小说。《若你倾听》能获得第十七届文学村小说奖也是基于对这一真实性的信任。只要这个美德存在,小说便不会停止成为照射我们黑暗欲望的探照灯。

——申秀真(文学评论家)

赵南柱的《若你倾听》是部温暖的悲剧。把像五脏六腑一样存在于现代人身上的疏离、孤独、对存在的不安感,活泼地表现出来。这篇小说的作者具备会编故事,并能把故事讲好的基本功和能力。

日益萎缩的传统市场商会、被令人窒息的电视节目制作现况追逐的制作人,还有无法以正常方式谋求生计的金日宇一家,他们以各自迫切的目的为契机相遇,而那个交会点便是猜珠子大赛。有什么可以将拥有非凡听力的金日宇、传统市场商会及早已过了全盛期的外包制作公司联结起来呢?整个世界都在举行各种竞赛节目,但对于没有出色的歌唱能力、没有渊博的知识、没有帅气外表的他们,这一联结点只能是猜珠子游戏。

如同接力赛一样,小说将电视台的现况和传统市场的现实,还有这个社会底层家庭内的各种冲突,真人秀一般地展现给了观众。每当轮到自己上场时,他们不是接过接力棒,有模有样地跑,而是驱动干瘪的身体,挥洒卑鄙但努力的汗水。为了一举致富,金日宇一家把所有财产都押注下去;为了阻止他夺冠,主办单位绞尽脑汁,加上制作人奋力一搏,以为这样就能起死回生。但比赛还没结束,他们就已经注定要失败了。

即使是没有对策又一片混乱的悲剧性结局,看完心里还是觉得温暖。就像看完艾米尔·库斯图里卡执导的《黑猫白猫》一样,也许就在附近,金日宇、吴英美和金民九一起吃了杯面之后,仍继续勇敢地活下去。

——郑美景(小说家)

赵南柱的《若你倾听》,在评审过程中相比其他作品而言,更容易地成为留到最后的作品,然而对于这部作品是否就是获奖作品则有不同意见。以我来说,在对自己中意的作品进行个别评审期间,《若你倾听》是我心中一直记挂着情节的确切性与妥当性,所以放在后面才看的作品。小说中的世界虽然很容易被认为是一种自我满足,但读了那些内容的读者会不得不去衡量自己生活的世界。对我而言,小说中包括将猜珠子变异为三杯大赛而造成轰动的基本创意在内,有些构思很难轻易被采纳。当然,尖锐嘲讽可伴随着怜悯式的幽默。正如同其他评审所指出的,假设故事是刻意的夸张形容和吹嘘,这部小说与它所讲的内容相较起来,却又显得过于诚实,这点让人感觉有点遗憾。若以第一人称带动故事发展的话,说故事的叙事者角色在某种程度上可以决定小说的文体,也就是说不会有意识上的苦恼,较能确保叙事者个性。但是长篇小说的作者选第三人称时,情况就不同了。如果对看待人物和事件的角度,传达的方式没有特别战略,传达内容的说服力和深度,以及强度上都无可避免会有莫大的损伤。

赵南柱是一位非常有未来可能性的新作家，虽然在前面提到有些遗憾，但也有创意性发展的空间，就像是一首很难抹去个性的前奏曲。这是对人生各种面向的看法及对世态的批判精神的荒唐想象，可以说是我们一直以来所期待的吗？作者把听到内心的声音的少年送到乱七八糟的缝隙中，让人不得不重新思考她的创意。穿梭于各处的脚步，以及超越常识的想象，一同捕捉事件内幕的真实性。希望这位作家不平凡的美德可以继续绽放。恭喜获奖。

——车美玲（文化评论家）

귀를기울이면

获奖作家访谈

在打印机墨水干掉之前

——黄贤贞（小说家）

1

"就买一台打印机吧！反正钱都是要花的。"

舍不得在网吧花钱打印的丈夫说道。

"反正钱都是要花的！"不可能像说的那么简单，但丈夫说得也没有错。南柱还是很抱歉，如果南柱不写小说，打印机就等于是没有用的东西。所以，假装无可奈何地跟丈夫去卖场买打印机那天，对把打印机当作宝物抱在胸前的丈夫，南柱突然自动做了个承诺，在这台打印机的墨水变干之前，就试着挑战一下吧！

丈夫什么话都没说，南柱说要辞去电视节目编剧时，他也是很爽快地就同意了，回想起来，他很容易就接受南柱的话，也因此常常有人说他很随和。

在打印机的墨水变干之前。从口中说出突然涌上心头的决心的瞬间，南柱突然有点害怕，丈夫会不会觉得信誓旦旦说出这种话，反而会招来什么厄运呢？但他也没露出担心的表情。南柱的内心希望丈夫能说没有必要那样，你要用多少墨水都可以。

从卖场回家的路上，南柱估算了一下打印机的墨水能用多久，可以印一千张 A4 大小的量吗？还是可以印一万张？也许按下打印键会比买打印机更难吧！她紧握了一下丈夫的手，从他的立场来看，南柱的话不是随随便便做出的荒唐承诺。在二十岁初次见到南柱时，她就开始读小说、写作，社会学系的学生写小说，他觉得很诧异。

就像喜欢唱歌的人会去 KTV 一样，像我这样喜欢故事的人，把故事当成乐趣来写是理所当然的！

有人天生就有一副好歌喉，还去挑战参加像 Super Star K 那类的选秀节目，但有更多人只是在家附近的 KTV 点唱自己喜欢的歌曲。Super Star K 的评审委员有时也会热情地跟着挑战者唱，耸动着肩膀打拍子。KTV 点唱机则会说"需要再多练习哦"，使听的人多少感到受伤。如果点唱机说"可以当歌手了"，就会觉得充满希望。一定有那种到 KTV 就无法放下麦克风的人，南柱说自己就是那样的人。

虽然省着用，但墨水还是日益减少，每次看到打印机，丈夫比南柱自己还要担心。使用次数太多，打印机印出的纸张更模糊了。是不是练习再多也没有用？南柱这么想。但最对不起的还是三岁的女儿，南柱并非有固定上班地点的职场妈妈，但孩子从去年春天起就送去托儿所了，为了争取写小说的时间。

孩子哭了，南柱也一样。每次把三岁的女儿送去托儿所时眼泪就涌上来，即使如此，还是得快点把孩子送去。南柱一个人坐在电脑前面吃泡面、吞着一千元一份的海苔饭卷,直到孩子从托儿所回来为止。用大半天的时间不停敲着溅到汤汁的键盘,因为过了这段时间就几乎不可能再这样做了。南柱一点一点地写着故事,打印机买来两年了,居然还顽强地坚持着。

去年秋天,丈夫说南柱的小说进入最后决选了。这样就足够了,就算丈夫从来没看过南柱写的小说也可以确定,南柱真的成小说家了。

2

小时候，南柱住在山脚下的小村庄。有一天，村子旁盖了新的公寓，还有游乐区。南柱每天都到村子里唯一的游乐区玩，玩溜滑梯、跷跷板、荡秋千。小南柱没玩过比这些更好玩的东西了，就这样，南柱和村子里的小朋友成群结队地来到公寓的游乐区玩。住在公寓的人们明显表现出不高兴的神色，但南柱依然玩遍每一个游乐器材，因为村子里没有别的地方可以玩。不久之后，大人们砌了墙，把南柱住的村子和公寓之间的路都堵死，并立上"外人禁止出入"的牌子。

南柱明白了那个牌子上的标识指的就是自己和自己的邻居。真是不讲义气！如果讲义气，就不会这样随随便便对待邻居的孩子们了，所有坏事都源自"不讲义气"。

转身背对游乐区，南柱生平第一次有了梦想，将来要住在公寓里、将来一定要拥有一间公寓，她想亲身展现住在公寓也有义气的样子。她相信如果有两种力量可以打动世界，那就是义气和复仇。复仇是对连最起码的义气都没遵守的人的惩罚。当然，复仇本身也需要适当的义气和关怀，不能太过分，比如说对南柱来说，最痛快的复仇是这种方式。

那天是录影的日子，负责主持的男艺人不预先练习脚本，不管南柱再怎么拜托都起不了作用，他一直讲得结结巴巴的。这必然使录影时接连出现失误，动不动就得延长录影时间，工作人员都很不耐烦，这种时候制作人都会大声地叫负责编剧南柱过去，那个主持人对急急忙忙奔跑过去的南柱的背影视而不见。"没让他事先练习吗？"制作人大声质问。南柱正犹豫不决之际，主持人抢先说："没人叫我练习。"说完便迅速离开。换句话说就是他对南柱不讲义气。于是南柱订好了彻头彻尾的复仇计划，期待着不是预录，而是直播的日子到来。

终于到了那天，主持人跟平常一样还是不肯事先练习，直接抓了麦克风就站上舞台，照着字卡一句一句读出来，突然间他停顿了一下："结核病防……防治组……防治组组长。"那是南柱花了几天几夜找到的单词，韩文发音非常难，让没有义气的主持人一直舌头打结。"结核病防治组组长"。

主持人满脸通红，南柱则是捧腹大笑。"啊！真是太爽快了！"南柱不由自主地吐出这句话。

义气是什么？这是南柱首先最想让丈夫知道的一件事。什么是义气？如果没有义气会有什么下场？

那是在恋爱成熟的时期。年轻的他接到入伍通知单，终于到了展现义气的时候了，在那段不算短的服役期间，女孩真挚地成了穿胶鞋的女孩[1]。他们约定好了。她不忘告诉他，等待当兵的男友退伍可不是人人都能做到的。听到南柱的话，他用力地点了点头。幸运的是，他以休假相对较多的义警替代役服完了兵役。听到这个消息，有人问南柱："当义警也算是当兵吗？"问这句话的人当时正穿着大韩民国陆军现役男友的胶鞋，南柱的脸一下子就变红了。她只能在心中默默地说："义警也有自己的苦衷啊！"

两人因义气结下的缘分，使他们步入了婚姻的殿堂。人们拿他们开玩笑，笑他们像傻瓜一样。然而这并不是因为天真和愚蠢才决定的婚姻。结婚是理所当然的事情。结婚是遇到一个人，陷入爱河。南柱以"义气"的名义向丈夫展示的正是这一点，而丈夫也想传达给南柱这一点。义气就是爱。

在结婚的同时，南柱童年的梦想实现了，她住进了一间小公寓，也因此得到了怎么还都还不清的负债。为了"减轻负债"，南柱开始梦想一夕致富，想着如果在梦里出现一条龙说："你好，我是龙啊！"就立刻去买乐透，虽然她从没得到过五千元以上的奖金。但她仍相信那条龙总有一天会讲义气地出现，就算不是头奖，应该也会努力给个三等奖吧！如果那真的是龙，而不是蛇、蚯蚓。

---

1 韩国称男友去当兵的女孩为"고무신"穿胶鞋的女孩，原意是指不要把胶鞋反穿，因为胶鞋反穿有出轨的意思。男友退伍的女孩则称为"꽃신"，穿花鞋之意。

3

事实上，南柱会辞去电视节目编剧是有原因的。在辗转待过几个节目之后，南柱终于在时事教养类节目的领域占有一席之地。大学时主修社会学的她、曾经被当成"外人"驱赶的她、相信世界上真正的正义是义气和复仇的她，似乎很适合从事有关揭发社会阴暗的一面、告发不合理待遇的工作。至少一开始是这样的。

那天录影的地点是在一家小吃店，花六千元就可以吃到饱，工作人员架了好几台隐藏式摄影机，将在简陋厨房里发生的一切都拍了下来。韩式大酱没什么问题，泡菜锅也没什么问题，老实说都很好吃，厨房里也还算干净，抹布也不算脏，至少跟南柱家的厨房没什么两样。

问题出在锅巴上，小吃店老板把客人吃剩的饭收集起来做成锅巴，再煮成锅巴汤，当作给客人的饭后附汤。大家都说香喷喷的好好喝，至少在南柱和其他工作人员发现之前是这样的，至少在偕同亲切的管区警察来之前是这样认为的。不明就里还在跟客人闲聊的老板全身发抖，警察打开冰箱把所有食材都拿出来，老板的双手在空中不停挥动，警察指着锅巴斥责，老板就地坐在充满水汽的厨房地板上喃喃自语，客人都围到厨房来了，他们用比警察更大的声音呵斥着老板，那些都是刚才还呼呼吹着热气、咕噜咕噜喝着锅巴汤的人。

南柱悄悄地后退，真正该告发的，不是这六千元吃到饱的小吃店老板所煮的锅巴汤，与其把剩饭扔掉，还不如煮成锅巴汤来得好。而且南柱觉得老板煮的锅巴汤真的很好吃，正合南柱的口味，甚至于知道了那是由其他客人吃剩的饭所做成的，还是觉得很好吃，然而南柱还是以非常严肃果断的语调写了脚本。"锅巴汤，这样好吗？"标题这样定似乎就可以了。南柱在脚本中写老板没有一点良心，为了赚钱做出这种无耻的行为。

南柱突然彻底领悟到自己并不关怀别人，也没有义气。身为将那碗锅巴汤咕噜咕噜喝光的人，她没遵守应有的义气。对真正应该告发的是什么，她连靠近都不曾靠近过，这不是关怀、不是讲义气，这什么都不是。

"我必须写小说，只有小说才能真实地讲述故事，展现真正的现实，这绝不是偷拍可以做到的事。"南柱认为只有小说，才是唯一能够精确表现"看得到的故事"及"想说的话"的途径。

南柱再次回到了电脑屏幕前。很快，女儿出生了。在这段时间韩国总统换人了，南柱也不知不觉三十岁了。仔细回顾过去的日子，在中学时，她是班上睡得最多的孩子，同学们没记住她有什么特别的。

运气不错考上了女大，校园漂亮，学校的名字也很好听，但进入大学后才发现，大家都很会学习，南柱很难跟得上她们。谈恋爱、看小说、写小说，将来要成为小说家。但她没有想到，毕业之后成为电视台的自由工作者。自由工作者换句话说就是非正职的劳动者，没有合约、处境相似的他们坐在大圆桌而非办公桌旁工作。但总觉得好像有什么不妥，如果南柱一整天都在揭露引起社会争议的人的过失，那么她可以用以挖掘自己的时间就完全不够。

每天因为打瞌睡而浑浑噩噩的考生时期，老师曾突然向大家提出了这样的问题："你认为贫穷是什么？"

某天在孩子面前，南柱又再次想起那个问题。当时，心态已经过了青春期的其他同学们这么回答："心灵薄弱，那就是贫穷。"但老师说大家的答案都不对，纠正说应该是肚子饿时连一点吃的东西都没有，那才是贫穷。为什么要教正准备考大学的学生们什么是贫穷？南柱怀疑老师的居心。经过十多年后，南柱已不再是十几岁的学生，而是一个孩子的妈，曾几何时，也成了媒体的手脚，为了赚钱讨生活。突然之间，曾经茫然的东西清晰起来，南柱想起几年前那间小吃店的老板，对于他因为贫穷，吃不饱、穿不暖所以才犯的失误，南柱再也愤怒不起来了。相反，她想对生活在同时代的年轻人们说："因为你们还年轻，所以就算穷也先忍着吧！你们知道那有多么美吗？"

她还想对做虚假广告的社会大声说，拜托不要把贫穷理想化。

那是南柱为了女儿优先想做的事,她不想让女儿在"外人禁止出入"的牌子面前转身,不想让人窥探父母的贫穷,不希望让孩子变成容易对社会其他不合理现象感到愤怒的人。好好抚养孩子长大很重要,但在那之前更想改变孩子将来生活的社会,哪怕只有一点点,只是稍微露一点痕迹也好。

4

放弃了在废弃的房间里独自唱歌的爱好,想亲自向人们传达自己想说的话,想写出所有人都能阅读的文章,想这么做的话就需要书。以南柱之名,装载着南柱想说的话的一本书,就这样,南柱决定开始写一篇很长的故事。

没钱、没势,甚至连智力都不足的孩子的故事。世上唯一听得见别人听不见的声音的孩子,那个孩子的名字叫金日宇。

花了两年的时间,完成一千张稿纸的故事。因为害怕打印机墨水干了,所以不敢印出来阅读。那段时间,故事里的孩子说话的次数越来越少,从日宇一个人整天坐在公交车站那天开始,南柱也像日宇一样独自坐在公交车站。许多人聚集又散开,每个人看起来都很忙,很少人像日宇一样什么事都不做。才过没几分钟,南柱就觉得很孤单。人们在移动之际,都会不时瞄一瞄南柱。南柱努力忍受陌生人的视线，就像电影中的一幕，只有自己是静止的，其他人都在镜头里快速移动，什么都没有停滞，大家用各自的速度迅速地移动。

南柱想起日宇。"日宇啊！原来你真的是个奇怪的孩子啊！这么难熬的一天，你是怎么撑过去的？"南柱向日宇再三询问，但是南柱并不像日宇拥有可以"听到这里没有的声音"的能力，所以她没有得到任何答案，但即便如此，南柱还是对日宇的世界非常地、极度地羡慕。

接到获奖电话那天，南柱和女儿一起看完话剧回来，觉得很疲倦，比平常外出更累。太阳都还没下山，南柱就已经想早点把女儿哄睡了，因为只有那样南柱才可以休息。

就在把女儿哄睡时，电话响了，是通知获奖的电话，说还有奖金。南柱想着可以还债了心情很好，虽然奖金相较房贷而言只是杯水车薪。书也很快就会出了，南柱越听越不敢相信，在接受获奖访问时也一样。

来采访的是刚出道不久的节目编剧，她与南柱相对而坐。南柱说自己还是觉得有点蒙。没想到那个节目编剧也回了句同样的话："是的，我也这么觉得。"

采访时一直要求南柱说有趣的事，南柱说了截稿前一天的事。她原本打算隔天立刻飞奔到邮局，尽管打印机印得模糊不清，但她仍把一千多张稿纸印了出来，她将印了日宇的故事的稿纸捆成一捆，放在身边就睡着了。她的睡梦里出现了龙，每次在梦里都被龙背叛的南柱，当时半信半疑，一点都不期待，不，是假装不期待。

龙如南柱期待的守住了义气，以后如果还能继续梦到龙的话，她绝对不会犹豫立刻去买彩票！南柱如此下定决心。南柱从女儿道允出生开始就捐钱资助非洲少年，她梦想着等女儿长大后他们可以通信；希望所有人都不缺席选举投票的权利；希望韩国的医疗制度和教育现况可以尽快改变……那样希望的南柱，终于获得了"小说家"的称号。

5

采访时编剧突然问:"你做过最坏的事是什么?有没有偷过什么东西?有赌博过吗?路上随地吐痰?违规穿越马路?"接连不断而来的问题,南柱都回答:"没有,没有,没有。拿走圆珠笔不算偷;玩花牌不叫赌博;原本就不会乱吐痰;因为有小孩所以不会违规穿越马路。"

编剧忍无可忍,提出最后一个问题:"假设地上有一个钱包,里面装的不是支票而是现金,你会怎么做?"

真是有点恶劣的问题,一直追问跟正义感相关的事情有意思吗?南柱心想。南柱一点都没有迟疑地回答:"近来到处都有监视器。"

这样啊!比起过度的正义感和伦理,她更像近来很少见的有人情味的人。

比南柱小一岁的新手编剧结束采访,回家的路上在心里练习喊

"南柱姐"。这个冬天过去之后,她的第一本书出版之后,经过一段时间后,她的打印机的墨水仍然没完全干掉,她恳切地祈祷可以再坚持更久。

获奖感言

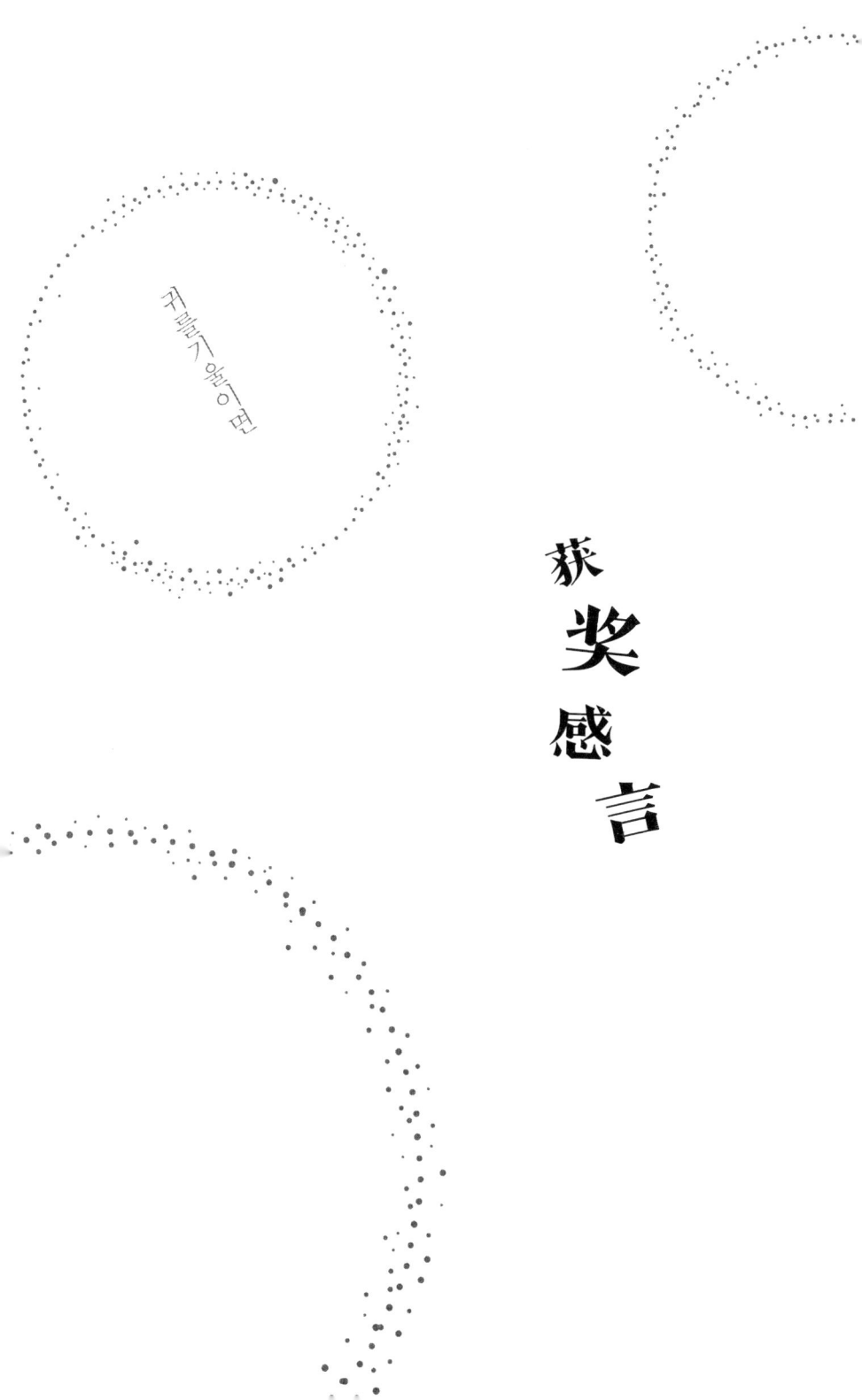

直到几年前我才知道，两种相反的感情是可以共存的。所以人可以爱着，同时恨着；可以思念着，同时遗忘着；想要拥有，却又放弃的感情。那段时间我问自己心还在跳动吗？因为陌生的感情而混乱。我有很多想说的话，我想我应该写小说。

写小说那段时间发生了很多事，我结束了近十年的工作；我最要好的、可以说是唯一的朋友离开了这个世界；我的父亲也辞世了。那是一段很难熬的时间，而其中最难熬的，老实说，是写一部没有人看的小说。我想，即使得到一面倒的恶评也好，哪怕只有一个人读我的小说也好。

在得知获奖的消息之后，我觉得浑身不舒服。我真的吐了三次，全身大汗淋漓地病倒了。我感到的竟然是恐惧。

对任何人来说，评价小说的第一个标准都是"取向"，所以我一直认为要区别好的小说和坏的小说是很困难的。但即使如此，还是必须达到最低标准。从想写小说开始，直到读者翻开书本为止，这中间有许多人不眠不休。我们应该写一篇小说，才不会对不起为了用纸写作而被砍伐的亚马孙森林；为了那些省下饭钱、酒钱去买书，减少睡眠时间、休息时间看书的读者，为了他们就应该写小说，至少要做到这样的程度才行。

我反省自己曾经轻易说出口的话。其实我没想到我会写小说，不管怎么样，话已经说了，小说已经写了。

我再次想起为什么偏偏要写小说的理由，想说的话很多，但是，如果那是全部，一个人的时间就不会那么痛苦。因为想听、想传达、想有共鸣、想要分享。我不是天生就有文采的人，也不是非常了不起的读书狂，对于小说我也没有真正学习过怎么写。但是，我相信我可以写故事，想成为倾听某人吃力吐出的细微声音、与这个世界小心翼翼交谈的作家。若有批评，我会带着感谢的心接受，然后写出更好的小说。

感谢给予机会的评审老师们，真的很感谢，我会继续努力写的。嫌"太长了"所以没看过我的小说的丈夫，还是很谢谢你。有谁愿意跟一个不会做家事，也没赚钱，只会写小说的老婆一起生活呢？还有女儿，你让我成为更好的人，对不起，没能多陪陪你，我爱你，只是表达爱的方法每个人都不一样。